Primeiras IMPRESSÕES

Texto adaptado à nova ortografia da Língua Portuguesa,
Decreto nº 6.583, de 29 de setembro de 2008.
Edição: Chirlei Wandekoken
Revisão: Silvia Pereira
Direção de arte: Eduardo Barbarioli
Pintura da capa: Eduard Friedrich Leybold

R696p Rodrigues, Laís, 1986 - .
Primeiras Impressões / Laís Rodrigues . – Domingos Martins, ES : Pedrazul Editora, 2017.

248 p.
Título original: Primeiras Impressões

ISBN: 978-85-66549-47-8

1. Literatura brasileira. 2. Ficção. 3. Romantismo I. Título. II. Rodrigues, Laís.

CDD – B869

PEDRAZUL EDITORA

Caixa postal: 645 – AGF Fernando Ferrari - Vitória-ES. CEP: 29075-010
www.pedrazuleditora.com.br | contato@pedrazuleditora.com.br

Primeiras IMPRESSÕES

Laís Rodrigues

PEDRAZUL
REVELAÇÕES

PEDRAZUL
EDITORA

Búzios
Rio de Janeiro

Capítulo 1

"Você tem certeza sobre isso, Charlie? Este país é de terceiro mundo!"

"Na realidade, Fred, é um país em desenvolvimento, cheio de potencial. Como suas aulas de Harvard deveriam tê-lo ensinado".

"Em desenvolvimento é uma nova palavra para dizer pobre com riquezas naturais. Só tem macaco e mato neste lugar, Charlie. Onde você achará funcionários experientes? Ou um local adequado? Olha o caminho que tivemos que percorrer para chegar à ilha!"

"Meu querido amigo, estamos em uma cidade turística e propositalmente rústica. Faz parte do charme local. E acho melhor você tomar cuidado na hora de falar. Muitos dos brasileiros entendem inglês".

"Também achou charmoso o fato de nossas calças ficarem com lama até metade da panturrilha?"

"Nem sequer deveríamos estar usando calças. É um lugar paradisíaco. Calças e sapatos são proibidos. Eu te avisei. Deveria ter trazido bermudas e chinelos, Fred. E olhe que espetáculo de casa! A vista! Como pode chamar um lugar destes de subdesenvolvido?"

Frederick sempre tivera dificuldade em discutir com seu amigo. Principalmente, quando ele tinha razão. Não gostara muito do vapor quente que soprou em seu rosto ao descer do avião. Muito menos da pobreza que viram ao dirigir pelas estradas as quais os trouxeram a este lugar.

No entanto, era realmente paradisíaco. Desde o som das ondas batendo na areia ao azul do céu. Do cheiro de temperos exóticos enquanto passavam por casas e restaurantes à energia contagiante dos brasileiros.

O iate que Charles havia comprado para fazerem a travessia da cidade até sua ilha particular também ajudara. A viagem na água havia sido rápida, calma e deslumbrante. E mesmo o mal-humorado Frederick Darcy tinha apenas um adjetivo para descrever a ilha de seu amigo: perfeita.

Havia uma área mais aberta, na areia, onde a mansão, as piscinas e as quadras de tênis e futebol haviam sido construídas. Essa era a região voltada para a cidade. Do outro lado, uma pequena floresta tropical oferecia-lhes frutos e uma paisagem única.

Mesmo assim, não conseguia imaginar o amigo sendo dono de um negócio ali. Primeiramente, Charles não tinha qualquer experiência no país. Antes de vir, Frederick havia pesquisado sobre as leis locais, e descobrira que se tratava de um dos países com as normas tributárias mais complexas (e numerosas) do mundo. Além disso, as burocracias para abrir um restaurante eram igualmente intricadas. Um amigo seu, advogado, havia-lhe dito que isto era resquício da colonização portuguesa. Sem contar a corrupção. Todos sabiam que nos países "em desenvolvimento" tudo era feito com base em esquemas ilícitos. Era um conhecimento geral.

Ver o amigo tão animado deixava Frederick desconfortável. Não queria vê-lo decepcionado, especialmente depois de todo o sucesso que vinha tendo com sua cadeia de restaurantes exóticos em Nova Iorque. Desejava, acima de tudo, convencer Charles de que abrir um restaurante naquele lugar seria um erro terrível, e ele perderia muito dinheiro se o fizesse.

E para que abrir um restaurante tão longe de casa? Não teria nada mais que dor de cabeça. Perderia mais tempo em voos que em seus restaurantes de fato. Queria ter um negócio em um local com clima mais quente e praiano? Que fosse em Miami. Ainda teria aquela sensação latina oferecida pela cidade. De que mais precisava?

Ainda havia o perigo de se envolver com uma daquelas mulheres de beleza exótica, que eles viram ao longo do caminho. Conhecia de perto os perigos das latinas, sobretudo das brasileiras. Seu tio havia abandonado sua tia por uma mulher dali, vinte anos mais jovem. Ficou absolutamente enfeitiçado por ela. Parecia até que tinha recebido uma lavagem cerebral.

Frederick sabia que não corria tal perigo: não dava atenção a mulheres sem maiores consequências. Porém, esse não era o caso de Charles. Frederick achava-o ingênuo e manipulável demais.

Mais de uma vez, teve de ajudá-lo a sair de enrascadas, fosse com amantes ou com falsos amigos. Suas intenções sempre eram as melhores, e exatamente por isso as pessoas sabiam muito bem como se aproveitar dele.

A última vez que algo do tipo aconteceu foi quando uma moça, com quem Charles havia passado somente uma noite, apareceu meses depois do caso, afirmando estar grávida de seu filho. E Charles acreditou sem sequer fazer exame de paternidade, mesmo tendo se protegido de tal perigo na noite em questão!

Se não fosse por Frederick, seu amigo provavelmente estaria criando um filho de outro qualquer.

Se havia algo em Charles que Frederick não aprovava era exatamente sua fraqueza por mulheres. Pelo menos, seu amigo nunca havia se apaixonado de verdade. Suas aventuras eram numerosas, mas curtas. A história sempre era a mesma: ele conhecia uma bela jovem, achava que estava apaixonado, tinha um fervoroso caso de amor, até descobrir que não se tratava de nada além de uma paixão momentânea.

Por sorte, o caráter de Frederick não era o mesmo. Sempre fora extremamente cauteloso em suas relações. Não se deixava abalar por uma beleza enigmática ou um charme sensual. Seus sentimentos por mulheres eram tão lógicos quanto sua carreira.

Para que perder tempo com uma pessoa sem potencial de futuro? Frederick até teve casos inconsequentes quando era mais jovem, mas agora, aos trinta e um anos, precisava achar uma companheira que estaria ao seu lado quando chegasse ao ápice de sua carreira política: o Senado. E precisaria de muito apoio para alcançar seus objetivos. Inclusive o de seu amigo.

Sim, iria convencê-lo a desistir desta ideia. De qualquer maneira.

Enquanto arruma suas malas, Liz mal pode acreditar que já se passaram quatro anos. E foram os melhores de sua vida. Morou em Boston com duas de suas pessoas favoritas: sua irmã, Jane, e sua melhor amiga, Charlotte, a quem as irmãs chamavam de Lotte. E ainda passaria as férias com a família inteira na pousada dos pais, no lugar mais bonito do mundo, em sua opinião. A vida não podia ser melhor.

Seus pais, os Benevides, nunca foram ricos, mas o sucesso de suas três pousadas em Búzios havia possibilitado uma excelente educação para as filhas, o que permitiu que Jane e Liz estudassem em universidades americanas. Ambas desejavam ter concluído seus estudos em seu próprio país. No entanto, como o Brasil fora assolado por crises político-econômicas seríssimas nos anos anteriores, a família decidiu que seria mais seguro, por enquanto, investir em uma carreira no exterior.

Quando as coisas por aqui ficarem mais tranquilas, vocês retornam, seu pai as assegurou.

O trabalho que o tio Jardim lhes havia oferecido em sua loja de ficção científica também lhes havia ajudado a se sustentarem durante aqueles anos, permitindo que vivessem bem, apesar de um pouco apertadas naquele pequeno apartamento. Todavia, agora era hora de se separarem. Liz voltaria para Boston em agosto, quando as aulas do mestrado começassem. Desta vez, sozinha.

Jane ainda estava esperando pela resposta de um escritório de advocacia em Nova Iorque. Se não fosse chamada (o que era quase impossível), faria um estágio em um escritório menor de Los Angeles, e uma especialização na UCLA. Ou seja, sem chance de voltar a Boston.

E sua amiga Charlotte, que acabara de se graduar em ciências políticas, estava em dúvida se arriscava algum trabalho em Washington ou se passaria um tempo trabalhando com os pais, sócios dos Benevides nos negócios das pousadas.

Pelo menos, Liz conseguira terminar as aulas da faculdade de Literatura um semestre antes do previsto; então, conseguiria passar os próximos seis meses em Búzios, com os pais e as irmãs mais novas e, quem sabe, até mesmo com sua melhor amiga!

Liz temia se separar de Jane e Lotte. Havia poucas pessoas no mundo que Liz podia dizer que amava de verdade. Jane e Lotte eram duas delas. Acreditava que poucos mereciam seu amor. Quanto mais conhecia o caráter humano, mais se decepcionava com suas inconsistências. Para ela, era cada vez mais difícil confiar em alguém.

Por isso, nunca havia se envolvido com nenhum homem. Eram todos tolos mentirosos! Chegou a se interessar por um ou outro, mas eles sempre acabavam por provar sua teoria: de que homens queriam apenas usar, manipular e descartar mulheres.

Não sonhava com o príncipe encantado, pois acreditava que eles somente existiam em romances de Austen, das irmãs Brontë ou de Gaskell. Não havia um John Thornton no mundo real. Ele apenas vagava nos sonhos de jovens ingênuas.

Sua irmã Jane era o oposto. Raramente via maldade em alguém, e quando lhe faziam mal, tentava sempre justificá-los. O mesmo ocorria com os homens. Jane havia tido três namorados em sua vida (apesar de receber propostas indecentes dos mais variados rapazes quase que diariamente). Todas essas vezes, acabou decepcionada.

Entretanto, Liz sabia que a maior decepção de Jane era nunca ter se apaixonado. Não de verdade. Sua irmã mais querida desejava encontrar sua cara-metade, ou alma gêmea, ou qualquer bobagem dessas que sempre faziam Liz gargalhar. Se havia um ponto em que as irmãs sempre discordavam era na fé em homens e relacionamentos bem-sucedidos.

Para uma, casamentos eram garantia de infelicidade. Para outra, a única forma de estar realmente realizada. Contudo, havia um ponto em comum: se fossem se casar, que o fizessem por amor, não por pressões sociais ou familiares.

Lotte era diferente das duas. Ela buscava a todo custo alguém que pudesse lhe oferecer uma situação financeira confortável e lhe abrisse portas em sua carreira profissional. Para ela, o amor no casamento era mera sorte do casal. Não havia como prever a felicidade matrimonial até viver sob o mesmo teto que seu parceiro. A única coisa que a mulher poderia fazer, a seu ver, era escolher seu pretendente com base em características sociais, intelectuais e financeiras que ela considerasse desejáveis.

Por valorizar sua lista de qualidades necessárias em um homem, Lotte nunca havia se envolvido seriamente com ninguém. Todos aqueles que preenchiam seu perfil não lhe davam a devida atenção. Lotte era uma mulher... desesperada.

Realmente, era bonita e inteligente, mas seu foco em homens acima de qualquer outra coisa na vida tornava-a, em muitas situações, uma mulher tola. Sua angústia em achar o parceiro ideal fazia com que seus relacionamentos não fossem duradouros. Sua mãe costumava alertá-la: se há algo que homens conseguem farejar a quilômetros é uma mulher à procura de marido. E eles odeiam isso, ela também dizia.

O mundo machista é cruel com todas as mulheres, Liz costumava dizer, fazendo Jane e Lotte virarem os olhos.

Após horas intermináveis arrumando malas, móveis e os objetos do apartamento, ele finalmente se encontrava vazio e elas, prontas para tomar drinques em seu bar favorito da cidade. Uma última vez.

Janaína Benevides não poderia estar mais contente. As pousadas que ela tinha com o marido e os amigos não podiam estar melhor: eram as mais procuradas da Região dos Lagos no Rio de Janeiro. E boa parte da responsabilidade pelo sucesso dos negócios era dela.

Pelo menos, era o que ela achava. Além de extremamente simplória, Janaína era vaidosa. Seu marido de fato reconhecia que o talento de

Janaína nas redes sociais havia ajudado as pousadas BenLoCo a ficarem mais conhecidas no mercado.

De fato, fora Janaína quem havia sugerido que reformassem cada pousada de acordo com um público-alvo: para jovens, para casais em lua de mel, para famílias, para aventureiros. Por outro lado, a matriarca dos Benevides compensava sua ajuda nos negócios com os gastos exorbitantes, com compras e cirurgias plásticas.

Juntando a reforma a uma estratégia de *marketing* digital muito bem planejada, os Benevides e seus sócios, os Lopes, não podiam pedir mais. Mal davam conta dos hóspedes que tinham! Dependendo da época do ano, havia listas de espera com dezenas de pessoas por quartos, apesar da crise que prejudicava o turismo (e os negócios) no país.

As festas promovidas por Janaína em Búzios também ficaram famosas em todo o país, para seu deleite. Nada lhe dava mais prazer que festejar, fazer compras e arranjar namorados para as suas filhas. Janaína considerava-se um excelente cupido, mas, infelizmente, a única filha que desfrutava dos talentos naturais da mãe era Lídia.

A matriarca dos Benevides nunca admitira em voz alta, mas sua princesa mais nova era também sua favorita. Era a mais parecida com ela. Era divertida, engraçada e a única que tinha paciência para acompanhar a mãe ao salão de beleza ou nas comprinhas.

O marido e as filhas mais velhas desaprovavam as gastanças de Janaína, mas ela acreditava que tinha todo o direito. Como sempre dizia ao marido: "Afinal de contas, para que trabalhamos tanto?"

Duas das filhas já estavam formadas (e no exterior ainda por cima), já trabalhavam e haviam conseguido bolsas para a universidade e Lizzie acabara de conseguir uma para seu mestrado. E as duas mais novas, com certeza, seguiriam pelo mesmo caminho. Maria Luiza, ou Malu, já estava até aplicando para bolsas no exterior. Janaína achava o marido rígido demais com as filhas, embora admitisse que seu rigor com os estudos era recompensado.

O sucesso das pousadas BenLoCo era tanto que, mesmo em épocas de crises, tinham cada vez mais hóspedes! Ainda que resolvessem vendê-las, teriam mais dinheiro do que poderiam gastar: o valor das propriedades que tinham havia mais que triplicado nas últimas duas décadas!

Ou seja, do ponto de vista financeiro, os Benevides não tinham com o que se preocupar. Nunca seriam multimilionários, mas teriam uma vida confortável e poderiam oferecer muito mais às filhas do que eles próprios tiveram.

No entanto, Janaína preocupava-se com a vida amorosa de suas meninas, em especial de Lizzie. Seu marido sempre entendera a filha, mas ela não. Janaína a amava com todo o coração, entretanto, às vezes acreditava que Liz não podia ser sua filha.

Como poderia? Liz era lindíssima e tinha uma elegância natural. Todavia, não sabia usá-la! Nunca havia namorado sério, e Lídia uma vez lhe confessou que Liz era virgem, aos vinte e dois anos de idade! Quem quer uma frígida? Até a recatada Jane já não era casta.

Nem tudo estava perdido, no entanto; Lizzie passaria os próximos meses com a mãe, e Janaína se aproveitaria disso para achar um excelente partido para ela. O problema seria achar alguém com o gosto da filha. Lizzie era extremamente intelectualizada e cinéfila, algo não muito comum para mulheres na idade dela.

Enquanto as moças gostavam de ir a boates e gastar o dinheiro dos pais em lojas, Lizzie perdia-se em livrarias e bibliotecas, isso quando não passava o dia assistindo a filmes. Seria difícil achar um homem compatível em Búzios. Mas ela se esforçaria ao máximo.

"Mãe, mãeeeeee!!"

"Oi, Lídia, querida. Não precisa gritar, sua mãe ainda não está surda. O que houve?"

"Você não vai adivinhar! Sabe aquela ilha particular ma-ra-vi-lho-sa que estava vazia há quase dois anos?"

"Qual, Lídia? Aquela que pertencia à família Rebouças? A Ilha Paraíso?"

"Isso! A sua favorita! Adivinha quem comprou, mãe?"

"Rodrigo Santos! Eu sabia! Tinha lido em alguma revista de fofoca que ele queria comprar uma casa aqui! Nem acredito! Não sabia que ele já estava rico o bastante para comprar uma ilha inteira! Nossa!"

"Não, mãe. É muito melhor. Foi um gato americano. E me disseram que ele é super-mega-ultra-rico. A coroa dele faleceu uns anos atrás e deixou uma herança gigantesca pra ele e a irmã. Parece que o cara quer abrir um restaurante aqui, ou alguma coisa assim..."

"Rico? Americano? Sabe qual a idade dele, filha?"

"Uns trinta anos? Por aí..."

"Ele veio com alguém?"

"Acho que a tal da irmã e um amigo."

Parecia que alguém havia ouvido suas preces. Sem tempo a perder, Janaína envia-lhes três de seus preciosos convites para a famosa Festa de Ano Novo dos Benevides, com um bilhete dirigido ao novo dono da Ilha Paraíso, Charles Bing, conforme sua filha lhe contou.

Quando seu marido lhe disse que mandaria todas as filhas aos Estados Unidos para falarem inglês fluentemente, Janaína não via muita vantagem em gastar aquela fortuna que poderia comprar dezenas de bolsas Louis Vuitton. Bastava que elas falassem bem o bastante para entenderem seus hóspedes (como era o caso de Janaína).

Porém, agora ela entendia a razão disso tudo: fazia parte de um plano maior do destino. Uma de suas princesas estava destinada à riqueza americana. E seria logo a mais problemática de todas, Lizzie!

Claramente, Lizzie estava destinada a conhecer (e se comunicar, claro) com esse tal de Charles Bing. Era americano, rico, empresário e, certamente, intelectualizado, como o povo do primeiro mundo sempre era, o cérebro um tanto quanto discriminatório de Janaína calculava. Seria tudo perfeito! Ele passaria o verão com sua Lizzie e se apaixonariam loucamente um pelo outro. Se tivesse sorte, haveria casório! Imagina, ter um familiar americano e rico?

Janaína sentou-se em seu sofá com pele de onça imaginando a lua de mel dos dois na Riviera Francesa. Decerto, levariam o cupido junto: ela.

Liz, Jane, Maria Luiza e Lídia estão colocando as fofocas em dia. Acham-se todas no quarto que agora Jane e Liz dividem, já que o antigo quarto da irmã mais velha fora transformado em academia no mesmo mês em que ela fora para Boston.

"Para que um quarto para cada uma? Quando acabarem a faculdade, pelo menos Jane estará casada, pode escrever o que eu digo!", sua mãe afirmara. Ademais, as filhas não passariam mais de alguns meses (quando muito) por ano em Búzios. Então, era de fato um desperdício terem quartos separados.

Da parte das irmãs mais novas não havia grandes novidades, a não ser pelo fato de Lídia ter sido expulsa de mais um colégio. Desta vez, foi de um internato de freiras no Rio, local para onde seu pai a havia mandado na esperança de amenizar os escândalos causados pela filha em Búzios.

Lídia também fora expulsa de um colégio local depois de ser flagrada no banheiro com um colega de classe. Segundo a diretora da instituição, a adolescente praticava atos libidinosos quando fora achada. Ambos foram convidados a deixar a escola.

Enquanto as irmãs mais velhas e o pai tentavam racionalizar com Lídia, a mãe a considerava injustiçada por ser "espirituosa". Isso porque tinha apenas quinze anos, a idade de cometer erros, segundo Janaína.

Malu, ao contrário, era uma adolescente de dezessete anos que parecia ter o dobro de sua idade. Seus olhos verdes inocentes e seu sorriso meigo eram as únicas feições que demonstravam jovialidade. Era séria e comprometida, viciada em seu violão e seus livros filosóficos. Depois de passar um ano em Nova Iorque com sua tia Joana Jardim estudando inglês, decidiu que faria faculdade de psicologia na NYU. Seus pais não precisariam se preocupar com custos, pois ela certamente conseguiria uma bolsa de estudos e trabalharia na loja sede dos tios no Brooklyn. E aí voltaria, a fim de se dedicar a tratar crianças, em especial aquelas sem condições financeiras para psicólogos caros.

Jane e Liz ouviam as irmãs com cuidado, aconselhando-as (no caso de Lídia, censurando-a) quando devido. Enquanto se arrumavam para a festa, Lotte chegou para surpreendê-las com uma novidade: várias informações quentíssimas sobre o novo dono da Ilha Paraíso, assim como sobre seu amigo. Ambos eram de Harvard, e ela saiu com um rapaz que estudou com os dois.

Charles Bing era conhecido por ser fanfarrão, mas simpático e trabalhador. Havia abandonado o curso de Administração para abrir um restaurante em Nova Iorque. A família inicialmente foi contra, já que são da indústria do petróleo e desejavam que Charles os ajudasse com as empresas. Contudo, ele provou que merecia a independência nos negócios. O sucesso foi tão grande que ele hoje é dono de seis dos restaurantes mais badalados da cidade que não dorme.

Seu amigo chamava-se Frederick Darcy, de uma família tradicional americana. Ele também estudou em Harvard e, ao contrário de Charles, graduou-se com honras. Seu pai foi governador de Massachusetts, o tio foi senador pelo mesmo Estado e o avô chegou à posição de vice-presidente dos Estados Unidos.

Obviamente, havia grande expectativa em relação ao futuro político de Frederick, que já contava com um currículo impressionante para a idade: já havia sido assessor do governador e até mesmo vice-prefeito de Boston! Dizia-se que seu próximo passo seria a candidatura para vice-governador de Massachusetts.

Quando a notícia chegou aos ouvidos de Janaína, seus planos infalíveis de cupido mudaram: esse tal de Frederick Darcy é quem seria perfeito para Lizzie! Imagina, ter uma Primeira-Dama na família!

Os convidados começaram a chegar à Festa de Ano Novo mais badalada de Búzios e encher o belo quintal da casa dos Benevides, mas nada de Charles e seu amigo. Janaína estava ansiosa para vê-los. Ainda não havia conseguido cruzar com nenhum deles, apesar de suas diversas tentativas.

Jane estava deslumbrante com o vestido curto de alças no mesmo tom de azul que seus olhos. Ela não gostava muito da tradição brasileira de usar branco na noite de Réveillon. Seus cabelos loiros, longos e ondulados estavam soltos, dando-lhe um ar de deusa grega. Janaína achou a maquiagem de Jane básica demais, mas o sol já havia deixado sua pele levemente dourada, então o *blush* realmente não era necessário agora. Para melhorar, o vestido de tecido fino realçava seu corpo curvilíneo. Se tinha algo que deixaria os americanos boquiabertos era isso: certamente não havia loiras americanas com todas aquelas curvas!

Lizzie também estava muito bonita, apesar de não ter a mesma sensualidade de Jane, embora fosse muito mais elegante que a irmã. E ela usava a cor típica do Ano Novo no Brasil. Ostentava um vestido branco tomara-que-caia rendado, deixando suas pernas torneadas à mostra. O branco fazia um belo contraste com sua pele, muito bronzeada, mesmo depois de menos de uma semana em Búzios.

No entanto, o que Janaína mais admirava em sua filha eram seus olhos, que havia puxado do pai. Eles eram amendoados e de cor âmbar. O pai e a filha eram as únicas pessoas que Janaína havia conhecido com olhos daquela tonalidade. E sabia que a característica peculiar da filha não passava despercebida pelos homens.

No resto, Janaína também não achava defeito em Lizzie: cabelos tão longos e sedosos quanto os de Jane, só que pretos. Corpo tipicamente brasileiro: seios pequenos, cintura fina e quadril largo. E como Liz era fã de esportes e corrida, tinha músculos firmes e tonificados.

As duas filhas conversavam animadamente com Lotte. Janaína sempre teve pena da moça. Era uma belíssima moça, filha de pai negro e mãe branca, de traços finos e elegantes; adoráveis cabelos encaracolados. Porém, não havia nada mais que um rosto de boneca e uma voz de rouxinol. Era extremamente preocupada com a opinião masculina e lhe faltava autoconfiança, o que a tornava, aos olhos de Janaína, sem graça.

Além disso, Janaína achava que sua falta de graciosidade era salientada quando estava ao lado de suas duas filhas mais velhas. E o pior é que sempre estava com elas. Quando um homem a notaria enquanto ela estivesse com as duas beldades? Nunca, pensava Janaína. Que pena, porque era uma menina de ótimo coração e caráter. Uma vez expusera sua opinião de Lotte a Liz, que se ofendeu com a mãe e pediu que nunca mais repetisse aquele comentário machista. Janaína simplesmente gargalhou das tolices da filha e ignorou seu comentário.

Janaína acreditara que a grande chance de Charlotte seria quando morasse nos Estados Unidos. Os gringos branquelos eram doidos por uma bela mulata brasileira. Entretanto, todo ano no verão, Charlotte voltava solteira. E, ao contrário de Lizzie, não era por opção.

A matriarca da família Benevides estava perdida em seus pensamentos quando Charlotte aproximou-se dela com Lizzie e Jane, para lhe avisar que Charles Bing, sua irmã e Frederick Darcy haviam chegado.

"Finalmente! Achei que não chegariam mais!"

Janaína retoca o batom vermelho, ajeita os cabelos das filhas e chama o marido para receber os convidados ilustres.

Imaginava que o rapaz e a moça ruivos fossem os Bing. E eram muito atraentes. A moça, como toda bela gringa americana, era magra demais, mas alta, elegante e tinha um rosto de rainha do gelo. As sardinhas do seu nariz combinavam com as de seu irmão, e Janaína as achava adoráveis.

Charles não era tão alto quanto a irmã modelo, mas era tão elegante quanto e sem a sua magreza. Claramente, era um homem que gostava de musculação, para o deleite dela. "Não há nada de errado em olhar!", pensava Janaína, por mais que soubesse que ele estava destinado a uma de suas filhas.

O que mais gostava nos dois, que o terceiro do grupo não apresentava, era o simpático sorriso em seus lábios. Eles agradeceram pelo convite e foram absolutamente adoráveis. Charles era muito informal e simples, e sua irmã também não deixava nada a desejar no quesito amabilidade, apesar de ser mais fria.

O terceiro era diferente. Homem extremamente educado, mas também radicalmente formal, Frederick Darcy passou logo a impressão de ser uma figura importante. E era, de longe, a pessoa mais alta da festa. Janaína calculou mentalmente que deveria medir mais de um metro e noventa!

Janaína ainda não decidira se aprovava ou não suas feições. Ela julgava a beleza ou feiura dos homens muito mais baseada na forma como a tratavam do que, bem, nas características físicas em si.

Só sabia que não poderia jamais chamar Frederick Darcy de horroroso. Seus olhos azuis formavam uma interessante contraposição entre seus cabelos lisos castanho-escuros e sua pele branca. Seu corpo também não era dos piores: os ombros eram largos e a postura era a de um atleta. Talvez nadador.

Contudo, o homem era tão sério que Janaína calculou que ele somente poderia se dar bem com sua Malu. *Bem, melhor do que nenhuma*, raciocinou ela.

Caroline e Charles Bing iniciaram imediatamente uma conversa animada com Jane. Charlotte e Lizzie continuaram discutindo sobre um filme de um tal de Hitchcock que haviam assistido na noite anterior. Janaína nunca havia entendido o gosto da filha por filmes, mas seu marido (e Malu) viviam dizendo que ela era impecável quando se tratava de cinema e livros.

Whatever[1], pensava Janaína. Desde que começara seu curso de inglês, havia aderido a algumas expressões do idioma em seu próprio vocabulário.

Observando todas as filhas entretidas, foi até o bar buscar um *Cosmopolitan*. Seu trabalho naquela noite estava feito. Agora era com elas.

Mal conhecera a bela Jane e Charles já estava encantado. Ela era inteligente, uma advogada recém-formada e com uma carreira brilhante pela frente, embora não fosse prepotente (ao contrário de seus amigos do Direito). E era incrivelmente divertida.

Eles tinham muito em comum: Jane adorava comidas exóticas e um de seus passatempos favoritos era experimentar novas receitas, que oferecia à irmã Liz para provar. Ele também aprovou sua irmã Liz, que era engraçada, sarcástica (sem ser ofensiva) e culta.

Charles queria desesperadamente chamar a beldade carioca para dançar, mas não conhecia aquelas músicas e não tinha os quadris soltos como os brasileiros à sua volta. Por sorte, o DJ começou a tocar umas baladas mais leves, românticas. Assim que ouviu a canção *Kiss me*, Charles pediu licença a Liz e convidou sua irmã mais velha para a pista.

1 - Tanto faz.

Era a oportunidade perfeita para poder tocá-la sem parecer inconveniente. Jane era simpática, mas não parecia ser o tipo de mulher que permitiria que um estranho a tocasse sem motivo. Sua timidez lhe oferecia um charme extra, e ao final da música da banda *Sixpence None the Richer* ele já se sentia apaixonado.

Levou a moça até uma mesa no canto do jardim, escondida pelas sombras e tão perto do mar que era possível ouvir suas ondas chegando. O lugar perfeito para uma noite que ele sentia que seria igualmente perfeita.

Conversaram sobre suas receitas favoritas, sobre experimentos malsucedidos na cozinha, sobre a possibilidade de Jane ir morar em Nova Iorque, único local do mundo que Charles considerava sua casa.

Surpreso consigo mesmo, ele se abriu totalmente com aquela semidesconhecida, tanto a ponto de já estar convencido de se tratar de sua alma gêmea. Contou-lhe sobre seus familiares de origem texana, envolvidos com a indústria do petróleo e política local, e que lhe pressionavam constantemente para que ele se dedicasse aos negócios da família.

Jane ouviu o desabafo pacientemente, e sentiu-se atraída por aquele homem, que, mesmo sob a forte influência dos pais, seguiu a carreira que queria e teve um grande êxito. De fato, ela já havia lido diversos artigos sobre os restaurantes de Charles, apesar de nunca neles ter ido.

Inicialmente, ela temeu que o rapaz não passasse de um garanhão que estava procurando uma aventura para aquela noite. Porém, ao longo da conversa, sua impressão mudou. Ao ouvi-lo falar com tanta paixão de seus restaurantes, dos lugares que queria visitar e das comidas que queria experimentar, sua restrição inicial foi substituída por admiração. E atração até.

Jane sabia que deveria ser reservada perto deste homem. A química à primeira vista que sentiu por Charles deveria ficar guardada a sete chaves. Ela não seria mais uma na longa lista de conquistas que aquele homem atraente (e rico) certamente tinha.

O deleite de ambos com a companhia um do outro os deixou tão concentrados em cada palavra, em cada gesto trocado, que eles não perceberam o *show* de Lídia a poucos metros dali.

A descarada caçula da família estava, mais uma vez, envergonhando a si mesma, a suas irmãs e a seu pai com sua postura escandalosa. Apenas a mãe não via nada demais nas extravagâncias da filha.

Apesar de menor de idade, Lídia já bebia mais que as irmãs mais velhas, sempre escondida dos pais. E hoje não havia sido uma exceção. A morena de cabelos tingidos de loiro e lentes de contato azuis poderia ser adorável, se não fosse tão inconveniente e desbocada.

Depois de beber algumas doses de tequila que conseguira roubar do bar, a garota, já embriagada, dançava alucinadamente sobre uma mesa central da festa, sob o olhar crítico e chocado de Caroline Bing e Frederick Darcy.

Lídia não embaraçou sua família e vizinhos por muito tempo, visto que Liz logo avisou ao pai, que a tirou da festa e a trancou em seu quarto.

Percebendo que Charles estava distraído com sua irmã mais velha, Liz se esforça para entreter a irmã e o amigo do agradável rapaz. Mas não sabia que a tarefa seria tão difícil. Ao contrário do que imaginou logo que foi apresentada a Caroline, a colega de profissão de sua irmã Jane era arrogante e estava claramente entediada.

Frederick Darcy, por outro lado, era exatamente o que parecera ser quando chegou à festa de Ano Novo dos Benevides. Antipático, sério e mal-humorado. Liz tentou animá-lo de várias maneiras, porém, o homem somente lhe deu atenção quando a ouviu conversando com Lotte sobre *Janela Indiscreta*, um de seus filmes favoritos de Hitchcock.

"Não sabia que brasileiros tinham um gosto tão refinado", disse-lhe Frederick, em um tom que ofendeu profundamente Liz.

"Pois é. Filmes mais alternativos, às vezes, chegam até o fim do mundo", respondeu Liz, ironicamente.

"Pois é. Pelo jeito é assim mesmo. Mas tenho que partir do pressuposto de que você entrou em contato com uma cultura mais avançada durante seus anos em Boston". Claramente, Frederick não havia entendido o sarcasmo no comentário de Liz e apenas aprofundou o desaforo que havia lhe dirigido.

O que ele pensava? Que eles eram analfabetos idiotas? Liz havia conhecido muitos americanos ignorantes que tratavam o Brasil (e os brasileiros) de uma forma preconceituosa e caricaturada. No entanto, não esperava tal atitude dos amigos de Charles, um homem tão gentil e cosmopolita.

Quando o DJ começou a tocar músicas mais lentas, o indesejável Darcy e Caroline abandonaram-na sozinha à beira da pista para dançarem juntos.

Esses dois se merecem. Deveriam se casar, pensa a morena, chocada com a grosseria dos convidados estrangeiros.

Liz foi em seguida para uma roda de conversa com Lotte e outros amigos de Búzios e rapidamente se esqueceu dos dois americanos pedantes.

"Ele é maravilhoso. Bom demais para ser verdade, Lizzie."

"Geralmente, quando é assim, quer dizer que é realmente bom demais para ser verdade, Jane. Homens como Charles Bing ou o *senhor* Darcy têm mais pretendentes correndo atrás deles do que podem dar conta. É melhor não se meter com nenhum deles, mana. No mínimo, até conhecê-los melhor."

"A irmã de Charles, Caroline, parece ser uma moça adorável, não?"

"*Adorável*", debochou Liz.

Sua irmã mais velha sempre teve a inclinação de gostar de todo mundo e ignorar seus defeitos. Isso fazia dela uma pessoa mais leve e otimista que Liz, mas também muito mais vulnerável às maldades e crueldades da alma humana. Decepcionava-se com quase todos que conhecia, por sempre partir do pressuposto de que eram pessoas de caráter incorruptível.

Liz lembrava-se do namorado de longa data de Jane, de quem chegou a ser noiva. Foram cinco anos de relacionamento durante todo o colegial. Liz sempre o achou mulherengo, daqueles homens que paqueravam com qualquer mulher que lhe desse a menor atenção. Entretanto, nunca soube da verdadeira traição a Jane. A não ser quando as irmãs se mudaram para os Estados Unidos. Liz foi concluir o colegial por lá, enquanto Jane começava o curso de Direito com bolsa parcial que havia conseguido graças a suas habilidades com o vôlei.

Em menos de um mês fora do Brasil, as traições começaram. Era suposto que Bruno (este era o nome da criatura) as visitasse dois meses após sua partida, mas o noivado não aguentou muito tempo de separação. Tão logo confirmadas as suspeitas de infidelidade (e foram mais que poucas), Jane pôs fim ao relacionamento.

O rapaz bem que tentou se reaproximar de Jane diversas vezes, amargamente arrependido de sua fraqueza carnal, mas a moça não lhe dera qualquer esperança: não havia nada mais imperdoável para ela que a mentira.

Liz ficou contente por um lado, pois, apesar do sofrimento da irmã com a separação, sabia que ele seria passageiro. Sabia que Jane merecia mais. A questão, na verdade, era que nenhum homem seria jamais bom o suficiente para sua irmã mais querida.

"Meu pai me contou que Lídia bebeu escondido mais uma vez", comenta Jane, arrancando Liz de seu sonho acordado.

"Sim. O que faremos com ela, Jane? Não há limites para sua imprudência? Ela consegue ser mais insensata que mamãe! E mais escandalosa também. Sem contar, muito mais problemática."

"Você descobriu o que houve no internato, Lizzie?"

"O mesmo que aconteceu todas as outras vezes em que ela se meteu em confusão: rapazes. Aparentemente, uma das freiras a pegou com um adolescente na cama. Malu ficou sabendo da história por cima, mas disse que foi vergonhoso. Como é tudo o que envolve Lídia. Você tem sorte que Charles não viu nada. Lídia é capaz de afugentar qualquer homem", gargalha Liz.

Jane continua séria e pensativa. Sabe que Liz fez uma brincadeira, mas, de fato, sua irmã mais nova podia ser um perigo para ela mesma e para a reputação da família. Liz não se importava, pois nunca havia se preocupado com o que pensavam dela. Jane tentava fazer o mesmo, mas por vezes não conseguia.

Por algum motivo, ainda inconsciente, Jane queria impressionar Charles Bing. E, para tanto, precisaria causar uma boa impressão em seu amigo e em Caroline. E sabia que os dois haviam assistido ao circo que Lídia havia causado. Certamente, contariam a Charles. O que ele pensaria disso?

"É um conhecimento universal que o homem, por mais apaixonado que esteja, não fica com uma mulher se sua família o desagrada", reflete Liz.

"Você acha mesmo?", Jane questiona, preocupada. Sua irmã apenas levanta os ombros em resposta, deixando Jane à beira do desespero. Oras, e por que ela estaria preocupada com isso? Afinal de contas, mal conhecia Charles Bing. E, pelo que Liz lhe havia dito, seu amigo era um tanto quanto esnobe. Deveriam estar falando mal da família delas naquele momento.

"Que lugar brega, Charlie! Tenho que admitir: é lindo, agradável e o pessoal daqui é simpático, mas, por favor! Quem aqui seria o público para o seu restaurante?"

"A família Benevides parecia ter bom gosto."

"Não, querido irmão. A única ali que tem bom gosto é a moça com quem dançou. Devo admitir que ela tem realmente um intelecto do nosso nível."

"A irmã dela, a tal de Liz, também é inteligente, se não fosse tão atrevida", complementa Frederick.

"E acreditar que essa tal de Liz é considerada bonita neste buraco. Cheguei a ouvir alguns se referindo a ela como *deslumbrante*", afirma Caroline.

"Decerto, ouviu os elogios da boca da mãe delas, Caroline", ironiza Frederick, fazendo a ruiva gargalhar.

Charles estava desconfortável com os comentários maldosos dos dois, mas não fazia parte de seu feitio confrontar ninguém. Em vez disso, mudou de assunto.

"Vocês podem dizer o que quiserem, mas achei este lugar maravilhoso, e com uma energia fascinante".

"A única coisa de impressionante a respeito deste lugar, Charlie", avalia Caroline, "é a capacidade dessas pessoas de viverem nesse calor insuportável e com tamanha quantidade de mosquitos".

"Tenho que discordar de você desta vez, Caroline. Concordo com Charlie sobre a energia e a beleza únicas deste local. Mas compartilho de sua preocupação a respeito do potencial de clientela para um restaurante no nível dos seus, Charlie. Quem iria? Talvez a Jane e a irmã, mas quem mais? A mãe delas?"

Como sempre, Caroline gargalha com vontade, buscando agradar o melhor amigo de seu irmão. Tentava ao máximo ter momentos a sós com ele, mas isso se tornava cada vez mais difícil. Quando Charlie e Fred estudavam juntos em Harvard, era mais fácil se encontrar com ele sem levantar suspeitas, pois sempre podia justificar uma visita ao irmão.

Só que agora, Charlie e Fred viviam em estados diferentes. Sobrava a Caroline ficar atenta quando os dois combinavam de se encontrar e viajar juntos. Eram suas únicas oportunidades de passar um tempo com Frederick Darcy sem que ninguém notasse suas intenções.

Mal sabia ela que a moça audaciosa que ela havia conhecido mais cedo, Liz, já tinha deduzido seu plano em relação a Frederick. Liz também já havia captado a total falta de reciprocidade de sentimentos na atitude dele.

"Não sei quem iria gostar de meu restaurante, só sei que me diverti muito hoje", reflete Charles. "Nunca havia visto mulheres tão bonitas em toda a minha vida!"

"Você deve ter realmente se divertido, Charlie, pois passou a noite com a única mulher verdadeiramente interessante daquela festa."

"Fred, mesmo você tem de admitir que a irmã dela, Liz, também é encantadora!"

Caroline prende a respiração para não perder uma palavra sequer de Frederick. Quer saber o que ele realmente achou de Liz. Podia estar enganada, mas o viu olhando vezes demais na direção da moça.

“Meu amigo, ela seria encantadora se fosse gentil como a sua Jane. Mas sua postura e palavras são cobertas de sarcasmo e de uma pretensão de superioridade que acabam com qualquer charme em potencial. O máximo que posso admitir que ela possui é uma beleza exótica. Realmente, não há espécimes como ela nos Estados Unidos”.

Caroline e Charles entreolharam-se diante do comentário grosseiro de Frederick. E começam a gargalhar. Ao contrário das pessoas que não o conhecem bem, os dois já se acostumaram com o jeito bruto do amigo de falar. Especialmente de mulheres.

“Espécimes? Elas são animais agora? Daqui a pouco falará de mulheres como se fossem éguas!”, Charles diz, entre risadas.

Frederick Darcy deixa a seriedade para se juntar aos amigos. Riem até seus abdomens doerem. Era o que Frederick mais admirava em Charlie: sua capacidade infinita em transformar em piada a mais séria das conversas. Às vezes, isso chegava a incomodá-lo. Mas não agora...

Capítulo 2

No dia seguinte à festa, o casal Benevides deu o dia de folga para suas quatro filhas. Elas haviam trabalhado muito na última semana e mereciam aproveitar o dia ensolarado de Búzios. Liz e Jane usaram o tempo livre para passar o dia em sua praia favorita da cidade: Ferradura.

A praia ficava em um local privilegiado: dentro de uma baía e cercada por montanhas. Quando estava vazia, seus visitantes sentiam-se como se fossem os últimos seres humanos da terra, destinados a desfrutar daquele éden. Porém, nos últimos dias, Ferradura estava sempre lotada.

Entretanto, com o passar das festas de Ano Novo, alguns dos turistas iam embora, voltando às suas vidas urbanas nas capitais brasileiras. A cidade estava menos cheia. Mesmo assim, ainda haveria muitos turistas em Búzios até o final do verão, como acontecia todo ano.

Ainda era cedo (para os parâmetros de uma cidade turística brasileira) e as meninas encontraram seu oásis favorito vazio. Eram as águas mais agradáveis da região. Como ficavam na baía, em formato de ferradura (o que deu origem ao nome), as águas daquela praia não eram frias como costumam ser no Rio de Janeiro. Não chegavam a ser mornas como aquelas da Bahia, estado onde seu pai nasceu, mas eram confortáveis e refrescantes.

Este também era o melhor horário para se bronzear. Apesar de já estar quente, mesmo às oito da manhã, o calor ainda era suportável e o sol não estava forte o bastante para queimar a pele sensível de Jane.

O mar estava tão azul quanto o céu e as meninas passaram um tempo em silêncio, admirando o cenário paradisíaco no qual o Oceano Atlântico encontrava-se com belas colinas verdes. O cheiro de maresia era agradável, assim como a deliciosa melodia das ondas dançando pelo mar até a areia branca.

Como sentiam falta desta cidade! As duas somente se lembravam disso quando estavam aqui. Não importava onde estivessem, nenhum lugar seria comparável a este. Ambas haviam viajado muito, mas concordavam que nenhuma beleza natural no mundo era tão impressionante como a brasileira.

Quando a praia começou a encher, Liz e Jane decidiram que estava na hora de se retirar. Estavam na dúvida se daria tempo para passearem de canoa na praia, em frente à casa dos Benevides, ou se prefeririam relaxar na piscina quando esbarraram com Charles.

Eles não se viam desde a festa de Ano Novo, há cinco dias. Charles lhes disse que estava a caminho da marina, onde deixara o barco, e lhes convidou para passar o dia com ele, Frederick e Caroline. Eles planejavam mergulhar para curtir a alta visibilidade da água naquela manhã.

Liz não estava disposta a gastar o dia de folga com aquelas duas pessoas desagradáveis, mas o olhar de sua irmã implorava por companhia. Então, ela aceitou. E os sorrisos de Jane e Charles confirmaram que ela tomara a decisão acertada.

Depois de pegar algumas coisas para o dia fora, as meninas foram com Charles até a 'lancha'. Esperavam um barco comum, mas haviam se esquecido que não havia nada de comum com esses estrangeiros.

Era um verdadeiro iate, com dois andares e até uma *jacuzzi*. Havia um sofá do lado de fora, protegido do sol por um painel do segundo andar, que Liz logo identificou ser o ponto perfeito para a leitura do livro que trouxera.

Caroline e Frederick não esconderam a surpresa ao ver as duas irmãs com Charles, ela com claro desapontamento e ele, confuso. Liz voltou a questionar a decisão que tomara. *Tenho que fazer isso por Jane. Ela não parou de falar desse Bing desde a festa*, ela dizia para si mesma.

A temperatura já batia nos vinte e oito graus, e a sensação térmica passava dos trinta. Caroline Bing parecia incomodada com o calor. Carregava um pequeno ventilador portátil contra o rosto.

Frederick estava, surpreendentemente, admirando a vista, e chegou até mesmo ao absurdo de fazer comentários sobre a beleza de Búzios. Sem perder a seriedade, é claro.

Charles, como sempre, estava bem-humorado e excitado com o passeio, principalmente com a presença de Jane, de quem sentira muita falta desde que se conheceram.

Todos deixaram suas coisas na sala da parte de dentro do iate e seguiram para a proa assim que o capitão lhes avisou que estavam saindo. Naquele momento, Jane e Charles já conversavam animadamente e Caroline parecia tentar puxar assuntos com Frederick, mas fracassava a cada novo tópico. Ele respondia de forma monossilábica.

Liz achava curiosa a indiferença dele em relação a Caroline, pois os julgava um casal perfeito, mesmo fisicamente. Ela era magra demais para os padrões brasileiros, mas tinha uma postura elegante e sabia se vestir de modo a favorecer suas raras curvas.

Hoje Caroline usava um biquíni vermelho com um grande chapéu branco, para proteger sua pele alva do sol escaldante, e gigantescos óculos *Chanel*. A parte de cima era tomara que caia com bojo, o que dava a impressão de haver mais carne ali do que de fato existia.

Liz olha para sua própria roupa de banho e vê como é simples se comparada à da companheira de barco. Usava um biquíni verde claro, com a parte de cima de cortininha e a de baixo de lacinhos nos lados, como típico no Brasil. Ao menos, podia se orgulhar de seu corpo e do bronze que já tinha alcançado.

No entanto, por que se preocupava se estava bem ou não? Certamente não se importava com a opinião daqueles dois. E ela havia notado que Charles nem havia olhado para ela, o que lhe agradou bastante.

Colocou os óculos *Ray Ban* que havia comprado na promoção em alguma loja de Boston e relaxou. O vento trazia consigo uma sensação agradável, e Liz se deitou no canto esquerdo do chão acolchoado da proa, fechando os olhos, saboreando os sons e cheiros à sua volta.

Somente quando pararam ela voltou ao mundo real. Sentiu uma presença ao seu lado. Era Frederick, que estava virado de frente para ela, apoiado em um ombro. Ele tinha um livro na mão, mas ela pôde perceber que ele a encarava. Ele voltou sua atenção para as páginas no momento em que notou que Liz havia acordado.

O que aquele homem estava olhando? Devia estar procurando algum defeito. Será que seu biquíni havia saído do lugar? Ela se checou em um milésimo de segundo e verificou que estava tudo em ordem. *Estranho*, pensou...

Mas tudo era estranho em Frederick Darcy...

Depois de comerem um delicioso peixe assado com farofa à brasileira, Jane e Charles decidiram que estava na hora de fazerem um pouco de *snorkel*. Segundo o capitão, havia um belo coral nas rochas que estavam a uns vinte metros do barco, e os dois foram verificar.

Sabendo que desejavam ficar sozinhos, nenhum dos companheiros de passeio os acompanhou. Caroline anunciou que iria relaxar um pouco na *jacuzzi*. Liz estava curiosa para experimentá-la, porém, resistiu à tentação. Não valia a pena ter que aguentar os olhares raivosos daquela mulher. E, com toda certeza, Caroline desejava ficar a sós com Frederick Darcy, que provavelmente a seguiria.

Enfim, poderei relaxar na companhia do meu livro, pensa Liz, aliviada. Tirou-o da bolsa e começou sua leitura, quando viu de relance alguém se sentando à sua frente. Frederick. Ele abriu o jornal *O Globo* do dia e começou a lê-lo.

"Você lê português?", Liz não segura a pergunta arranhando sua garganta.

"Quero aprender. Consigo ler em espanhol".

"É mesmo?" Liz fica surpresa que ele tenha se dado ao trabalho de aprender uma língua do *terceiro mundo*, como ele havia se referido ao Brasil. *Provavelmente, seu interesse por esses idiomas estejam relacionados às suas viagens à Europa*, raciocinou a brasileira.

"Foi por causa de minha irmã. Ela é fanática por Gabriel García Márquez. Chegou a me ameaçar se eu não lesse *Cem anos de Solidão* e *O Amor nos tempos do cólera*... mas não era suficiente lê-los. Georgy acha que uma grande obra tem que ser lida em seu idioma original, senão perde boa parte de seu conteúdo".

Liz surpreende-se com o falatório de Frederick Darcy. Ainda mais com o carinho explícito com o qual falava de sua irmã. Era assim que ela própria falava de Jane? De qualquer maneira, o discurso de Frederick despertou um interesse em Liz pela tal de Georgy. Ela particularmente também era uma grande fã do escritor colombiano.

"Se deixou levar por sua convicção de que os seres humanos não nascem para sempre no dia em que as mães os dão à luz, e sim que a vida os obriga outra vez e muitas vezes a se parirem a si mesmos".[1]

Liz o recitou automaticamente, e em espanhol, deixando Frederick Darcy boquiaberto. O fato de seu inglês ser fluente já o havia impressionado, mas espanhol também? Sem perceber, ele começou a encará-la sem responder, e os dois entraram em um silêncio constrangedor, até que Liz o rompeu.

"Você comentou que aprendeu espanhol lendo obras clássicas na língua original. Por que não faz o mesmo com o português? Poderia ler obras de autores brasileiros...", sugere Liz, arrependendo-se de ter dado continuidade à conversa no momento em que as palavras deixaram seus lábios.

"Minha irmã conhece pouco de literatura brasileira. Mas eu estou pensando em levar alguns livros para ela. O que você sugere?"

Liz estranha a naturalidade da conversa. Por um lado, sente-se à vontade conversando com ele, pois o próprio Frederick parece relaxado pela primeira vez desde que se conheceram. Por outro, desconfia dessa mudança repentina, especialmente se comparado ao jeito carrancudo

1 - Trecho de O *Amor nos Tempos do Cólera*.

que ele manteve durante toda a festa de Ano Novo. E seu olhar fixo nela também a incomoda.

"Depende do gosto dela. Há tantas obras que eu adoro. Vou sugerir três, cada uma escrita por um autor com um estilo bem diferente do outro. O que acha?"

"O que você achar melhor. Tenho certeza de que o que quer que você indique será bom".

"Hummm...", a boca dela fica seca. Os olhos de Frederick escurecem e ela tem a impressão de que ele a está testando. "Então, eu recomendo *A Hora da Estrela*, de Clarice Lispector; *Dona Flor e seus dois maridos*, uma deliciosa comédia regional de Jorge Amado; e *Viva o Povo Brasileiro*, de João Ubaldo Ribeiro, para que ela possa entender um pouco de... bem, Brasil. Caso ela se interesse".

"Ah, tenho certeza de que ela vai se interessar", Frederick responde quando termina de anotar as dicas literárias em seu celular.

Desejando terminar aquela conversa bizarra, Liz volta a seu livro. É quando seu misterioso companheiro faz algo ainda mais inesperado. Senta-se na cadeira ao lado da dela e se inclina para enxergar a página que ela está lendo.

Frederick Darcy está tão próximo agora que Liz pode sentir seu perfume. Pode sentir sua respiração. Pode sentir seu rosto encostando em seus cabelos. O que ele está fazendo?

"O que você está lendo?", ele sussurra.

"*Norte e Sul*", de Elizabeth Gaskell. Liz sabe que deveria se afastar, mas permanece imóvel.

"Nunca ouvi falar. Está em inglês. Americano ou britânico?"

Por que ele quer saber? Céus! O que fazer para me livrar deste homem?, pergunta-se Liz, à beira do desespero.

É quando ela finalmente compreende: ele estava propositalmente deixando-a sem graça. Claro! Então, o remédio seria fazer o mesmo. Liz podia ser inexperiente em muitos sentidos, mas nunca deixara nenhum homem embaraçá-la. E aquela certamente não seria a primeira vez.

Liz vira-se em sua cadeira até encarar seu torturador. Os narizes deles quase se tocam. As pupilas de Frederick dilatam-se ainda mais e sua respiração acelera. Porém, ele também não se mexe. Agora, Liz pode sentir seu hálito.

"Gaskell, a meu ver, é uma das autoras mais injustiçadas do mundo. Ela foi contemporânea (e amiga) de 'celebridades literárias' de seu tempo, como Charles Dickens e Charlotte Brontë. Entretanto, são poucos os que a conhecem. Ou a apreciam".

"Prometo que vou ler sua obra", Frederick diz sorrindo. "Sobre o que se trata?"

Liz respira fundo. O que fazer agora? Ele não se afastou. Pelo contrário. Seus olhos estão praticamente pretos agora, quase não dá para ver o seu azul profundo. Ela engole a seco e responde à questão.

"Em poucas palavras, é um livro sobre preconceitos e estereótipos. Margaret Hale e John Thornton, o casal principal, vêm de dois mundos diferentes. Ela é originalmente do Sul da Inglaterra do Século XIX, e ele, do Norte. Naquela época, havia grande produção e comércio de algodão na região Norte do país; então, eram cidades industriais. Mas o Sul ainda era diferente, e o estilo de vida era mais campestre..."

Agora, era ela quem não conseguia se calar. Ele aguarda que ela continue. O que mais dizer? Ela sabe o que quer dizer àquele homem arrogante. Mas teria coragem?

"Basicamente, eles se julgaram mutuamente, baseados em ideias pré-concebidas que um tinha do mundo do outro. Em especial Margaret, que construiu em sua mente um caráter do senhor Thornton fundamentada por valores sulistas, quando deveria ter levado em conta a realidade do Norte. Sabe? Uma coisinha chamada empatia. Você me lembra Margaret".

"Sim? Como?"

Liz esperava uma reação defensiva, mas não havia indignação na voz de Frederick Darcy. Não havia ela ofendido o ego daquele homem orgulhoso?

"Você julga o Brasil a partir de parâmetros americanos. Você quer nos avaliar? Então, tem de fazê-lo de acordo com *nossas* regras, não com as suas. Afinal de contas, paradigmas são estabelecidos a partir de perspectivas. Não há parâmetros certos ou errados. Há parâmetros adequados para determinada realidade".

"Em outras palavras, você está questionando quem sou eu para falar bem ou mal do seu país".

Novamente, uma afirmação livre de desprezo. Liz sente o sangue subindo por suas veias até suas bochechas e espera que seu bronzeado disfarce seu constrangimento. Não era, nem de longe, a reação que esperava dele. Parecia até que ele havia... concordado com ela?

"Fred! Pode me ajudar, por favor? O sol está demasiado quente. Preciso de protetor solar".

Liz era agnóstica, mas agradeceu a quem quer que tivesse atendido às suas preces. Caroline chamou pelo nome de Frederick outras duas vezes antes que ele, finalmente, se levantasse para ir até ela.

Liz não sabia o que havia acontecido ali, mas faria de tudo para que aquele homem não tivesse outra chance de ficar a sós com ela.

Lídia tinha consciência de que era a menos favorecida de suas irmãs, no que dizia respeito a atributos físicos. Não tinha os seios fartos de Jane ou o corpo malhado de Liz, mas era muito mais sensual que as duas. Todos os rapazes gostavam dela. Por outro lado, muitos deles achavam Liz e Jane metidas.

E a pobre Malu não era sequer comparável a Lídia. Podia ter lindos olhos verdes, mas eles ficavam sempre escondidos sob seus óculos. Podia ter um corpo curvilíneo, mas ninguém percebia por causa das roupas largas. Podia ter cabelos tão sedosos quanto os de Jane e brilhantes como os de Liz; mesmo assim, ela sempre os mantinha presos.

Lídia era diferente. Ela era sorridente, ao contrário da sisuda Maria Luiza; gentil, ao contrário da sarcástica Liz; e tinha grande facilidade de comunicação, ao contrário da tímida Jane.

Além disso, pensava Lídia enquanto se admirava no espelho, aquilo que não havia recebido de nascença, havia consertado. Exceto, claro, pela cirurgia plástica para aumentar os seios que ainda não tinha permissão para fazer. Todavia, sua mãe já lhe havia prometido como presente de dezoito anos. Quantas coisas poderia fazer quando completasse essa idade!

Lídia achava que ter de esperar outros quase três anos para poder fazer coisas divertidas, como beber álcool e dirigir, era tempo demais. Por isso, não havia esperado. *Para que esperar para aproveitar sua vida?*, perguntava a si mesma. Não iria. Iria curtir cada minuto como se fosse o último. *Carpe Diem*[2] era seu mantra.

Ela deu uma última olhada em seu reflexo no espelho antes de sair para se encontrar com sua conquista de verão. Precisava pintar a raiz dos cabelos loiros tingidos, incluiu em uma lista mental. Porém, de resto, considerava-se perfeita.

As lentes de contato azuis que a mãe lhe dera quando chegou do Rio de Janeiro lhe caíam muito bem. Seu rosto angelical estava *sexy* com o batom vermelho, combinado com o biquíni. E, claro, seu bronzeado estava tão bonito que até dava a impressão de que havia músculos naquele corpo magro.

Hoje não era seu dia de folga, de forma que ela teria de sair pela porta dos fundos. Não queria seu pai enchendo o saco sobre responsabilidades e dizendo que ela estava de castigo. *Injustamente, diga-se de passagem.* O pai lhe havia castigado pela expulsão da prisão das freiras. O que poderia fazer?

As mulheres não a deixavam falar com qualquer rapaz. Nem sequer o gato do Felipe, com quem ela estava saindo havia algumas semanas. Ela não queria ser freira como elas; então, não havia razão para ficar longe de Felipe ou qualquer outro.

Aparentemente, as irmãs não concordavam. Assim que a flagraram com o Felipe (e olha que ainda nem haviam começado a fazer nada demais), mandaram-na para fora. Somente tivera tempo de avisar aos amigos de seus pais, os Lopes, que iria ficar um dia no apartamento deles. Ela achara que suas irmãs de verdade ficariam do seu lado, mas nem Liz, que se dizia feminista, a compreendia! Eram todas umas hipócritas, que viviam presas por estúpidas convenções sociais. Lídia, por outro lado, era uma mulher madura e livre presa em um corpo de adolescente.

2 - Expressão latina que significa aproveite o dia.

Por mais três longos anos...

Agora, estava tudo bem novamente com os pais e em Búzios. Especialmente com um cara como o Marcelo para lhe fazer companhia. Ele era exatamente o que Lídia gostava no sexo oposto: moreno, surfista, divertido e tinha dezoito anos. Não era moleque, já era homem.

Mal chegaram à praia de João Fernandes já encontraram o casal do momento: Jane e Charles. Lídia não entendia por que todos se referiam a *eles* como um casal, já que nunca haviam sido vistos fazendo nada a não ser conversar e exibirem aquela troca ridícula de olhares.

Lídia percebeu de imediato que, naquele momento, faziam o mesmo: nem repararam na irmã ou no seu amigo colorido, tamanha a distração de um com o outro.

A caçula da família Benevides não entendia como a irmã mais velha podia ser tão inexperiente! Certamente, aquele americano bonitão iria desistir dela e procurar uma brasileira mais... impudica.

Liz assustou Lídia e Marcelo ao se sentar repentinamente ao lado dos dois, sem sequer trocar uma palavra com eles. A caçula sabia muito bem o que ela estava fazendo. Desde que começara a ficar com Marcelo, a irmã não lhe tirava o olho. Vivia dando sermões chatos de como uma mulher deve se valorizar e não dar atenção (nem nada mais) a rapazes que não a mereciam...

Carpe diem, Liz!, pensava com irritação, enquanto a irmã lhe dizia aquelas bobagens.

A irmã Jane finalmente deixou Charles e veio em direção às moças.

"Caroline mandou um recado por Charles", conta-lhes Jane, animada. "Ela quer que eu passe a noite lá na ilha para poder jantar com ela! Achei que não gostasse de mim".

"Ela seria uma idiota se não gostasse de você, mana", disse-lhe Liz, sem levantar os olhos da areia fina branca. "Mas parece que vai chover, não é? E você sabe que aquele caminho até a ilha é perigoso quando o mar está revoltado".

"Cheguei a mencionar isso ao Charles e ele sugeriu que fôssemos logo, para aproveitar a carona dele", Jane concluiu, com as bochechas vermelhas.

"Fôssemos? Você e Charles, você quer dizer?", Liz finalmente olha para a face da irmã.

"Não, Liz. Eu, Charles e *você*. Ele percebeu que eu ficaria desconfortável em ir sozinha, então estendeu o convite a você".

"Ele pode gostar da minha companhia, mas a irmã e o amigo jamais aprovariam o convite, Jane, tenho absoluta certeza".

"Por favor, Liz!", Jane implora, e Lídia gargalha ao perceber que Lizzie fracassará, como sempre, em dizer não à irmã mais velha.

Assim que Liz foi persuadida por Jane e lhe deu a resposta positiva, ouviram o primeiro trovão. Então, o grupo se separa: Jane, Charles e Liz foram buscar algumas coisas para as duas irmãs passarem a noite na ilha. Lídia foi arrastada até a pousada mais próxima, de um amigo dos pais, e Marcelo seguiu para algum outro lugar.

Quando as duas irmãs e o americano finalmente chegaram à casa dos Benevides, a chuva já lhes havia alcançado. Liz ficou imediatamente preocupada com a viagem que ela, Jane e seu pretendente fariam em alguns minutos.

O temporal não perturbou o mar o suficiente para impedir a viagem. O trajeto fora mais movimentado que o passeio que tinham feito naquela manhã, mas não havia ocorrido qualquer perigo.

Entretanto, ao chegarem à Ilha Paraíso, a tempestade tornou-se mais agressiva e foram castigados por uma chuva torrencial. Liz não disse nada, mas temia ficar presa mais de uma noite naquele lugar. Mesmo aquele céu na terra poderia se tornar um inferno por conta de alguns de seus ocupantes...

Mais uma vez a pobre Liz deparou-se com caras de susto ao entrar na mansão Bing. Ignorou os olhares questionadores voltados contra si e tentou ligar para seus pais e avisar que haviam chegado bem, mas não conseguiu.

"Não há sinal aqui quando chove", avisou-lhe Frederick Darcy, já se aproximando e deixando Liz desconfortável.

"Espero que pare logo", ela comentou de volta. "Minha mãe detesta barcos e ficará preocupada se não avisarmos que estamos bem".

"Sendo assim, sinto ter de informá-la que sua mãe ficará muito preocupada", ele disse, sério. "A previsão é de muita chuva até amanhã".

Liz sentiu a bile na garganta. Não queria passar as próximas vinte e quatro horas com Frederick. Muito menos com Caroline. Se não fosse por Jane e Charles, Liz tinha certeza de que não sobreviveria vinte e quatro horas na Ilha Paraíso.

Teria que sair dali na manhã seguinte. De qualquer jeito.

O dia seguinte trouxe mais chuva, mais raios e mais ondas. Ficou claro, desde o momento em que todos na mansão acordaram, que não sairiam dali naquele dia. O iate foi até mesmo guardado no galpão para não ser danificado.

Por outro lado, o sinal dos telefones voltou por alguns minutos. Tempo exato que levou para Liz garantir a seu pai (ou ao menos tentar fazê-lo) de que estavam bem e seguras. Antônio Augusto Benevides não era paranoico como a esposa com passeios de barco, mas a tempestade estava tão forte que o deixara aflito pelos seus *tesouros*.

Entediada com a falta do que fazer, Liz fora ajudar Charles e os funcionários a guardar alguns móveis, que estavam no pátio da casa e corriam risco de serem levados pelo forte vento. Por insistência do anfitrião, que não desejava que ela se arriscasse, voltou à mansão quarenta minutos depois, suada e coberta de lama.

Sabendo qual seria o efeito em Caroline ao vê-la sujando seu precioso piso de mármore branco, resolveu entrar no cômodo da parte de trás da casa, onde ficava a piscina aquecida, a sauna e alguns chuveiros.

Decidiu banhar-se de biquíni, tentando tirar o máximo de lama que conseguia do único vestido de praia que trouxera. Não queria pedir a Caroline roupas emprestadas, mas agora sabia que não teria outra opção.

O lugar estava quente e aconchegante, ao contrário do jardim ensopado de onde viera. Liz percebeu que a sauna estava ligada, mas não ouviu ninguém. Provavelmente, deixavam-na assim o dia inteiro. Ela pensava sobre como precisavam de muitos painéis solares para manter aquela mansão funcionando.

Perdida em seus pensamentos e na água quente que retirava, lentamente, toda a sujeira que se acumulara em sua pele, Liz nem percebeu quando alguém se aproximou.

"Liz? Você estava lá fora? Na tempestade? Poderia ter sido atingida por um raio!", uma voz conhecida protestou.

Para sua surpresa, era Frederick Darcy. Então, de fato, havia alguém usando a sauna. Ele não vestia nada a não ser a toalha presa na cintura, e estava com a pele úmida. Liz nunca havia notado os músculos de seus braços. Frederick tinha um corpo bonito, de atleta.

"Bom dia, Frederick", Liz disse friamente. Imaginava se aquele homem orgulhoso a deixaria chamá-lo pelo primeiro nome se estivessem em sua terra natal. "Não corri qualquer risco. Estava com Charles lá fora o ajudando e aos funcionários da ilha a colocar os móveis no galpão".

Liz sai do chuveiro e perde a proteção da água. Percebeu, finalmente, que ela própria também estava seminua. Ele já a havia visto de biquíni antes, mas nunca estiveram a sós com tão pouca roupa. A tomada de consciência do fato fez com que o sangue subisse até suas bochechas.

Imaginou como ela deveria parecer para ele: a garota selvagem, de cabelos bagunçados e coberta de lama. Não gostava nada de se sentir julgada pelo político que via defeito em tudo, menos em sua própria irmã.

Queria desesperadamente colocar de volta seu vestido, mas tanto a roupa quanto ela própria estavam encharcadas. E o pior: ela havia se esquecido de trazer toalhas. Como se lesse seus pensamentos, Frederick lhe passou uma.

Pela primeira vez desde que Frederick a surpreendeu no chuveiro, Liz ousou encará-lo para agradecer. E arrependeu-se no mesmo instante de tê-lo feito. Os olhos de Frederick Darcy estavam escuros, quase como no dia do iate.

Liz ainda não entendia o que significava aquele olhar, mas certamente não era bom. Deveria achar absurdo o estado em que ela se encontrava, especialmente na casa dos outros. Deveria pensar que ela era vulgar por andar por aí de biquíni. Deveria estar, naquele momento, procurando minuciosamente por defeitos nela.

No entanto, Liz não iria se deixar intimidar. Enxugou-se com a calma de quem sabe que tem um belo corpo. Sacudiu os cabelos e penteou-os sem pressa. E prendeu a toalha acima do peito com orgulho.

Vamos ver a cara dele agora. Nem deve mais estar esperando, imaginava Liz.

Pois o homem estava esperando. Com olhos mais escuros do que nunca, para o espanto de Liz! A moça não gostava nada daquilo. Sem conseguir se segurar, todo o sangue de Liz deixou o seu corpo e se acomodou em seu rosto. Desta vez, ela sabia que nem seu bronzeado seria capaz de disfarçar sua vergonha.

Frederick não somente a esperou como fez questão de acompanhá-la para dentro de casa, insistindo com Caroline que lhe emprestasse roupas secas. O que chocou ainda mais a brasileira e enfureceu a americana.

Apesar de não estar nada satisfeita com o pedido, a irmã de Charles fez o que Darcy lhe disse e trouxe alguns vestidos e roupas íntimas para Liz. Ainda sem graça com toda a situação, ela agradeceu à sua anfitriã e saiu do cômodo sem conseguir encarar nenhum de seus ocupantes.

Por que aceitei vir até este lugar?, perguntava-se Liz, já arrependida de sua decisão.

Mal sabia ela que Caroline Bing se perguntava a mesma coisa. Por que ela estava ali se a convidada tinha sido Jane? Não gostava nada da companhia daquela moça arrogante. E ainda teria de suportá-la mais alguns dias, de acordo com as previsões meteorológicas que ela vira nos poucos minutos que tiveram sinal.

Também não lhe agradava nada a forma como Fred a encarava. Ele lhe havia dito que achava todas as mulheres da família Benevides, exceto pela companheira de seu amigo, ridículas e inadequadas. Somente o pai era considerado minimamente tolerável. Darcy havia particularmente falado da postura pedante de Liz, apesar de ter admitido que havia uma beleza “diferente” nela.

Mantenha seus amigos próximos e seus inimigos, mais próximos ainda, raciocinou Caroline. Ela concluiu que não deixaria Liz sozinha com Fred. Mal sabia ela que Liz tinha o mesmo plano.

Naquele dia jantaram comida típica do estado natal do patriarca Benevides. Moqueca baiana, com peixe e camarão, acompanhada de farofa com azeite de dendê. Liz, que ajudava a cozinheira a preparar o prato (e quem o sugeriu também), explicava aos estrangeiros que a culinária baiana tinha forte influência da africana.

Liz temia a postura de Frederick Darcy para com ela, pois eles não estiveram juntos desde o estranho momento no chuveiro. Contudo, por sorte, ele a ignorou durante toda a refeição.

Caroline, como de praxe, passou o jantar tentando puxar conversa com o melhor amigo de seu irmão. Conforme a tradição dos dois, recebeu como resposta apenas palavras monossilábicas. Depois de um tempo, desistiu e participou esporadicamente da conversa entre Charles e as duas brasileiras.

Em relação à comida, o resultado foi o que Liz desejava. Os convidados se deliciaram com o prato, que além de apetitoso os agradou pelo aroma exótico e cores vibrantes. Apesar de Liz ter lhes advertido que o molho apimentado poderia ser forte demais para o estômago daqueles que não estavam acostumados, os três americanos repetiram o prato.

E, como previsto, pouco tempo depois dirigiram-se aos seus respectivos banheiros.

Liz e Jane divertiram-se com a reação de seus anfitriões e seguiram até a piscina coberta da mansão às gargalhadas. Como Liz sentiria saudades de sua irmã querida! Nesse momento de cumplicidade, questionava-se se conseguiria passar muito tempo longe dela.

Posso poupar dinheiro para passar alguns finais de semana com ela em Nova Iorque. Ou vice-versa. São cidades relativamente próximas, calculava Liz.

Ambas adoravam banhar-se nas noites calorentas do verão de Búzios. E seria isso que elas fariam para se refrescar da comida apimentada. Apesar da água da piscina ser aquecida demais para Liz... conversaram, nadaram, riram, divertiram-se. Como a ilha podia ser agradável sem a presença cansativa de Caroline e Frederick! E como o mundo era colorido com Jane por perto! Seu jeito fácil, seu otimismo inabalável, sua gentileza sincera... ela era única. Ela era pura. Honesta e constante.

Liz estava ao seu lado, mas já sentia sua falta! E o pior é que perderia a companhia diária de Lotte também.

De repente, a alegria dela dissolveu-se em agonia. Todavia, sabia que seria por uma boa causa. Ela queria ser escritora e editora desde sua adolescência. Não fora uma decisão apressada. Fora uma decisão tomada ao longo de uma década. E, ela tinha certeza, fora a escolha certa.

Ela até pesquisou em que estado estudaria, para que se adequasse aos seus desejos profissionais! Quando seu pai lhe deu a opção de estudar nos Estados Unidos, havia optado pela Nova Inglaterra por conta de sua tradição literária, que ainda remanesce nos dias atuais. Chegou a pensar também na bela e divertida Califórnia, que abrigava alguns dos melhores cursos de literatura do mundo. Não obstante, acabou decidindo ficar em Massachusetts.

Por lá, já haviam passado grandes nomes da literatura americana, desde Robert Frost a Theodor Seuss. E alguns escritores famosos da atualidade, como Stephen King, ainda eram residentes. Ou seja, o lugar perfeito para uma novata como Liz!

Depois de escolhida a Universidade de Boston, só sobrou a Lotte e Jane seguirem seus passos. Assim o fizeram e ficaram agradecidas pela escolha de Liz. Como sempre acontecia.

"Vou pra cama, Lizzie", Jane a tirou de seus pensamentos. "Estou morta... a comida pesou...", completou, rindo.

"Ah, mas eu só saio daqui quando os meus dedos estiverem enrugados", brincou Liz, e as duas se despediram.

Liz relaxou e deixou sua mente voar, sentada na parte mais rasa da piscina, com a cabeça apoiada em uma das bordas. Despertou quase uma hora depois, embaixo de um céu estrelado.

Adorava o teto envidraçado do lugar. Protegia da chuva e permitia ao visitante sentir-se ao ar livre.

Entretanto, Liz não estava mais sozinha. Não sabia quem era o intruso, porque escondia seu rosto nas sombras. Mas desconfiava. Frederick Darcy. E ele parecia estar olhando em sua direção. Liz o encarou de volta esperando alguma atitude daquela figura. Nada. Finalmente, rompeu o silêncio:

"Já que você, seja lá quem for, não tem nada o que fazer a não ser vigiar os outros, poderia, por favor, me passar a toalha?", Liz queria soar destemida, mas sua voz saiu levemente trêmula.

Até agora, Liz acreditava ser Frederick Darcy. No entanto, não tinha pensado no que faria se fosse, de fato, um intruso. Crimes não eram muito comuns em Búzios, a não ser alguns furtos no verão contra turistas desprevenidos. Especialmente, estrangeiros. E ela estava na casa dos gringos mais ricos da cidade.

Porém, estava em uma ilha! E chovia muito! Não poderia haver intrusos.

Por outro lado, Charles lhe dissera naquela mesma manhã que não conhecia bem alguns dos funcionários que ajudavam com a manutenção da ilha. Será que havia um pilantra entre eles?

Sua aflição enviava sinais ao seu estômago à medida que o estranho se aproximava com uma toalha. Ele tinha a altura de Frederick, mas seria mesmo ele? Se sim, por que não dizia nada? Liz afastou-se da borda na qual estava encostada para prevenir um ataque inesperado. O rosto do desconhecido continuava protegido pela escuridão, deixando-a cada vez mais apavorada.

"Perdoe-me por tê-la assustado", finalmente lhe disse a voz familiar. Suas suspeitas se confirmaram. Liz não sabia se ficava mais tranquila ou ainda mais perturbada. Por que Frederick Darcy a estava vigiando?

"Obrigada", ela lhe responde, cautelosamente, após retornar à parte da piscina e tomar a toalha de suas mãos. Desta vez, Frederick Darcy teve o discernimento de voltar o olhar para a parede envidraçada com vista para o oceano enquanto Liz deixava a água e se enrolava na toalha.

Quando ficou devidamente coberta, ele retornou o olhar em sua direção. Desta vez, Liz não estava seminua, mas isso não a impediu que sentisse um leve incômodo. Não sabia o que dizer àquele homem sempre à procura de imperfeições, e ele também se mantinha calado.

Quanto tempo ficaremos aqui nos encarando como dois idiotas?, Liz pergunta à sua própria consciência, mas não recebe resposta. Frederick chegou a mover os lábios algumas vezes na tentativa de criar um tópico, mas falhou em todas.

Uma porta lateral aberta trouxe uma leve brisa que levou o perfume de Darcy às narinas de Liz. Mesmo sem querer admitir a si mesma, ela achou o cheiro agradável. E, de perto, seus olhos azuis tinham um tom lindo, escuro e profundo, como o oceano sob o céu estrelado daquela noite.

"Eu não quis incomodá-la", ele enfim rompe o silêncio constrangedor. "Mas nós temos o mesmo hábito noturno. Eu também uso a piscina à noite, só que para nadar".

Por um lado, Liz sentiu que ele desejava lhe dar uma bronca por usar a piscina no horário dele. No entanto, sua entonação também tinha algo de convidativo. É como se ele tivesse... gostado de ter sido surpreendido por sua presença. Tão diferente da indiferença que demonstrou durante todo o jantar poucas horas atrás!

Ok. Nada de piscina à noite na casa dos Bing, Liz pensou. Pediu desculpas a Frederick por tê-lo impedido de fazer seu exercício diário e entrou de volta na casa antes que ele pudesse lhe responder.

A força da chuva aumentou durante a madrugada, deixando o mar ainda mais revolto. *Outro dia presa aqui*, avalia Liz, olhando pela janela do quarto de visitas que dividia com Jane.

Apesar de querer retornar para a casa de seus pais, mesmo Liz tinha que admitir que a propriedade que Charles comprou era preparada para divertir seus residentes mesmo durante uma tempestade.

Se quisessem jogar, havia um salão de jogos com sinuca, mesa de cartas, *video game*, futebol de mesa e um bar com mais bebidas do que qualquer um poderia consumir em uma vida inteira. Se quisessem fazer exercícios, havia sala de ginástica. Assistir a filmes, havia um cinema com capacidade para cinquenta pessoas. E, finalmente, se quisessem relaxar e se banhar, poderiam ir à piscina coberta com água aquecida e com vista panorâmica para as belas praias de Búzios.

Estavam tão perto e tão distantes ao mesmo tempo. Mesmo com a chuva, Liz podia ver a cidade de que já sentia muita falta do outro lado do perturbado oceano! Como desejava estar lá, com seus pais, suas irmãs e Lotte! Seus amigos, seus vizinhos, seu lar.

Naquela manhã, o grupo ilhado decidiu passar o tempo na piscina coberta. Liz e Frederick estavam deitados em espreguiçadeiras, acompanhados por uma entediada Caroline, que buscava chamar a atenção de seu vizinho ao passar lentamente bronzeador por todo seu corpo. O fato de que o dia estava nublado e não havia qualquer sol parecia ter passado despercebido por ela.

Jane e Charles conversavam sobre o futuro de suas carreiras à beira da piscina. Falavam sobre a coincidência de que os percursos profissionais de ambos os estavam levando às mesmas cidades: Búzios e Nova Iorque.

Jane ainda não sabia se tinha sido aceita ou não no estágio para um dos maiores escritórios de direitos autorais do mundo. Mesmo assim, seu destino estava praticamente definido: desejava profundamente morar na cidade que não dorme, o que deixava Charles esperançoso. O fato de que a vontade de Jane de morar em Nova Iorque claramente aumentara depois que os dois se conheceram também animou o empresário americano. Não queria se separar de Jane quando deixasse Búzios. E ela o havia informado que deveria voltar aos Estados Unidos em breve.

"É tão gratificante poder trabalhar com aquilo que se ama de verdade, não acha?", Charles pergunta a Jane. Quem responde é seu amigo Fred, que até então estava distraído com um livro do brasileiro Jorge Amado, presente de Antônio Augusto Benevides, quando soube da paixão de Darcy por livros.

"Acho mais egoísta que gratificante. Especialmente em seu caso, Charlie. Sua família precisa de você nos negócios. Agora quem ficará à frente do grupo?"

"Alguém com muito mais capacidade na indústria que eu".

"Não é a mesma coisa. A empresa está nas mãos de sua família desde a criação, há quase um século! O seu bisavô foi o presidente, depois seu avô, e agora é o seu pai. Você vai desistir disso? Como seus familiares devem estar desapontados sem seu apoio!"

"Então, você acredita que seu amigo deveria ter desistido de seus próprios sonhos e ser infeliz em um emprego que detesta?", Liz entra na discussão, abismada com as opiniões radicais de Frederick.

"Não, Liz. Acho que ele poderia ter desistido de uma profissão utópica para ter uma vida familiar feliz".

"Vida familiar feliz? Como poderia ele ser feliz fazendo algo de que não gosta? Como poderiam seus familiares ser felizes sabendo que Charles está infeliz por causa deles?", replica Liz.

"Como você sabe que ele não gosta de ser presidente da empresa da família? Talvez não seria tão feliz profissionalmente como é hoje. No entanto, acredito que sua paz familiar compensaria isso", retruca Darcy.

"Certamente, os negócios da minha família não são nada comparados àqueles da família Bing. Mas as situações são parecidas, então posso me dar ao direito de me colocar no lugar de Charles. E devo dizer: não há nada que traga maior realização do que conquistar suas próprias coisas. Eu poderia cuidar das pousadas dos meus pais e garantiria uma vida relativamente confortável. Porém, prefiro arriscar. Prefiro chegar ao final da minha vida me arrependendo de coisas que fiz do que daquilo que nunca tive coragem de fazer".

"Então, Liz, em sua opinião, todos devemos fazer o que nos dá na telha sem pensar nas consequências para aqueles que nos amam"?

"Não disse que devemos ser inconsequentes, Frederick. Sou contra decisões tomadas de forma apaixonada sem levar em conta os prós e contras. Entretanto, sou igualmente contra sofrer em nome da satisfação familiar, como você defende. Talvez nossa discordância seja fruto de nossos defeitos. No meu caso, há um orgulho em minha personalidade que não permite que eu aja contra as minhas convicções. E esse orgulho levanta-se todas as vezes que outros questionam minhas decisões. Qual é o seu defeito?"

"Acredito que o meu defeito, baseado em seu discurso, seja me importar mais com minha família do que comigo mesmo".

"Pois eu vou lhe dizer qual é o seu defeito: é o de acreditar que sua opinião está correta e que aqueles que o questionam devem ser loucos e irresponsáveis".

"Então, Liz, se me permite, também vou lhe dizer qual é o seu defeito: é o de propositalmente distorcer as opiniões alheias que discordam das suas, fazendo com que pobres criaturas como eu pareçam frias, especialmente quando próximas de tão charmoso calor".

Liz queria responder à afronta daquele homem, mas o sorriso doce em seus lábios enquanto dizia aquelas palavras a impediu. Ele parecia estar se divertindo com a discussão. Provavelmente, gostava de ver Liz sem graça e, milagrosamente, sem resposta. E o que ele quis dizer com "charmoso calor"? Quem era o "charmoso calor"? Ela?

Caroline parecia também não estar nada satisfeita com a resposta de Fred e muito menos por não estar participando da discussão. Resolve interrompê-la com um convite a Liz para que tomem uma chuveirada a fim de se refrescarem um pouco.

"Apesar de estar chovendo, faz muito calor. Sobretudo aqui dentro, com todo o vapor da piscina e da sauna...", explicou Caroline, ao ver a surpresa de Liz com o convite inesperado.

Liz, contrariada, mas ciente da grosseria que faria se não atendesse ao pedido da ruiva, tomou seu braço estendido e levantou-se. Mal abriram um dos chuveiros, que ficavam na parte de trás da piscina e em frente à espreguiçadeira onde estava Frederick Darcy, Caroline estendeu o convite ao melhor amigo de seu irmão.

E o mesmo respondeu que iria declinar o convite, pois atrapalharia o propósito delas.

"Que propósito?", pergunta-lhe Caroline, contente por finalmente ter conseguido uma frase inteira de Fred.

"Bem, vocês somente podem ter dois motivos para terem saído desta postura confortável em que estavam para ir ao lado oposto do cômodo. Ou querem trocar segredos e não desejam ser ouvidas, ou são conscientes de que suas belas figuras ficam em melhor vantagem enquanto estão de pé, encharcadas, a certa distância de seus pobres admiradores. No primeiro caso, eu seria inconveniente; no segundo, posso admirá-las muito melhor de onde estou".

Todos caem na gargalhada. Primeiro, pela seriedade no rosto de Frederick enquanto respondia algo tão diferente de sua conduta formal.

Em segundo lugar, porque as piadas daquele homem sisudo eram tão raras que tinham de ser aproveitadas ao máximo quando elas milagrosamente aconteciam. Liz, todavia, não sorriu. Considerou o discurso do homem um tanto quanto arrogante e desrespeitoso. Ela não era um pedaço de carne em açougue para ele ficar admirando com olhos famintos.

Além dela, Frederick foi o único que não gostou de suas próprias palavras. Piadas (especialmente apimentadas como a que ele havia feito) significavam que ele estava em perigo, pois só aconteciam quando ele estava completamente descontraído e relaxado. Talvez estivesse à vontade demais. E ele sabia a causa: *ela*.

De repente, a vontade curiosa de conhecer Liz melhor foi transformada em desejo que o sol surgisse logo entre as nuvens carregadas para que as irmãs brasileiras pudessem ir embora. As eleições seriam ainda naquele ano e ele não poderia perder seu tempo com pessoas com as quais sabia não ter qualquer futuro.

Foi naquele momento que Frederick Darcy decidiu não dar mais atenção que o estritamente necessário a Liz Benevides. Ponto.

A noite passou bem para quase todos na Ilha Paraíso. Jane e Charles conseguiram ficar a sós pela primeira vez desde que ela chegou à mansão. Liz terminou de ler, pela décima vez, *A Hora da Estrela*, escrito por uma de suas autoras brasileiras favoritas.

Caroline teve a atenção de Fred por duas horas inteiras, enquanto assistiam a um dos filmes favoritos dele: *Star Wars*. Ela não sabia qual deles era e não se importava. Somente ela havia sido convidada para acompanhá-lo ao cinema da casa.

Frederick Darcy era o único que se sentia deslocado. Ele tentara passar o dia ignorando Liz, conforme havia planejado, mas a resolução somente levava seus olhos e sua mente até ela mais vezes que antes.

Então, à noite, decidiu que não ficaria no mesmo cômodo que ela até que as irmãs fossem embora. O que foi ainda pior, pois ele passou o tempo todo imaginando o que ela estaria fazendo a poucos metros dele naquela ilha.

Contudo, para Jane e Charles, a noite foi simplesmente perfeita. Eles aproveitaram a separação de todos para terem um pouco de privacidade. Charles convidou a mulher que considerava a mais maravilhosa que já havia conhecido para uma sessão de *Tarde Demais para Esquecer*. Descobrira, por Liz, que se tratava de um dos filmes favoritos de Jane.

Jane aceitou o convite, pois sabia que seria sua única chance e que Charles havia preparado tudo cuidadosamente. Primeiro expulsou a irmã dela e o melhor amigo da sala e avisou a todos aos demais ocupantes da casa que aquela ala inteira teria acesso proibido naquela noite. Depois, preparou diversos lanches de cinema: pipoca salgada e doce, cachorro-quente e até um lanche brasileiro: pão de queijo. Mesmo não combinando com a comida, separou o melhor vinho da adega e apagou todas as luzes daquela parte da mansão. Deixaria apenas a luminosidade do telão. O toque final foi a música de fundo que deixou enquanto o filme não começava: as melhores canções de Frank Sinatra.

Jane, que já imaginava as intenções de Charles quando recebera o convite, teve sua suspeita confirmada ao ver tudo arrumado. Achou tudo lindo, romântico e simplesmente perfeito! Sabia que não haveria cenário ou momento melhor para ficarem pela primeira vez.

Não que ele nunca houvesse deixado claro que tinha vontade de beijá-la ou mais. No entanto, Jane sempre se esquivava de suas tentativas por medo de ainda não ser a hora certa; de Charles ainda não sentir por ela o que ela começava a sentir por ele.

Hoje, decididamente não fugiria de suas investidas. Sabia, a esta altura, que Charles a respeitava o suficiente para não ir longe demais. E mesmo que ele seria romântico, doce e gentil. Não iria rápido demais e ela não teria de desacelerá-lo. Iriam no ritmo certo para ambos.

E foi assim que aconteceu. As expectativas dos dois foram superadas. As dele, porque não esperava que a recepção de Jane seria tão calorosa. As dela, porque mesmo em seu melhor sonho Charles não era tão delicado e, ao mesmo tempo, energético.

Foi a combinação perfeita para uma noite perfeita. Os toques de

Charles eram gentis, mas firmes. Seus beijos eram românticos, mas também sensuais. Alisava seus cabelos com carinho, mas também havia um desejo desesperado, que deixou Jane deliciada. E na hora em que as coisas estavam ficando íntimas demais para ela, ele encerrou a noite.

O dia seguinte trouxe boas-novas para Liz e Caroline: a noite não oferecera nova tempestade, o dia amanhecera ensolarado e o mar, calmo. Então, as moças Benevides poderiam ir embora de barco. Liz se livraria dos olhares estranhos de Darcy e do mau humor de Caroline. Caroline se livraria de Liz e teria a atenção de Frederick somente para ela.

Jane e Charles não gostaram nada da notícia: queriam que a noite anterior fosse repetida ao menos mais uma vez. Frederick não sabia ao certo se gostava ou não da partida das irmãs, particularmente da mais nova.

Ficou acertado que Charles e Frederick fariam o trajeto no iate com as irmãs e as deixariam na casa dos Benevides. Liz não entendeu por que Frederick, que a havia ignorado por completo no dia anterior, agora insistia em acompanhá-las até em casa. Provavelmente, queria apenas ficar um pouco longe das investidas de Caroline Bing.

Frederick e Liz, percebendo o claro interesse de Jane e Charles de ficarem a sós na proa do iate, combinaram silenciosamente de ficarem na parte de dentro da embarcação e sem qualquer vista para o novo casal.

O problema é que, com os dois sozinhos na proa e o capitão à frente da embarcação, Liz e Frederick acabaram isolados, em um silêncio ensurdecedor. Liz queria conversar para distraí-los, mas não tinha ideia do que dizer. Frederick, por outro lado, sabia exatamente o que queria dizer, mas lhe faltava... algo que sobrava em Liz.

Por que toda vez que nos sentimos desconfortáveis com uma pessoa, mais situações desagradáveis surgem com ela, e somente com ela?, Liz refletiu, sem conseguir, entretanto, responder à sua indagação, pois Frederick finalmente criou coragem para iniciar uma conversa.

"Você disse na piscina que entendia a situação de Charles. Isso quer dizer, obviamente, que não pretende seguir com os negócios de seus pais".

Frederick olhou de relance para sua companheira de viagem a fim de ver sua reação. Ela estava com um olhar desconfiado, mas não parecia incomodada com a pergunta. Parecia curiosa para saber por que ele a havia feito. Liz confirmou com a cabeça, permitindo que Frederick seguisse com a indagação.

"E você comentou que não tomaria tal decisão sem ter antes refletido", ele continuou, quando Liz não disse nada. "Posso, portanto, supor que você já saiba exatamente que carreira deseja seguir".

"E eu posso supor que você queira saber que carreira é essa".

Liz não sabia qual era o motivo do interesse. Preferiu acreditar que era uma forma de Frederick deixar os dois amigos namorando confortavelmente sem que eles próprios ficassem ainda mais sem graça do que já estavam. Sentiu-se agradecida por ele ter vindo junto, por mais que não tivesse inicialmente gostado da ideia. Ela esperou Frederick confirmar com um aceno de cabeça para responder.

"Fiz curso de Literatura com bolsa parcial na Universidade de Boston e agora consegui uma bolsa integral para fazer um mestrado na mesma área. E na mesma universidade".

"Sim, disso eu já sabia", mas Liz se perguntou como ele já sabia. Nunca haviam conversado muito e jamais sobre a carreira acadêmica dela, disso ela tinha certeza. "Queria saber o que pretende fazer depois disso. Quer dar aula?"

"Gostaria muito de dar aula, mas não agora. Talvez em uns dez anos. Neste momento, quero ser editora. Adoraria conseguir um trabalho de meio período em uma empresa do ramo para já começar a ter experiência. Veremos. Também tenho vontade de publicar alguns livros, nem que seja de forma independente".

"Livros? Já escreveu alguma coisa? Que gênero seria?"

Liz gostou da tentativa de Frederick de distraí-la, mas agora ele estava soando um pouco impertinente. Parecia mais curioso do que deveria, de fato, estar.

"Escrevi diversos contos durante a adolescência e um romance quando participei de um concurso na faculdade. Foi uma adaptação moderna de *Gatsby*, uma de minhas obras favoritas. Troquei a crise de 29 pela de 2008, e a história se passa em Nova Iorque, no Maine, e no Brasil".

"E qual foi o resultado do concurso?"

"Hum...", Liz estava mais incomodada do que se estivesse escutando os beijos da irmã e Charles. Não queria parecer esnobe como aquele homem sempre tentava ser. Porém, seria grosseiro de sua parte não lhe responder, agora que havia começado a falar sobre o livro. "Fiquei em primeiro lugar. Dei sorte, pois foi um ano com pouca concorrência".

"Não precisa de modéstia. Ganhou porque foi a melhor. Tem que se orgulhar disso".

"Bem, a linha entre orgulho e vaidade é muito tênue; então, prefiro não sentir nenhum deles".

"Pode até ser tênue, mas são coisas diferentes. Enquanto um está relacionado à forma como você se vê, o outro está ligado a como você quer ser vista pelos outros. De qualquer maneira, não importa. Mesmo que você não se orgulhe de si mesma, sei que sua família o faz por você".

Liz esperava traços de sarcasmo em sua voz ou em sua face. Porém, não os encontrou. Ele havia feito um comentário honestamente gentil.

"E qual foi o prêmio? Dinheiro?", ele continuou o interrogatório. No momento, Liz desejava que o silêncio desconfortável voltasse.

"Não. Algo muito mais valioso que isso. Eles distribuíram cópias do livro a todas as bibliotecas e universidades do Estado".

"Realmente, um prêmio inestimável. Então, posso encontrar seus livros em Harvard? No MIT?", ele perguntou, impressionado. Novamente, nada de irônico no tom de sua voz, mais uma vez surpreendendo Liz.

"Sim. Em todas as universidades do Estado da Nova Inglaterra. O que me ajudará bastante quando for procurar trabalho".

"Certamente. Você mencionou que o ambientou também no Maine. Já esteve lá?"

Pelo menos, ele havia mudado de assunto. Viagem era um tema

mais leve para conversar. E um dos favoritos de Liz.

"Acredite se quiser, não. Fui diversas vezes a Nova Iorque visitar meus tios. Cheguei até a ir ao Canadá. Mas nunca viajei pela Nova Inglaterra em quatro anos de faculdade!"

"Você terá uma segunda chance. Poderá visitar todos os cantos da Nova Inglaterra enquanto estiver no mestrado. E o melhor: há muitos lugares para conhecer em um final de semana. Podemos até mesmo combinar de..."

Frederick não concluiu a frase e Liz achou melhor assim. Por sorte, nem deu tempo de ficar um clima estranho entre os dois: já haviam chegado ao porto. Em poucos minutos de caminhada, nos quais o exercício foi distração suficiente e não precisaram trocar palavras, chegaram à casa dos Benevides.

As moças agradeceram e despediram-se. Jane ansiando rever um dos americanos em algumas horas. Liz com pretensão oposta em relação ao outro.

Capítulo 3

De: Bill Collins Junior [bill.collins@sen.gov.usa]
Enviada em: sex 01/02/2018 às 07:46
Para: Antonio Augusto Benevides [aabenevides@benlocobuzios.com.br]
Assunto: Bill Collins e Pousadas BenLoCo

Caríssimo Senhor Benevides,

Venho por meio deste informá-lo sobre a inesperada morte de meu pai, o senhor Bill Collins, ocorrida há um mês, na cidade de Las Vegas, Nevada, Estados Unidos da América. Ele sucumbiu depois de uma terrível parada cardíaca.

Infelizmente, não pude avisá-lo antes, pois minha mente e meu coração estavam focados nos arranjos de seu funeral e em organizar seus bens materiais. Tenho certeza de que um homem iluminado como o senhor perdoará minha desatenção.

Sei que nos últimos anos o senhor, meu pai e o também caríssimo senhor Lopes tiveram algumas desavenças, mas posso afirmar com segurança que o meu ilustre pai sempre se sentiu honrado em ser sócio-investidor das magníficas pousadas dos senhores em Búzios.

Apesar do falecimento infeliz de meu querido progenitor, fico contente em anunciar que, em seu testamento, ele me indicou como herdeiro de sua parte dos negócios referentes às Pousadas BenLoCo, equivalente a um terço do total, salvo engano.

Os seus demais bens foram destinados a Instituições de Caridades dos Estados Unidos da América. O meu estimado pai demonstrou tamanho favor ao fazê-lo, pois, neste momento, trabalhando no Senado como assessor especial da Excelentíssima Senadora Catherine Boyd, eu não teria disponibilidade para administrar apropriadamente suas demais sociedades.

Entretanto, o caso de nossa estupenda cadeia de Pousadas BenLoCo é distinto, pois já funciona como um belo cruzeiro em máxima potência, com os dois melhores capitães que poderia ter.

A minha atuação, nesta situação, é a de mero espectador. Sou subserviente a seus desejos e ponho minha completa confiança em suas sábias decisões, como o meu saudoso pai o fez.

Por outro lado, em minha humilde opinião, creio que seja relevante minha visita ao belo país do carnaval. Sempre foi um anseio de meu querido pai que eu conhecesse seu investimento favorito, e agora que ele me observa das estrelas, sinto-me na obrigação – tanto de filho quanto de herdeiro – de fazê-lo.

Por sorte do destino, a excelentíssima senadora desfrutará de férias este mês (merecidamente, se me permite a ousadia do comentário), o que possibilitará uma breve ausência de Washington da minha parte.

Pergunto-lhe, portanto, se seria grande incômodo receber-me na formidável cidade de Búzios, para que eu possa finalmente ter a honra de conhecer meus respeitáveis e competentes sócios.

Saudações,
Bill Collins Junior

"O homem usa mais adjetivos que substantivos", observou Liz, ao ler o *e-mail* pomposo do novo sócio.

"Minha cara e audaciosa senhorita Liz Benevides, o homem usa mais adjetivos que qualquer outra das nove classes restantes da gramática", pai e filha gargalharam juntos, acompanhados de Jane, Lídia e até mesmo da séria Malu.

"Não sei qual o motivo da piada", comentou uma dramática matriarca. "Ele quis ser gentil e educado. E sim, foi um pouco formal. Mas isso é natural para um gringo americano metido em política. Jane deveria estar mais acostumada com isso. Nem sei por que ri. O povo da sua área, minha querida, ama conversar em juridiquês para ninguém entender. E ainda fala como se tivesse uma vara enfiada na bunda".

As risadas aumentaram com o discurso de Janaína, e a mulher preocupava-se que o novo hóspede da casa ouvisse as gargalhadas e entendesse o motivo.

O *e-mail* de Bill Collins foi seguido por uma ligação de Antônio Augusto no mesmo dia, certificando-o que seria bem-vindo a Búzios e que poderia ficar na casa dos Benevides enquanto estivesse na cidade.

Collins não perdeu tempo. Em três dias, já estava na região litorânea do Rio de Janeiro. A rapidez pegou os Benevides desprevenidos, pois Antônio Augusto não tivera sequer tempo para contar à sua família.

Enquanto o convidado estava arrumando suas coisas no quarto de hóspedes, o patriarca aproveitava para explicar-se às filhas e à esposa.

A primeira impressão foi dividida. Mesmo antes de lerem o *e-mail*, Liz, Jane e Lídia o acharam ridículo. Maria Luiza achou seu jeito formal elegante (até ler o *e-mail* dirigido a seu pai) e Janaína viu imediatamente no rapaz um possível pretendente para Liz. Afinal de contas, um homem tão formal certamente seria inteligente e intelectualizado o bastante para sua filha!

Antônio Augusto, por sua vez, descobriu que suas preocupações estavam corretas: o filho era ainda mais idiota que o pai. Esperava que ele cumprisse o que havia lhe escrito: que, assim como o pai, somente seria um sócio investidor, apenas tendo o Co do BenLoCo para lembrá-lo de que havia um terceiro sócio no negócio. Desejava que o rapaz tolo não se metesse em absolutamente nada.

"Amor, você tem que tratar bem este homem, está me ouvindo?", alertou Janaína, no momento em que ficaram a sós no escritório dele.

"Vou tratá-lo como tratava seu pai. Com o respeito necessário".

"Não! Você tem que se tornar seu amigo!"

"Amigo? E por que, minha querida?"

"*Hellooooo*! Você não percebe? Ele pode ser o homem que finalmente vai transformar nossa Lizzie em mulher!"

"Ah, e Lizzie não é mulher?"

"Você sabe muito bem do que estou falando, Antônio Augusto Benevides. Não venha dar uma de espertinho para cima de mim, *all right*?"

O patriarca Benevides achava sua mulher por vezes boba, geralmente superficial e, em momentos especiais, bem indiscreta. Mesmo assim a amava profundamente. E sabia que, apesar de um jeito torto, a prioridade de Janaína era o bem-estar de suas filhas e dele próprio. Por isso, tinha que se lembrar de ter paciência.

"Minha rainha, desde quando Lizzie precisa de algum homem para ser mulher? Ela não é romântica como Jane e, graças aos céus, não é travessa como Lídia. Deixe a menina em paz, mulher! Se tem alguém que sabe escolher bem homem é Lizzie".

"*What*? Mas ela nunca escolheu nenhum!"

"Exatamente. E faz muito bem!"

Janaína podia ter muitos defeitos, mas sabia quando desistir de uma discussão. E foi exatamente o que fez, quando percebeu que seu marido estava inflexível. Ela teria que fazer o trabalho sozinha. Amiga, cupido, anfitriã simpática, sogra legal...

"A competência de vocês para gerir essas pousadas superou minhas expectativas, caro senhor Benevides!"

Não importava quantas vezes o patriarca lhe pedira para ser chamado pelo primeiro nome e sem o 'senhor', Collins mantinha a formalidade. "Não que duvidei, sequer por um momento, da aptidão de vocês para ficarem à frente dos negócios, de forma alguma! Acontece que, mesmo tendo sempre escutado meu falecido pai mencionando vocês de forma tão respeitosa, fiquei impressionado com os resultados! Excelente lucro e a taxa média de ocupação não para de crescer!"

"Sim, Collins, como eu havia dito..."

"E a infraestrutura, senhor Benevides!", Collins interrompe o sócio-administrador das pousadas. "Excelente! Esperava locais simplórios, mas tanto a localização quanto a estrutura e a decoração são exemplos de bom gosto e sofisticação!"

Apesar de ter ofendido o marido e as filhas ao interromper Antônio Augusto, Janaína estava encantada. Principalmente, porque fora ela a responsável pela decoração de todas as pousadas. Junto com Elisabeth Lopes e as filhas de ambas, é verdade. Mas fora *ela* a principal idealizadora.

"Fico feliz que tudo lhe tenha agradado, Collins", responde-lhe friamente Antônio Augusto, quando percebeu que o homem por fim havia pausado. Ele havia chegado ainda àquela manhã, e o patriarca da família já não aguentava mais ouvir sua voz.

"Que peixe delicioso! Acho que nunca comi um espécime tão bem servido e temperado. Quem devo parabenizar por nosso jantar? Certamente, um prato tão refinado deve ter sido ideia de alguma dessas adoráveis mulheres".

"Sim, fui eu", anuncia Janaína, lisonjeada e ainda mais encantada com o bajulador.

"Que deu a ideia à cozinheira, né mãe? Nem ovo você sabe cozinhar!", comenta Lídia. Collins ficou horrorizado com a vulgaridade da moça, apesar dos demais saberem que sua falta de educação poderia ser muito pior.

Mais tarde, quando todos já haviam fugido de Collins, Janaína conversava com o seu *futuro genro* na varanda da casa. Ele estava falando da beleza incomparável de Jane, em clara tentativa de descobrir mais sobre a primogênita da família.

"Querido, Jane é realmente uma mulher linda, além de inteligente e dedicada. Porém, como gostei de você e imagino suas intenções (que são as melhores, tenho absoluta certeza), vou lhe dar uma dica: Jane está praticamente noiva. Está envolvida com um rapaz há semanas, um americano como você, e muito bem-sucedido também. Estão completamente apaixonados".

"É realmente uma decepção para mim, senhora Benevides. Claro que lhe desejo toda a felicidade com quem quer que seja".

"Também tenho outra dica para lhe oferecer, fofinho", ao perceber o interesse do jovem, Janaína continua sua atividade de cupido. "Minha filha Liz é solteira. E é tão linda e ainda mais esperta que Jane. É um verdadeiro anjo também, posso afirmá-lo como mãe".

"Realmente, ela é muito bonita".

"Sim. E, amanhã, você terá a oportunidade perfeita para conhecê-la, pois fiquei sabendo que minhas quatro filhas vão juntas até o centro de Búzios para comprar algumas roupas para o aniversário de Lídia, que será esta sexta. Bem, já está no meu horário. Boa noite, querido".

"Por que ele teve que vir, Liz?" Liz também não gostava nada da presença de Collins, só que não queria ofendê-lo. Ele podia ouvir Lídia, tinha certeza! Liz nunca entendera como a irmã caçula poderia ser tão diferente das demais. Não que Jane e Maria Luiza fossem parecidas com ela ou entre si, mas ao menos eram todas educadas.

Talvez fosse, em parte, culpa de sua mãe. À medida que ficava mais velha, Janaína parecia ficar mais tola em vez de mais madura. Aprovava todas as bobagens que Lídia fazia e dizia. Não que Liz achasse que fosse tudo culpa de sua mãe. A personalidade de Lídia também era complicada. E sua mãe jamais a tornaria malcriada de propósito.

Havia outra diferença. Enquanto Jane, Liz e até Maria Luiza se espelhavam em seu pai, Lídia tomava a mãe como modelo. Não que fosse algo aparentemente ruim, pois Janaína tinha muitas qualidades. Era uma mulher doce, gentil e sempre alegre. E também incrivelmente esforçada. Apesar de ter tido uma juventude de pobreza e pouca educação, assim que se casou com seu pai, fizera faculdade e aprendera inglês.

No entanto, Lídia levava outras características da mãe em conta. E, infelizmente, tratavam-se dos pontos negativos de Janaína. Assim como a mãe, a filha tornou-se viciada em salão de beleza e compras. Também adorava fofoca (principalmente sobre rapazes) e era escandalosa. E, como Janaína, Lídia preocupava-se excessivamente com a aparência.

Pelo menos, a mãe não a deixara fazer a cirurgia plástica que ela queria. Ainda. Janaína já tinha vinte e três em seu currículo.

"Lídia", sussurrou Liz, "eu também não gosto do pavão branquelo, mas ele agora é sócio de nossos pais e temos de tratá-lo com respeito! Por favor, não faça mais comentários ofensivos quando ele estiver por perto!"

"Ok. Quem se importa, de qualquer maneira?"

Liz lhe ofereceu um olhar grave e Lídia respondeu com um sorriso, que sempre conseguia derreter o coração da irmã. As duas continuaram o caminho atrás dos demais companheiros do passeio.

As meninas nem precisaram avisar a Collins quando chegaram à Rua das Pedras: o barulho, a quantidade de pessoas e a animação por si só indicavam que se tratava do lugar mais badalado da cidade. De um lado e do outro da rua, restaurantes temáticos, lojas da moda, prédios coloridos e pessoas lindas. Para melhorar, em algumas partes da avenida, o visitante ainda tinha uma bela vista do mar.

Collins oferece alguns elogios exagerados que fazem Lídia virar os olhos, até que ela vê Marcelo, acompanhado de um rapaz que nenhuma de suas irmãs conhecia.

"Marcelo! David! Exatamente os dois que eu estava procurando!", Lídia imediatamente ativa seu modo sensual, envergonhando as outras três. "Essas aqui são as minhas irmãs, de quem falei: Jane, Liz e Malu. E esse é o novo sócio de papai, Bill Collins".

O tom de Lídia ao apresentar Collins era claramente de desprezo, aumentando ainda mais o constrangimento de suas irmãs, especialmente Liz. Hábil ao lidar com situações delicadas, o novo membro do grupo, David Wickham, inicia uma conversa com Collins sobre suas viagens pelo Brasil, falando sobre o ano que quer passar conhecendo o país.

Imediatamente, Liz quer saber quem é seu salvador, pois Collins ficou agradecido pela atenção a si conferida. Em poucos minutos, descobriram que suas famílias tinham origens semelhantes. Tanto a avó materna de Collins quanto o avô paterno de Wickham eram mexicanos, e os dois tinham o costume de visitar o país todo ano para ver a família latina.

Liz aproveitou o momento de quietude, já que Malu, Jane, Lídia e Marcelo estavam engajados em outra conversa, para observar melhor aquele novo americano de seu círculo de amizades. E podia afirmar que ele era ainda mais lindo ao ser analisado de perto do que a primeira – mas já ótima – impressão que tivera ao vê-lo.

David Wickham era um verdadeiro deus grego. Era alto, não tanto quanto Frederick Darcy, e mais que Charles Bing. A altura perfeita. A bela pele morena estava brilhando com o bronzeado que ele havia adquirido sob o sol brasileiro. Suas feições eram finas, mas seu maxilar, forte e largo. E seu corpo era um verdadeiro paraíso de masculinidade. Ombros largos, músculos definidos, pernas fortes.

Todavia, o melhor de tudo eram os olhos: verdes. Certamente, a cor não era tão bela quanto aquela dos olhos de Frederick, mas seu dono era mais sensual e sabia usar muito melhor o olhar. O sorriso apenas completava sua perfeição.

Wickham se virou para Liz para fazer algum comentário e a pegou o encarando. Presenteou-a com um sorriso de orelha a orelha, deixando a linda brasileira sem fôlego. Geralmente, era ela quem tinha tal efeito sobre os homens.

Recuperando-se rapidamente, Liz entrou na conversa dos dois, o belo e a fera, e opinou sobre lugares a serem visitados em seu país continental. A conversa cessou quando encontraram Frederick e Charles saindo de uma loja de fantasias de Carnaval.

“Bom dia, Liz, Malu, Lídia, Jane”. Os olhos de Charles brilharam quando chegaram à última. “Que surpresa encontrá-las aqui! Nós íamos agora passar na casa de vocês para lhes entregar os convites. Vamos fazer um Baile de Carnaval na sexta-feira que vem, dia quinze”.

“Finalmente!”, festeja Lídia. “Achei que você havia desistido de fazer a festa na Ilha Paraíso! Há anos não vou lá. E poderia aproveitar que estamos todos aqui juntos para convidar o Marcelo Peres e o David Wickham também! Eles são o máximo! E *Bill Collins*, que é hóspede em nossa casa...”

“Lídia! Você não pode convidar pessoas para as festas dos outros!”, censura Jane, completamente vermelha de embaraço pela falta de educação da irmã.

“Não há qualquer problema”, respondeu Charles com um sorriso sincero. “Vocês três estão convidados, é óbvio!”

Uma estranha situação aconteceu quando o nome de David foi pronunciado. Darcy, que encarava algo invisível na direção oposta do grupo até então, evitando cruzar o olhar com Liz, fixou-se no americano que as irmãs Benevides acabaram de conhecer. Depois de alguns segundos, ele saiu sem se despedir do grupo.

Como todos estavam entretidos no assunto de Bing sobre a festa, a atitude grosseira passou despercebida, exceto pelo objeto da descortesia e por Liz, que observou tudo atentamente.

David e Frederick já se conheciam? Certamente ela descobriria se sim ou não.

Liz ria internamente enquanto seu pai reclamava com Lídia sobre suas despesas exorbitantes. Tirou-lhe os cartões de crédito, o *iPhone*, do qual não desgrudava, e as duas folgas da semana seguinte.

Lídia havia gastado uma fortuna em roupas no dia em que foram fazer compras na Rua das Pedras. Ao saber que haveria um Baile à Fantasia na mansão dos Bing, ela comprou, além do vestido para sua festa, fantasias para toda a família, exceto para Liz, que disse que montaria a sua própria, e para Maria Luiza, que aproveitaria o silêncio da casa para ler suas obras favoritas de Machado de Assis.

A caçula dos Benevides ficou inicialmente irritada com o pai, mas sabia que conseguiria convencer a mãe a tirá-la do castigo em pouco tempo. Sobretudo depois que ela visse as fantasias prontas.

E, pelo menos, sua roupa para a noite estava garantida. Seu vestido azul-escuro de paetês era um espetáculo! O pai, para variar, achou-o chamativo e curto demais, mas ela não se importou. Hoje era seu dia!

Tinha de admitir que Jane e Liz também estavam lindas, mas angelicais demais para seu gosto. Jane usava um vestido longo verde-claro de alcinhas e um longo colar de pérolas, e Liz, um tomara que caia coral com colar, cinto e sandália dourados. Adoráveis e elegantes. Nada sensuais. Por isso, nenhuma das duas tinha namorado, algo que nunca faltava a Lídia.

"Pelo menos", pensou a caçula ao compará-las, "Liz deixou as pernas bronzeadas e torneadas à mostra..."

Quando chegaram ao Bar do Zé, que foi fechado para o aniversário de Lídia, alguns convidados já haviam chegado, entre eles Marcelo e David. A mais nova das irmãs havia achado o americano um gato absoluto e já o havia escolhido como próximo da lista, quando enjoasse de Marcelo. Isto é, se Liz não fosse mais rápida. Ela havia reparado como eles se olharam ao se conhecerem dias antes na Rua das Pedras.

Neste momento, desejava que fosse Liz quem estivesse com as pernas cobertas... Jane podia mostrar as pernas à vontade. Não seria competição hoje, principalmente considerando que os Bing e o tal de Darcy nem sequer haviam sido convidados, apesar da insistência da mãe. Hoje era o dia de Lídia, e ela somente convidara seus amigos.

Gostava de Charles, mas a turma dele virava sempre o centro das atenções aonde quer que fosse, e Lídia não gostava disso. David também atraía o foco para si, mas por um motivo diferente: sempre era bom ter um colírio para os olhos em seu aniversário...

Conforme Lídia suspeitava, depois de cumprimentar todas as irmãs e parabenizar Lídia, David logo focou-se em entreter Liz. O que não importava muito no momento, porque ela ainda estava com o Marcelo. Por enquanto.

Liz e David foram se sentar em uma mesa mais ao fundo e Lídia esqueceu-se deles até o final da festa. Nem tinha ideia do assunto sobre o qual conversavam. Ou como estava prestes a se tornar sério.

"Você comentou com Collins que tem viajado pelo Brasil. Por onde já passou?"

Liz não se acostumara com a beleza avassaladora do americano, mas não o deixaria descobrir isso. Tentaria não encará-lo. Muito. Ou seus lábios. Ou seus músculos. A partir de agora.

Desde que chegara à festa de sua irmã, Wickham não havia saído de seu lado e não havia falado com mais ninguém. No início, ela ficou chateada com o homem escultural, que nem sequer lhe dera a oportunidade de conversar com alguns de seus amigos de Búzios, mas seu papo se mostrou tão interessante e ele, tão agradável, que ela própria deixou de se importar com os demais convidados.

"Comecei a viagem há apenas um mês, então ainda não conheci muito. Mas adorei o que já vi".

"Quanto tempo ficará ainda?"

"Quero ficar até janeiro do ano que vem. Ou seja, quase onze meses pela frente. Isto é, se a grana durar até lá". Wickham oferece um sorriso a Liz, que fica sem ar. Porém, ela consegue se recuperar rápido o bastante para responder ao sorriso.

"J-Já sabe por onde passará?", ela quase se enrola no inglês.

"Ainda estou montando o roteiro. Você pode me ajudar?"

"Claro! Posso te mandar um *e-mail* com os meus lugares favoritos no Brasil. Mas vou avisando, são muitos".

"Perfeito!"

"Você vai ficar quanto tempo aqui em Búzios?", essa era a primeira pergunta que Liz queria fazer, mas não tivera coragem até o momento em que ela escapou de seus lábios.

"Não sei, ainda. Sabe se o cara para quem vocês me apresentaram, Charles Bing, vai ficar muito tempo na cidade?"

"Não tenho ideia. Ele pretende abrir um restaurante aqui, mas quer pesquisar o mercado primeiro..."

Outra pergunta estava presa na garganta de Liz, mas ela não conseguia se libertar. Wickham dera a abertura de que ela precisava: falara do melhor amigo de Frederick, oferecendo-lhe um motivo para introduzir, discretamente, o arrogante americano na conversa. Sim, iria fazê-lo, mas com prudência. Não queria assustar o belo deus grego.

"Sem querer ser indiscreta, mas já sendo", sorri Liz ao seu companheiro de festa, "percebi naquele dia na Rua das Pedras que você e Frederick Darcy já se conheciam. E não pareceram ser melhores amigos..."

Ela não havia sido bem-sucedida em seu plano de discrição, mas ao menos a pergunta tinha sido feita. Wickham parecia um pouco surpreso com a indagação, mas não estava aborrecido. Em vez disso, uma tristeza tomou conta de sua face.

“Sim, a gente se conhece desde sempre. Eu e ele praticamente moramos na mesma casa durante toda a infância. Éramos muito amigos quando pequenos. Está chocada com minha afirmação, Liz? Eu também estaria, tendo em conta a frieza que você testemunhou entre nós na Rua das Pedras”.

“O que houve?”

“Eu prefiro não contar a história, pois tenho muito carinho pelo pai de Darcy, que já é falecido. Ele era um homem maravilhoso e não quero ferir sua imagem ao falar do caráter de seu filho”.

“Claro. Eu entendo”. Liz estava agora embaraçada de ter iniciado o assunto e não desejava nada além de mudar a direção da conversa. David ficara aflito somente em falar sobre o tema! “Apenas para que saiba, você não teria ofendido ninguém ao falar dele para mim. Independentemente de sua história com Frederick, acho aquela *criatura* arrogante e insuportável. Seu esporte favorito é encontrar defeito nos outros. Enfim, voltando à agradável conversa sobre sua viagem...”

“Você realmente não gosta de Darcy? Há outros aqui com essa mesma opinião?”

“Honestamente, as únicas pessoas que poderiam lhe oferecer palavras positivas sobre Frederick Darcy são os irmãos Bing, por serem amigos dele, e Jane, pelo simples fato de que ela não vê defeito em ninguém”.

Wickham gargalha com o comentário de Liz, o que deixa a bela morena aliviada. A única questão é que ela não sabia ao certo se a alegria de seu companheiro havia sido restabelecida graças à análise dela sobre sua irmã ou ao fato de Frederick ser detestado na cidade.

“Sendo assim, acredito que não degradaria a memória de meu querido padrinho ao falar sobre seu filho para você, já que sua ideia dele não é das melhores”. Liz revira os olhos e sorri, e Wickham continua: “Peço apenas que mantenha a história consigo. Não é o tipo de fofoca que eu quero que se espalhe, principalmente por se tratar de alguém conhecido na cidade”.

Liz concordou em manter o segredo e não comentar nada, sequer com suas irmãs. E assim o faria. Ela podia ter algumas “falhas” de personalidade (pois ninguém é perfeito), mas era conhecida por ser uma ótima confidente. Era mais fácil tirar um jumento da inércia que um segredo de Liz, como sua mãe costumava dizer, de forma graciosa e afável.

"Você deve saber que a família de Darcy é de políticos". Quando Liz confirma, Wickham prossegue. "Pois bem, meu pai foi assessor do Sr. Frederick Darcy durante toda a sua vida política. Trabalharam juntos por mais de quarenta anos. Por céus, meu pai já trabalhava para o Sr. Darcy quando ele se casou com a mãe de Darcy Jr.!"

"Então, eles começaram bem cedo..."

"Sim! Meu pai tinha apenas vinte e dois anos! Enfim, quando eu cresci e chegou a hora de decidir que curso iria fazer na faculdade, escolhi seguir a carreira de meu pai. Sempre vivi neste mundo e sabia que queria trabalhar com política! Diferente de Darcy, que queria seguir na carreira literária..."

"O quê?! Frederick Darcy Junior não escolheu a carreira?", perguntou uma chocada Liz.

"Não! Assim como provavelmente não escolherá a noiva. Desde pequeno, seu pai e sua madrinha, a senadora Catherine Boyd, conversam sobre o casamento dele com a filha dela. Já é negócio fechado. Então, se você tinha planos com ele..." Liz fez uma charmosa cara de nojo, encorajando o homem mais bonito da festa a continuar suas atenções voltadas apenas para ela.

"De qualquer forma, quando soube do meu desejo, o Sr. Darcy fez questão de pagar pelos meus estudos em Harvard, junto com seu filho. Porém, no meio do curso, tive de abandoná-lo para cuidar de meu pai, que adoeceu. O Sr. Darcy, como sempre, cobriu todas as despesas, e pagou o melhor dos tratamentos médicos para meu pai. Mas não foi suficiente, e ele faleceu poucos meses depois. E, por uma infeliz coincidência, semanas mais tarde, o Sr. Darcy o seguiu".

"Como? Você perdeu seu pai e seu padrinho no mesmo período?"

"Sim. Na época, todavia, acreditei que contaria com o apoio de Darcy Jr., que, afinal de contas, havia sido criado comigo como irmão. Só que não foi o que aconteceu. Quando me recuperei do luto e pedi ajuda a Darcy para voltar à universidade, ele se recusou a me ajudar.

Cortou todos os laços comigo. Chegou, até mesmo, a inventar várias fofocas caluniosas a meu respeito e espalhá-las por Washington, inviabilizando qualquer chance de tentar emprego no meio político. Mesmo sua irmã, Georgy, foi proibida de me ver ou falar comigo. Logo eu, que cheguei a trocar suas fraldas!"

"Que monstruosidade! Nunca imaginei que um ser humano pudesse ser tão cruel! E ainda ouso chamar Jane de ingênua!"

"Não, você não é ingênua. É realmente chocante. Mas tive que seguir minha vida".

"O que você fez?"

"Consegui uma bolsa em uma universidade menos conceituada e terminei a faculdade. Veja, eu tinha um amigo brasileiro, o Pedro, e ele me ensinou a jogar futebol como vocês. Ou quase... pelo menos, bem o bastante para conseguir acabar com os 'gringos', como vocês nos chamam, de forma que me ofereceram bolsa integral. Depois da faculdade, segui jogando futebol profissional em alguns clubes pequenos, mas o esporte não é dos mais fortes dos Estados Unidos, então, a menos que você seja craque, é difícil pra caramba se sustentar muito tempo com isso, como acontece aqui. Pra piorar, depois de uns cinco anos, machuquei o joelho e não pude jogar mais. Mas consegui juntar uma grana. Tenho um pequeno apartamento em Boston, que está alugado agora. É o aluguel (e o pouco que sobrou de minha poupança) que está bancando esta viagem".

"E o tal de Pedro? Você vai visitá-lo?"

Liz já havia ouvido o bastante sobre aquela criatura traiçoeira e não queria mais falar dele. Preferia conversar sobre assuntos mais divertidos e aproveitar as atenções do gato à sua frente.

O restante da noite passou calmamente, com muita gargalhada e conversas interessantes sobre as viagens e aventuras de David Wickham.

No entanto, a história que Liz ouvira sobre Frederick Darcy não saiu da sua cabeça. Saber que poderia haver pessoas tão frias e traiçoeiras próximas a ela e sua família deixava-a nauseada.

No mínimo, uma lição ela aprendera com tudo isso.

Nunca confiaria em Frederick.

Capítulo 4

Hoje, Liz teria a oportunidade perfeita. Finalmente, ficaria a sós com Wickham. Desde o aniversário de sua irmã caçula, havia exatamente uma semana, na sexta-feira anterior, não havia tido um momento sequer de privacidade com ele.

E isso era culpa de um homem: Bill Collins Junior. Ele simplesmente não a deixava em paz. Seguia-a onde quer que fosse, falando sem parar de temas completamente entediantes.

Toda vez que tinha uma folga ou um tempinho para ir à praia ou a um bar na Rua das Pedras, lá estava a chatice ambulante. Parecia que o homem tinha colocado um *chip* nela para saber onde ela estava o tempo todo.

Ou seja, sempre que se encontrava com David Wickham, o clima era estragado pela conversa cansativa e o falatório contínuo de Collins. Ao menos, Collins não podia impedir os olhares constantes entre ela e o deus grego. E quando sua irmã Jane, por algum milagre, não estava com Charles e estava com ela, distraía o pentelho para que Liz e David pudessem conversar com um mínimo de paz.

No entanto, aquilo não era suficiente. Liz queria ficar verdadeiramente a sós com a estátua de Michelangelo. A cada dia, interessava-se mais por ele e temia que ele fosse embora de Búzios antes que tivesse a oportunidade de... ela não sabia o quê, mas haveria algo. Com certeza.

E hoje seria o dia perfeito. Era o Baile de Máscaras que Charles organizou na Ilha Paraíso para comemorar o Carnaval. Os Bing deixaram diversos barcos à disposição dos convidados, que faziam a travessia de ida e volta a cada hora.

A família Benevides estava toda vestida de 'Alice no País das Maravilhas', exceto por Liz, que havia feito sua própria fantasia de Pocahontas.

Liz não era vaidosa e geralmente não se preocupava com sua aparência, mas hoje era diferente. Ela queria estar sensual, sem ser vulgar, e queria chamar atenção para suas curvas brasileiras. E a roupa da guerreira indígena americana desempenhava perfeitamente este papel para ela.

Sua mãe, suas irmãs e até seu pai elogiaram a fantasia. Sua irmã Lídia chegou a anunciar estar com inveja. Liz teve vergonha alheia ao ver como a caçula estava vestida: de um Coelho Branco seminu. Aparentemente, o pobre coelho tinha perdido toda a sua pele, exceto pelo rabo e dois pequenos pedaços de pele no tórax e no quadril.

Como a mãe a deixaria sair daquele jeito?

Os demais da família, por outro lado, estavam ótimos. Jane estava encantadora de Alice. A mãe estava temível como Rainha de Copas, e Liz ficou aliviada ao verificar que seu vestido não era tão curto. E seu pai estava hilário de Chapeleiro Maluco.

Malu decidiu ficar em casa para terminar um livro que estava lendo sobre a Segunda Guerra Mundial. E Collins, como sempre, estava sem graça. Perfeito para sua personalidade. Vestia bermudas, camisa havaiana, chinelos e uma câmera fotográfica pendurada no pescoço. O perfeito (e chato) turista.

Liz e Jane conversavam sobre as expectativas da festa e mal sabiam que, na mansão Bing, elas eram o tema da discussão.

Charles estava nervoso, o que não era habitual, nem combinava com a sua fantasia, de gato de Alice no País das Maravilhas, que ele havia previamente combinado com a família Benevides.

A seriedade de Frederick Darcy e Caroline também não combinava com suas fantasias. Ele vestia as roupas verdes de Peter Pan e ela, o curto vestido de Sininho. Neste caso, não havia prévio acordo: a irmã de Charles descobrira a roupa de Darcy e logo encomendou uma que combinasse com a dele.

"Ela é linda, adorável, inteligente e simpática, Charles, mas você deve admitir que não parece gostar tanto de você", dizia Frederick. "Ao menos, não tanto quanto você gosta dela".

"Ela é tímida! Nem todos demonstram seus sentimentos livremente, Fred! Você, mais do que ninguém, deveria saber disso". Fred havia entendido a mensagem, mas fingiu inocência.

"Eu gosto muito dela, Charles, mas devo te dar um conselho como irmã e como mulher: Jane Benevides não está apaixonada por você. Ponto. Interessada? Talvez. Curiosa? Provavelmente. Mais do que isso? De jeito nenhum".

"Vocês estão falando como se eu fosse me casar com ela!", Charles respondeu, ofendido.

"Isso é porque você age como se fosse se casar com ela, meu amigo".

Charles desta vez não reage. Em alguns instantes, os convidados começariam a chegar no primeiro barco e ele não queria recebê-los com a feição pálida que carregava naquele momento. Simplesmente saiu do cômodo, atitude habitual quando queria se livrar de uma discussão indesejável.

Os Benevides e os Lopes caminharam juntos pela areia branca até a entrada da mansão, tão bem localizada na Ilha Paraíso. De longe já conseguiam ouvir a música contagiante de samba brasileiro.

A casa era tão grandiosa e impressionante quanto a ilha que a acomodava. A estrutura era dividida em quatro alas. A ala Norte, para onde os convidados se dirigiam, na qual havia os espaços para festas, jantares e grandes ocasiões. A parede voltada para o mar era toda de vidro, possibilitando que os convidados tivessem uma bela vista do mar e da cidade de Búzios. A ala Leste comportava a moradia dos proprietários e seus hóspedes. É onde ficavam a cozinha, a sala de estar, os quartos e os banheiros. As salas de jogos, cinema, piscina coberta, sauna e academia ficavam na

Ala Oeste. Os apartamentos dos funcionários da ilha ficavam na ala Sul.

O gorducho patriarca dos Lopes já estava suando, e a pintura branca e preta sobre o seu corpo começava a derreter. A recatada esposa havia tentado dissuadi-lo, mas ele insistira que queria ir de panda. Vestia apenas calças pretas, e o resto do corpo estava protegido apenas por uma fina camada de tinta, que desapareceria em pouco tempo.

Elisabeth Lopes optou por uma fantasia sóbria de gato. Sua filha Charlotte também estava de preto, só que de anjo negro, com belas asas de penas que havia feito com a ajuda de sua melhor amiga, Liz. Lotte estava deslumbrante. Liz achava irônico como ela ficava mais bonita nas ocasiões em que não se preocupava em se arrumar para ninguém. Naquela noite, Lotte preocupava-se apenas em se divertir e seu sorriso estava contagiante.

O grupo foi recebido com grande simpatia e carinho pelo anfitrião, Charles. Sua irmã não demonstrou a mesma cordialidade, apesar de manter a educação. O amigo Frederick parecia olhar para tudo e todos, menos na direção das duas famílias recém-chegadas.

Fábio Lopes logo arrastou o amigo Antônio Augusto Benevides até o bar, onde virou dois copos de cerveja em poucos segundos. Janaína e Elisabeth seguiram os seus respectivos maridos, a primeira contando as novidades para a segunda, como de costume.

Desconsiderando a conversa que acabara de ter no quarto, Charles logo se esqueceu do papel de anfitrião e levou Jane até a varanda da ala Leste, onde poderiam conversar com maior privacidade, fora do alcance do olhar desaprovador de sua irmã.

Lídia sumiu entre os convidados no momento em que chegaram e não estava em nenhum lugar para ser vista.

Liz procurava a única pessoa que deseja ver naquela noite, enquanto sua amiga Lotte foi ao banheiro para garantir que a fantasia ainda estivesse em bom estado depois da jornada.

Aparentemente, David estava atrasado, pois Liz não conseguia vê-lo entre os poucos convidados que haviam chegado e, com toda sua altura, beleza e charme de deus-grego-perdido-no-Brasil, seria impossível que ele passasse despercebido. Um pouco desapontada, mas ainda esperançosa, ela segue até o bar montado no salão principal da casa.

Foi quando sentiu que estava sendo observada. Seu coração disparou, pois acreditava que era David Wickham quem chegara e já caminhava em sua direção. Porém, era o amigo colorido de sua irmã caçula, Marcelo, procurando por Lídia.

"Oi, Marcelo! Você não veio com Wickham? Achei que ele estivesse hospedado em sua casa..." Ela não segura a curiosidade.

"Ele está sim, Liz. Mas ele foi hoje a Arraial do Cabo mergulhar. Não fique triste", ele pediu, ao ver a cara de decepção de Liz. "Ele volta amanhã".

"Mas por que ele foi logo hoje, no dia do Baile? Não foi convidado?"

"Sim, o tal de Charles convidou todo mundo lá de casa. Ele me disse que até estava a fim de vir, mas queria evitar um sujeito que estaria aqui. Ah, ali está Lídia! Até mais, Liz!"

Liz não teve tempo de perguntar a Marcelo quem era o sujeito que prevenira a vinda dele, e não precisava fazê-lo: sabia exatamente quem David Wickham queria evitar. Claro, para ele deveria ser insuportável ficar um minuto sequer sob o mesmo teto que aquele que havia destruído seu futuro.

Uma música de forró começou a tocar e Liz sente alguém segurando seu ombro.

"Posso ter a honra de dançar com a senhorita, caríssima Liz?"

Collins. O almofadinha chato que não conseguia falar uma frase sequer sem adjetivos ou pronomes de tratamento. Liz achava que não haveria nada mais desagradável agora do que ter que falar com Frederick Darcy. Mas havia. Ter que falar com Bill Collins Junior. Ou pior: ter que dançar com ele.

Liz queria responder que estava cansada, mas sua mãe já estava a seu lado, empurrando ambos para a pista de dança. Liz até podia tentar dizer 'não' a Collins, mas sabia ser impossível fazê-lo com Janaína à espreita. Então, engoliu as desculpas, tentou sorrir e foi dançar forró. Com um gringo. Com Collins, por céus!

"Não tenho talento extraordinário para a dança. Mas sua excepcional mãe me informou que se trata de dança típica brasileira".

"Sim, mas você tem que ter mais cuidado para não pisar no meu p... aiii!"

"Perdoe-me, querida Liz. Como lhe havia informado, não sou grande dançarino".

"Você deveria ter me informado *antes* de me chamar para dançar".

"Tenho por convicção que a dança é uma forma extremamente civilizada de conhecer o seu parceiro. Se me permite dizer, é como uma forma mais íntima de comunicação".

"Concordo que seja uma forma de comunicação, mas devo discordar sobre o 'civilizado'. Qualquer selvagem dança. Além disso, o próprio conceito de civilizado e selvagem é mera questão de perspectiva".

"Mesmo? Durante meus estudos, sempre fui ensinado por sábios instrutores sobre sociedades civilizadas e selvagens. E nunca imaginei que poderiam ser caracterizadas de outra maneira. Por favor, cara Liz, se poderia dirimir uma dúvida: quando uma sociedade civilizada, considerada pelo senso comum (e por aqueles cuja sabedoria é reconhecida universalmente) poderia, por exemplo, ser confundida com uma sociedade selvagem?"

"Bem, a própria universalização de qualquer conceito é questionável. Eu duvido muito que haja algum tema cuja opinião seja unânime. Sempre há aqueles que oferecem um novo entendimento. É o que muitos chamam de revolução".

"Caríssima Liz, com todo o respeito..."

"Além disso, se você quer um exemplo, posso oferecê-lo de seu grandioso país". Collins pisou novamente em seu pé, mas ela ignorou a dor. Detestava falar em estereótipos como estava fazendo, mas no momento estava enfurecida com os americanos à sua volta. "Há aqueles que consideram a política externa de vocês uma simples selvageria".

A música acabou junto com seu discurso, e Liz se afastou com um aceno, sem esperar pela resposta de seu companheiro de dança.

Ao se virar, deparou-se com um olhar penetrante de outro americano pedante: Frederick Darcy. E ele ouvira toda a conversa entre ela e Collins.

Como sempre, Lídia dançava de maneira provocativa e escandalosa. Janaína estava bêbada, falando alto sobre a esperança de ver a filha mais velha casada com um americano rico. Antônio Augusto estava aborrecido com o comportamento da filha e da mulher. Jane estava sumida. E Liz estava escandalizada com a falta de postura de sua família.

Collins estava seguindo Liz onde quer que fosse, e ela tentava se livrar de suas investidas indesejadas. Contudo, o homem não desistia: sempre tinha uma desculpa para falar com ela ou lhe oferecia uma bebida, quando Liz já tinha uma na mão. Ou comentava sobre as fantasias de todos, quando tudo o que Liz queria era a companhia solitária – porém infinitamente mais agradável – de seus pensamentos.

Finalmente, Liz conseguira despistar Collins na pista de dança. Ou assim o achava, pois logo sentiu uma mão encostando em sua lombar. Já estava prestes a dar um sermão em Collins por sua ousadia quando percebeu que... não era Collins.

Em vez disso, seus olhos encontraram o azul profundo daqueles de Frederick Darcy, e sua respiração ficou presa em sua garganta. Ele estava a um palmo apenas de distância. De repente, suas palavras fugiram e ela se esqueceu do que deveria dizer.

"Boa noite, Pocahontas. Se não estou enganado, você deveria ser norte-americana e não brasileira, não é verdade?"

"Boa noite, Peter Pan. Se eu não estou enganada, você deveria ser sorridente, e não ranzinza, não é verdade?"

A gargalhada de Frederick a toma de surpresa. Ela raramente o havia visto sorrir. Dar risada, nunca. Até mesmo Caroline virou-se para saber o que estava acontecendo. E a visão claramente não a agradava.

Por um momento, Liz pensou em como gostaria de escutar aquela gargalhada mais vezes. Era um som delicioso e deixava seu dono com uma aparência mais jovial e simpática. Parecia outro homem!

Ela logo afugenta os pensamentos de sua cabeça ao se lembrar do que ele fez com David Wickham.

"Você tem razão Liz, como sempre", ele respondeu em um tom suave. Suave? Também era uma novidade para Liz. "Quer se sentar comigo? O jantar vai ser servido".

Ela não queria, pois somente desejava a companhia de David. Por que perder seu tempo com o entediante engomadinho George Wilkes? Nunca entendera o que Scarlett O'Hara vira nele. Sua escolha seria o charmoso e ousado Rhett Butler, com certeza.

Entretanto, ela não conseguia pensar em qualquer desculpa. Não queria, obviamente, dizer os verdadeiros motivos pelos quais não podia – e não queria – se sentar com Frederick. Então, seguiu-o até sua mesa.

No caminho, passou por uma zombeteira Lotte, que piscou um olho para ela enquanto se sentava à mesa dos pais de ambas. Liz simplesmente lhe mostrou a língua em resposta, como fazia desde criança. Deveria ter dito que prometera jantar com a melhor amiga! Mas agora era tarde demais.

Frederick manteve-se em silêncio enquanto serviam as entradas, casquinhas de siri com queijo gratinado. Também continuou quieto quando a moqueca de peixe chegou. Liz ficou orgulhosa em saber que escolheram servir o prato que ela lhes havia introduzido, mas segurou o comentário. Estavam sozinhos na mesa, o que tornava a situação ainda mais constrangedora.

"Vocês costumam fazer amizades com turistas estrangeiros?", finalmente Frederick quebra o silêncio, sem tirar os olhos de seu prato.

"Depende do estrangeiro".

Frederick eleva os olhos até o rosto de Liz e relaxa ao ver que ela está sorrindo. Percebe que a bela brasileira estava apenas zombando dele.

"Do que depende, exatamente?"

"Amizade nunca é unilateral. Deve ter reciprocidade. Então, não basta que eu queira conhecer alguém se esta pessoa quiser me ignorar".

"Acho impossível alguém te ignorar, Liz."

Mais uma vez, o tom choca a moça. Ele pronunciou seu nome com tamanha intimidade que a deixou constrangida. Ela sabia que era exatamente a intenção de Frederick Darcy: deixá-la sem graça e sem palavras. Desta vez, não venceria.

"Você fez questão de me ignorar quando nós nos conhecemos".

Nem Liz podia acreditar em sua assertividade. Estava orgulhosa, mas também ficou incomodada com a tristeza que surgiu no rosto de Frederick. O que significava aquilo? Estaria fingindo? Não parecia ser o caso.

"Fizeram muitas amizades neste verão?"

Liz ficou feliz por ele ter ignorado seu comentário. Ela já estava arrependida por tê-lo feito, após perceber que havia ofendido o americano. Podia achá-lo antipático, mas não era de seu caráter deixar ninguém infeliz.

"Minha irmã Lídia geralmente é a que faz mais amizades. Eu somente formei algumas. Certamente, foi um grande prazer conhecê-los", ela queria dizer apenas Charles Bing, mas não teve a coragem necessária. "Além de vocês, somente fiz uma outra amizade".

"Sim. Tenho visto você com seu novo *amigo*. Mas, acredite no que eu digo: David Wickham perde amigos com a mesma facilidade com que os ganha".

"Honestamente, Frederick, não sei no que ou em quem acreditar".

"O que isso quer dizer, Liz?"

"Desculpe-me, mas podemos continuar mais tarde? Tenho que ir ao banheiro".

Porém, Liz decidira, antes mesmo de dizer as palavras, nunca mais continuar aquela conversa.

O anfitrião passou a noite fora de sua própria festa. Todavia, a animação e o teor alcoólico dos convidados fizeram com que não percebessem sua falta. E, honestamente, Charles Bing não estava nada preocupado com o que os outros pensavam. Somente se importava com o que *ela* pensava dele.

Até agora, Jane achara a noite perfeita. Haviam caminhado à beira da praia sob a luz da lua cheia. Haviam se beijado com o som das ondas quebrando. E, principalmente, haviam passado as últimas horas sem ser observados ou incomodados por ninguém, algo inédito.

Charles trazia-a de volta à mansão para que jantassem. Porém, em vez de seguirem até o salão principal, na ala Norte e de volta à festa, ele lhe fez mais uma surpresa: havia preparado para os dois uma mesa com velas na antessala de sua suíte.

O jantar, com comida característica da terra natal do pai de Jane, estava simplesmente delicioso. Como sobremesa, comeram pudim de leite, outro prato brasileiro, desta vez típico de Minas Gerais, que Charles não conhecia. Deliciaram-se e conversaram animadamente.

"O que mais você preparou, Charlie?", pergunta-lhe a bela companheira. "Também contratou uma banda somente para nós dois?"

"Não", ele responde rindo, "mas preparei outra surpresa".

Charles toma a mão de Jane e a guia até seu quarto. A moça ficou levemente apreensiva, mas sua vontade de continuar a noite romântica com o empresário era maior. Eles atravessaram o enorme cômodo, que ela notou ser ainda mais luxuoso do que esperava, e se dirigiram até uma varanda privada da suíte.

Quando Jane viu a cena da nova surpresa, conteve a respiração. Estava lindo! Na varanda, havia uma *jacuzzi* com vista para o mar e para o belo céu estrelado e com lua cheia. Como se isso não fosse o suficiente, Charles havia espalhado velas e vasos de flores campestres em volta da varanda.

Também não passou despercebido o balde de gelo com uma garrafa de Dom Pérignon. Ou o fundo musical, com um de seus compositores favoritos: Vinícius de Moraes. Eles haviam conversado uma vez sobre suas canções prediletas, e ele não havia se esquecido de seu comentário sobre a canção que a deixava arrepiada, *Aquarela*. Era a que estava tocando agora.

"Você gostou?", Charles pergunta, preocupado. Ela não falara desde que saíram da suíte.

"Oh, Charlie, está perfeito!"

Ela o beija com tanta força que o machuca, mas ele corresponde à altura. Até então, ele estava inseguro com as palavras de sua irmã e seu melhor amigo com relação aos sentimentos de Jane por ele. Mas não agora.

Ela não poderia beijá-lo assim, com tanta paixão e ternura, se não estivesse tão apaixonada por ele quanto ele estava por ela. Não estaria tirando o vestido com um sorriso provocante, como fazia agora. Não estaria fazendo carinho em suas costas. Não estaria o despindo. Jane não o estaria fazendo se apaixonar ainda mais por ela.

De repente, não havia mais Caroline, ou Fred, ou seus negócios, ou sua família, ou a família dela. Havia somente Jane e ele.

Fred sempre gostara de Caroline, mas não lhe agradava nada suas investidas agressivas e suas indiretas sobre o relacionamento dos dois. Ele não a enxergava de forma romântica. Nunca a enxergaria assim.

Tentara, diversas vezes, dizer que somente a considerava uma amiga. Mesmo assim, ela fingia não o entender. Já havia visto isso muitas vezes. Pessoas apaixonadas não conseguem acreditar que seus sentimentos não são recíprocos, mesmo que as evidências lhe atinjam a cara.

Um amor não correspondido deve ser uma das tragédias humanas mais cruéis. É melhor ser odiado do que ser desprezado. Pelo menos, ódio é um sentimento e pode, lentamente, transformar-se em outro sentimento, como o amor, filosofava Frederick.

Cansado das tentativas de Caroline de agarrá-lo, tocá-lo e beijá-lo, Fred se afastou da festa. Ela já estava bêbada, então havia perdido o pouco de pudor que mantinha com ele. Deixou-a em um sofá no quarto de televisão da ala dos quartos e foi caminhar na praia.

Perguntava-se onde estavam Charlie e Jane, que não via desde o início da festa, e suas suspeitas o fizeram sorrir. Também não via Liz há algum tempo, pensamento que deixara sua mente sombria. Até que ouviu gritos.

Partiam de duas figuras à sua frente, mas ele não conseguia identificá-las apenas pelo contorno de seus corpos. Aproximou-se mais, até reconhecer a voz feminina: era Liz. E a outra figura, um homem, tentava agarrá-la à força.

Liz não aguentava mais aquele homem chato e repugnante caçando-a durante todo o baile. Depois de algumas caipirinhas, sua paciência esgotou-se por completo e ela simplesmente resolveu deixar a festa. Sem Collins.

Encontrar a saída pela parte de trás da sala foi uma tarefa difícil. Pior ainda foi achar o caminho até a ala Leste da casa para, dali, ir até a praia sem ser vista.

Começava a sentir o efeito da cachaça das caipirinhas em suas veias e sua cabeça. Sentia-se pesada, mas as decepções daquela noite deram-lhe forças para continuar. Chegaria à praia e, de lá, pegaria o próximo barco – que sairia dentro de vinte minutos – e retornaria sozinha até sua casa.

Foram quase dez minutos para alcançar a areia. Porém, o tempo que levou para achar o caminho fora recompensado: era uma noite de céu limpo, estrelado e iluminado pela bela lua cheia.

Liz tirou suas sandálias rasteiras para sentir a areia branca fina sob seus pés. O cheiro do mar era inebriante, assim como o som das ondas quebrando. Ela não poderia estar mais relaxada naquele momento, até que um grito a arrancou de seu sonho acordado.

"Liz! Finalmente a encontrei!"

Ela não poderia ter ficado mais descontente. O dono da voz era ninguém menos que Collins. Ela preferiria que fosse qualquer outra pessoa, até mesmo o pomposo Frederick Darcy e seu olhar profundo.

"O que você está fazendo aqui?"

"Não poderia permitir que a moça mais bonita de Búzios deixasse a festa sozinha, não é?"

O bafo de álcool de Collins ardia nas narinas de Liz. Por isso, ele não estava tão formal como de costume: estava bêbado. Era a primeira vez que Liz conhecia alguém que ficava menos ridículo embriagado.

"Muito obrigada, Collins, mas posso muito bem caminhar até o cais sozinha. Eu sempre me virei sozinha e nunca precisei de nenhum homem para me acompanhar".

Liz orgulhou-se da segurança e frieza em sua voz. Não gostava nada daquela cena, especialmente por se tratar de um homem alcoolizado.

Collins a surpreende mais uma vez ao colocar o braço em volta de sua cintura, segurando-a com força.

Aparentemente, além de informal, Collins também ficava ousado quando bebia umas a mais.

"Tire as mãos de mim, Collins. Agora", ela pronunciou a última palavra lentamente, entre os dentes.

A paciência de Liz acabara e ela também começara a se sentir insegura. Estavam a sós naquele lugar deserto e ninguém a ouviria da festa. Quão atrevido ele ficaria?

"Vocês mulheres são as mesmas. Quando dizem sim, querem dizer não. E quando dizem não..."

Em vez de soltá-la, Collins a agarrou com ainda mais força, puxando-a para mais perto de si. Ela tentou soltar-se, mas não conseguia se mover sequer um centímetro. Quando Collins aproximou a boca da sua própria, percebeu que a única coisa a fazer seria gritar.

"Me solta! Agora! Socorro!"

Não tinha qualquer esperança de alguém ouvi-la. Não tinha visto ninguém mais na praia quando usara a saída da sala de estar na ala Leste. E o cais estava distante demais para algum funcionário ou convidado escutá-la de lá.

Collins alisava suas costas, segurava seus cabelos, beijava seu pescoço. O coração de Liz acelerava conforme seu nojo aumentava, e ela sentia as lágrimas atrás de seus olhos. Gritava e gritava, e a esperança morria à medida que percebia que ninguém viria.

Não obstante, depois de poucos segundos, Collins foi puxado para trás por uma força invisível. Alguém mais estava ali, certamente, mas Liz não podia vê-lo. Somente quando Collins estava deitado na areia, com uma figura em cima dele, Liz pôde ver seu salvador: ninguém menos que Frederick Darcy.

E ele estava esbofeteando Collins.

"Frederick! Já chega! Ele apagou!", Liz puxa-o pelo colarinho da camisa.

Frederick Darcy estava irreconhecível. Sua face estava completamente vermelha; os olhos mais escuros que nunca, lembrando Liz dos tubarões brancos do *Discovery Channel*; suas mãos, fechadas em dois punhos enormes; sua respiração, rápida.

"Você é louca?! Como sai sozinha no meio desta escuridão?"

"Como eu poderia imaginar que o idiota do Collins iria..."

"Se não fosse ele, poderia ser outro!"

Liz também sentiu um bafo preocupante da boca de Frederick. Uísque. No entanto, ele não estava com cara de quem tentaria beijá-la à força. Por mais incrível que pareça, ela estava preocupada com a integridade física de Collins. Frederick parecia querer matá-lo. E como diabos ele ousou colocar a culpa *nela* por aquela situação horrível? Ela detestava ter que admitir, mas era a *vítima* ali! Ela havia sido atacada!

Darcy virou-se novamente para o homem desmaiado na areia e ajoelhou-se perto de sua cabeça. Liz encostou a mão no ombro de Frederick, pensando como o impediria de machucar – ainda mais – o sócio de seu pai. Até que percebeu que ele estava apenas verificando se Collins ainda respirava.

"Vai sobreviver", ele finalmente disse, e não soava nada feliz com a afirmação.

"O que devemos fazer com ele?", a voz dela estava trêmula, o que ela detestava. Insegurança não fazia parte do vocabulário de Liz Benevides.

"Nada. Em algumas horas, vai acordar envergonhado, como é devido. Vamos".

Sem mais uma palavra, Frederick segura a mão de Liz dentro da sua e arrasta-a pela praia, ainda furioso com a tolice dela. Ela não ousou protestar. Principalmente porque a mão quente e macia dele a acalmava e aquecia. Ela não havia notado que estava tremendo até agora.

Não conseguiu mais segurar as lágrimas. Estava agradecida a Frederick por tê-la salvado, mas não queria chorar na frente dele. Não queria lhe dever tamanho favor! Não desejava aparentar fraqueza. Só que já era. Seria mais uma arma que ele teria contra ela...

Foi quando mais uma vez ele a surpreendeu. Sem querer assustá-la, trouxe o rosto de Liz até seu peito e a protegeu em seus braços. Não era um toque agressivo, como o de Collins havia sido, mas protetor e carinhoso. Ela se sentia segura agora, o que lhe pareceria improvável alguns minutos atrás.

"Eu sinto muito, Liz. Não foi sua culpa. É que eu fiquei desesperado quando... enfim, o que importa é que você está bem. Vai ficar tudo bem. Eu não vou deixar ninguém te fazer mal."

O cheiro de sua camisa era fresco, de sabão e perfume, bem diferente do bafo de uísque. Sua voz era tenra e grave, deixando-a ainda mais emocionada. Ela chorou até soluçar, até deixar a camisa de Frederick molhada. E ele não a largou, não disse mais nada. Apenas a abraçou e a consolou em silêncio.

A cena era inimaginável para Liz: estava sendo confortada por Frederick Darcy.

E gostava da sensação.

Capítulo 5

"Meu pai não pode nem vê-lo. Ainda está uma fera. O nome Collins está terminantemente proibido lá em casa, Lotte. E com razão".

"E eu entendo. Se tivesse acontecido com a minha filha, também teria ficado assim. Mas, Liz, quero que saiba que ele está envergonhado. Ele tem conversado com meu pai, explicando que esse não é seu comportamento típico. E, agora que ele está hospedado conosco, e eu pude conhecê-lo melhor, sei que diz a verdade. Foi o efeito terrível de álcool em excesso no sangue..."

"Ele pode ter se arrependido do que fez comigo, mas certamente não pode culpar o álcool. Afinal de contas, foi ele quem tomou a decisão de beber. Portanto, tem que assumir a consequência de ter abusado".

"Sim, Liz, mas ele realmente é uma pessoa boa..."

"Lotte, nisso não podemos concordar. Não posso acusá-lo de ser má pessoa, mas também não posso afirmar o contrário. O que ele fez comigo é inescusável, e ele nem sequer pediu desculpas, mesmo declarando a você e a seu pai estar arrependido. Se realmente o estivesse, poderia dizê-lo a mim, a maior interessada".

"Mas ele está tão sem graça, Liz, que..."

"Charlotte, eu acho melhor não falarmos mais neste assunto. Não quero me desentender com você. Se ele está com vergonha de falar pessoalmente comigo, poderia ter mandado um *e-mail*, uma mensagem, até uma porcaria de um *WhatsApp*! Ele não estava sem graça quando praticamente se convidou para ficar em nossa casa pelo *e-mail* que mandou a meu pai. E, para piorar, minha mãe culpa Frederick Darcy pela confusão! Nunca imaginei que o defenderia para ninguém, mas tive de fazê-lo! Não consigo imaginar o que teria acontecido se ele não tivesse me ajudado!"

"Oh, Liz, não acredite, nem por um momento, que estou escusando Collins pelo ato terrível que cometeu! E também sou eternamente grata a Frederick por ter salvado minha melhor amiga (frase que eu jamais imaginei pronunciar um dia). Mas você está certa: vamos mudar de assunto. Afinal de contas, temos conversas muito mais interessantes. Por exemplo, sua irmã e Charles Bing. Ela me contou que tem novidades, mas ainda não teve tempo de se encontrar comigo para me contar. Já faz três dias desde o baile e eu não aguento mais! O que aconteceu?"

"Bem, aconteceu..."

"Sério? E como foi?"

"Ah, isso você terá que perguntar a ela, Lotte. Mas repare que eles não se desgrudaram desde então... acho que isso é um grande indício de que ruim não foi..."

"Com certeza! Mas, Liz, eles já conversaram sobre o futuro? Porque em poucas semanas Jane e ele retornarão aos Estados Unidos".

"Acho que não com todas as palavras, mas ela me contou que ele tem deixado muito clara a sua intenção de continuarem saindo quando estiverem por lá. Principalmente porque ambos estarão em Nova Iorque".

"Lizzie, eu tenho certeza que Charles quer continuar saindo com ela. Isso é óbvio. Todos podem ver que ele está apaixonado. O que eu quero saber é se Jane deixou claro para ele que quer continuar o relacionamento – ou o que quer que o chamem – quando deixarem Búzios".

"Você sabe muito bem que Jane é cautelosa e tímida. Ela quer conhecê-lo melhor, sobretudo seu caráter, e tem também dificuldades em expor seus sentimentos".

"Lizzie, eu sei que, no início de uma paquera, os homens gostam das mulheres difíceis, que os ignoram. Porém, eles já passaram dessa fase!

Já dormiram juntos e tudo! Já passou da hora de Jane deixar claro para Charles que seus sentimentos são mútuos, ou ele desistirá! Nenhum homem apaixonado aguenta ser ignorado!"

"Mas ela não o ignora!"

"Mas também não demonstra o que sente por ele, Liz!"

"Ela é tímida! Claro que gosta dele! É óbvio! Ele seria um idiota babaca se não conseguisse enxergar o quanto ela gosta dele também!"

"Oh, Lizzie, sei que você nunca se apaixonou antes, mas deixe-me contar-lhe um segredo: todos nós nos transformamos em idiotas quando gostamos de alguém! A paixão pode causar, muitas vezes, o efeito contrário que desejamos: ficamos tão nervosos que nem conseguimos conversar; a ansiedade é tão grande, que parecemos até estar descontentes com a companhia; queremos decorar cada feição daquela pessoa, mas nem sequer conseguimos olhar em seus olhos! É o efeito do amor, é verdade. Mas ela tem que superar sua timidez e, ao menos uma vez, dizer a ele como se sente. Senão vai perdê-lo, acredite em mim".

"Lotte, ela o ama. Eu sei".

"Mais um motivo para deixar isso claro para ele. Um relacionamento é construído por duas pessoas, não apenas uma. Charles não dará o passo seguinte sem ser incentivado por Jane".

"E se ela ainda não tiver certeza se quer dar o passo seguinte? Dormiram juntos, mas ainda não foi o suficiente para conhecer seu caráter!"

"Lizzie, você realmente acha que seus pais se conheciam de verdade quando se casaram? Ou os meus? Podemos sair com alguém durante uma década e não conhecê-la verdadeiramente. A triste realidade é que nós nos casamos com desconhecidos. Alguns mais, outros menos. Entretanto, nunca conhecemos o nosso companheiro por completo. Amar é arriscar-se. Entregar-se ao outro é como jogar na loteria. Há grandes chances de perder, e ficar com o coração partido. Mas é melhor que nunca tentar, não é mesmo?"

"Isso está aberto à discussão, Lotte".

"E isso é o que dá falar de amor com uma pessoa que nunca se apaixonou, Lizzie. Falando em risco, eu tenho uma grande novidade. Mas acho que você não vai gostar, apesar de eu estar muito animada".

"Humph. O que você fez desta vez, Lotte?"

"Aceitei um emprego".

"Um emprego? Que bom! Por que não ficaria feliz? O que é? Onde é?"

"Washington. Assessorando a senadora Catherine Boyd. Com Bill".

Já se passaram quase duas semanas desde que Lotte lhe contou sobre seu trabalho com Bill Collins, mas Liz ainda não conseguia acreditar. Como alguém tão inteligente, leve e adorável como ela poderia aguentar um idiota tão chato, formal e inadequado como ele?

Lotte jurava que nada havia acontecido entre os dois, mas Liz desconfiava. Acreditava que era um plano desesperado de Lotte de matar dois coelhos com um tiro: arranjar um emprego importante e um marido. Talvez mais o segundo que o primeiro.

E ela sentia muita falta da amiga. Ela havia retornado aos Estados Unidos com Collins há apenas quatro dias, mas pareciam semanas. Sem a atenção de Jane, a companhia de Lotte e as conversas com David Wickham, que continuava viajando por outras cidades da região, Liz sentia-se solitária.

Ela e Jane caminhavam em silêncio pela trilha até o cais para pegarem a lancha do pai. Continuaram quietas durante o trajeto até a Ilha dos Bing. Ambas contemplavam seus próprios pensamentos, e o oceano azul, sob o céu sem nuvens de mesma cor, lhes passou despercebido.

Jane pensava em Charles. Ele não respondia às suas mensagens nem atendia ao telefone havia dois dias, o que era inédito, especialmente depois do baile. Desde que passaram aquela noite juntos, os dois estavam inseparáveis. Ao ponto de Jane pedir a seu pai para lhe dar os seus últimos dias em Búzios de folga. E ele o fez, sem questionar os motivos da filha. Como era algo que ela nunca havia feito, por ter sempre sido a mais responsável das quatro, Antônio Augusto assentira imediatamente.

Os dois conseguiram diversos momentos a sós. Charlie mencionava o tempo todo passeios que desejava fazer com Jane quando chegassem à cidade de Nova Iorque. Ela adorava ouvi-lo falar de seus lugares favoritos na metrópole, mas não tinha coragem de demonstrar seu entusiasmo com plenitude. Felizmente, sua falta de encorajamento não o desanimava. Ele vibrava ao comentar sobre as visitas e viagens que fariam juntos nos Estados Unidos.

Tudo estava correndo perfeitamente bem até a noite de sábado. Charlie havia cozinhado seu prato peruano favorito, um dos mais conhecidos de seu restaurante. O jantar fora servido na mesma varanda com *jacuzzi* onde os dois haviam passado sua primeira noite juntos.

Para variar, Charlie havia pensado em tudo: as velas, o cheiro de flores no ar, a música (desta vez, a banda argentina Gotan Project, também uma das favoritas de Jane), tudo estava perfeito. Ele estava mais atencioso que de costume. Se possível, ainda mais romântico que o normal.

Ao final do jantar, ele a beijou com paixão, ao que Jane ainda não havia se acostumado e o que a deixava tonta. Colocou seus braços à sua volta e sussurrou aquelas três palavras mágicas: "Eu te amo".

Jane queria responder, até porque sentia o mesmo. Tentou, esforçou-se ao máximo, mas as palavras ficaram presas em sua garganta. Abraçou Charlie com força, esperando que o gesto lhe desse a coragem necessária. Mas sua boca ficou seca e a garganta fechou.

Ele afastou-se, e ela sabia que havia perdido a chance de responder. O clima entre os dois ficou estranho depois disso, apesar de todas as tentativas de Jane para que tudo voltasse ao normal. Charlie não havia ficado frio, e sim... triste. Decepcionado. Jane decidira que, na próxima vez que saíssem, não deixaria sua timidez impedi-la de dizer o que sentia por ele.

Porém, não houve outra vez. Desde aquela noite, ele não ligara novamente. Não estava na praia de costume. Não foi visto na Rua das Pedras. Não respondeu às mensagens de Jane. Não atendeu suas ligações.

Mesmo sabendo ser uma atitude ousada e talvez até mesmo inapropriada, Jane pediu a Liz que fosse com ela até a Ilha Paraíso, para verificar se ele estava bem. Contou a Liz que não havia nada de errado, mas admitiu estar preocupada com Charlie.

Depois de longos trinta minutos de barco, as duas chegaram ao cais da bela ilha. Logo que se aproximaram, a situação da mansão confirmou os piores temores de Jane: estava completamente vazia. A cozinheira, o jardineiro ou os ocupantes da casa não estavam em lugar algum. Pelas grandes janelas, as duas também verificaram que os móveis estavam cobertos por lençóis.

Os celulares dos três estavam desligados. No ápice da ansiedade, Jane mandou um *e-mail* a Caroline perguntando-lhe se havia acontecido alguma coisa. E não havia nada mais a fazer a não ser esperar pela resposta.

Na volta, as duas resolveram passar pela Rua das Pedras, numa tentativa desesperada de Liz de distrair um pouco sua irmã. Porém, isso somente piorou a situação. Todos lhes perguntavam sobre os Bing, pois a ida repentina deles já estava se espalhando.

Enquanto tentavam desviar dos olhares e comentários curiosos, as moças foram surpreendidas pela cozinheira da casa Bing, que entregou um pedaço de papel a Jane quando as encontrou no centro de Búzios.

Era um bilhete de Charles Bing, claramente escrito às pressas, pedindo desculpas por não ter se despedido. E só. Não dizia por que eles haviam ido embora, se voltariam, se ele entraria em contato, nada. Absolutamente nada.

Vendo que a irmã tinha lágrimas nos olhos, Liz a puxou para dentro da primeira loja que viu. Assim que entraram, a morena ouviu uma voz conhecida gritar pelo seu nome. Era David.

As palmas de suas mãos suaram em um passe de mágica e ela não conseguia esconder o nervosismo: ele estava estampado em sua face avermelhada. Pelo menos a situação serviu para alegrar Jane um pouco. Ela riu com a reação da irmã, declarando que nunca a havia visto assim.

"Mas eu entendo, querida Lizzie. Afinal de contas, o homem é um colírio! Parece aquele ator do Super-Homem. Olhe como todas as mulheres não tiram os olhos dele!"

"Não é só beleza, Jane. Ele é maravilhoso!"

"Eu sei, maninha. Acho que vou voltar para casa".

O desânimo retornou à voz de Jane. Liz queria continuar conversando com ela, mas conhecia sua irmã. Sabia que ela iria querer ficar sozinha agora. Despediu-se e seguiu em direção à estátua de carne e osso de David, que a esperava do lado de fora da loja.

"Achei que você ainda estivesse em Angra, David". Liz agora percebia como o primeiro nome de Wickham era apropriado para ele. O pensamento a faz sorrir.

"Voltei assim que soube. É verdade que Darcy foi finalmente embora?"

"Sim, ele e seu amigo", Liz responde, a seriedade voltando ao seu rosto. "A ilha está completamente vazia."

"Quer me acompanhar até a praia?"

Por um milagre, a praia de Ferradurinha estava quase vazia. Eles foram até o final, onde não havia ninguém, e se deitaram sob o guarda-sol que Wickham havia trazido.

"Estava te procurando há quase uma hora! Já havia passado por sua casa, por duas pousadas da sua família e por vários restaurantes da Rua das Pedras!"

"Então, quer dizer que você estava evitando Frederick. E eu, que achei que você estivesse querendo conhecer o Brasil?"

"Honestamente, não teria deixado Búzios se não fosse por ele. Havia coisas muito mais interessantes aqui. Especialmente sabendo que a mais interessante delas deixará o país em poucas semanas..."

Liz volta o olhar para o mar, tentando disfarçar o embaraço. Como David conseguia isso? Liz não era nada tímida e sempre tinha uma resposta na ponta da língua. Exceto com ele. E com Darcy, mas ela jamais admitiria isso em um milhão de anos. No caso de Darcy, ela dizia para si mesma, não sentia timidez, e sim desconforto.

"A companhia dele seria insuportável. Ainda por cima, não gostava nada do jeito como ele olhava para você".

Liz sentia-se mal agora em ouvir alguém criticando Frederick Darcy. Desde que ele a salvara, ela tentava não o criticar mais ou deixar ninguém fazê-lo na sua frente. No entanto, não podia exigir o mesmo de David Wickham, que havia sofrido tanto nas mãos daquele homem.

Ela não conseguia desenhar o caráter de Frederick, como fazia com aqueles que conhecia. Para ela, ele era um verdadeiro enigma: a mesma pessoa que a havia esnobado também a havia salvado das mãos de um imbecil bêbado. O mesmo homem que parecia ser tão carinhoso com sua irmã, Georgy, era também aquele que havia destruído a vida do afilhado de seu pai.

"Sim, ele sempre estava procurando defeitos em mim..."

"Defeitos? Acho que ele estava era admirando suas qualidades, Lizzie. Algo que me deixava enciumado, não vou mentir. Não era nada agradável ver um homem te encarando sem poder fazer nada a respeito".

Admirando-a? Do que ele estava falando? Darcy a ignorara desde a primeira vez que a vira e fazia questão de tratar sua família com a máxima frieza possível. Contudo, ao mesmo tempo, ela se sentia contente por David sentir ciúmes dela.

Sem resposta para oferecer, deitou-se sobre a canga que dividia com David para deixar o sol melhorar ainda mais seu bronzeado. Sabia que não teria essa oportunidade por muitos meses, estando em Boston.

O sol ainda não estava a pino, mas começava a esquentar. Liz conseguia sentir o suor cobrindo sua pele, deixando-a brilhando. Sentia o olhar de David sobre si e sabia que estava bem. Não era vaidosa, mas perto de David queria mostrar seus dotes físicos. Por sorte, usava seu biquíni favorito, azul-bebê, ressaltando sua pele dourada.

Sentia uma respiração sobre sua face e resolveu abrir os olhos. David estava sobre um ombro, virado para ela, com o olhar faminto passeando sobre seu corpo. A segurança de Liz dissolveu-se em vergonha. Ela não queria ser vulgar como sua irmã Lídia e muito menos atirada como ela.

"Quer dar um mergulho?"

Era exatamente o que queria! Refrescar-se e, ao mesmo tempo, esconder o corpo por alguns minutos.

Apesar do calor, a água mantinha-se fresca, como era comum no Rio. Como o mar estava calmo e sem ondas, Liz decidiu boiar um pouco, algo que adorava fazer para relaxar.

De repente, sentiu algo tocando o seu nariz. Abriu os olhos e percebeu se tratar do rosto de David. Ele a encarou, esperando sua reação. Liz não disse nada. Não porque não queria, mas porque não sabia o que dizer.

Ela sabia exatamente o que ele pretendia, mas seus próprios desejos estavam confusos. Ela nunca havia sentido tanta atração por um homem antes e não sabia como se comportar ou o que fazer. Sequer sabia o que ela própria queria! Então, iria deixá-lo guiá-la.

Ele veio para o seu lado e a segurou no colo. Aproximou sua face lentamente da dela, para não assustá-la, e lhe dar a oportunidade de dizer não. Porém, Liz não diria não. Ela faria exatamente o que Lotte havia dito há alguns dias: arriscaria.

Seus olhos fixaram-se entre si e ele percebeu que Liz estava disposta a deixá-lo se aproximar ainda mais. E ele o fez. Seus narizes encontraram-se. Seus lábios. Liz achou o toque agradável: os lábios de David eram macios e carnudos.

A intensidade do beijo aumentou e Liz abriu a boca para deixar que David se aventurasse mais. Uma das grandes mãos de seu deus grego segurava sua cintura com mais força, enquanto a outra massageava sua cabeça.

O momento não podia ser melhor, a não ser pela onda que atingiu os dois, quebrando o beijo... e o clima romântico. Liz saiu do mar imaginando quando teriam uma chance a sós novamente antes de seu retorno aos Estados Unidos.

De: Jane Barbosa Benevides [jane_bb@benlocobuzios.com.br]
Enviada em: seg 25/02/2018 às 09:17
Para: Caroline Sarah Bing [carol.bing@texmail.com]
Assunto: Tudo bem?

Oi, Caroline!

Vocês ainda estão em Búzios? Tentei ligar para vocês, mas os celulares estavam desligados. Passei na mansão e está vazia.

O que houve? Aconteceu alguma coisa? Não quero parecer inconveniente, mas uma amiga fica preocupada quando não sabe o que está acontecendo.

Por favor, me dê notícias, para que eu saiba que estão todos bem.

Beijos,

Jane

Enviado via *iPhone*

De: Caroline Sarah Bing [carol.bing@texmail.com]
Enviada em: qua 27/02/2018 às 11:39
Para: Jane Barbosa Benevides [jane_bb@benlocobuzios.com.br]
Assunto: Res: Tudo bem?

Querida Jane!

Acabei de ler seu e-mail e me senti uma péssima amiga por não ter me despedido ou avisado que estávamos indo embora.

Estamos todos muito bem, mas precisávamos voltar aos Estados Unidos. Não se preocupe, não teve nada a ver com a saúde de ninguém. Estamos agora em Boston. Passaremos algumas semanas aqui.

Não vou mentir que a única coisa de que sentirei falta em Búzios é nossa amizade. Gostei muito dos momentos que passamos juntas. Quando eu for a Nova Iorque, avisarei, para que possamos marcar um almoço.

Eu espero que ainda tenhamos muitas chances de nos encontrarmos e que possamos aproveitar ainda mais nossa amizade.

Porém, eu estava sentindo muita falta dos Estados Unidos. Especialmente de minha querida amiga Georgiana, irmã de Darcy. Querida Jane, você a adoraria! Além de linda, ela é inteligente, adorável e muito divertida! Espero, um dia, poder chamá-la de irmã!

Charlie sempre gostou muito dela, e eles têm passado o tempo aqui em Boston sempre juntos! Simplesmente não se desgrudam! Então, acho que meu maior desejo será realizado em breve!

Não deixe de dar notícias!

Um grande abraço,

Caroline

"Ele ainda não respondeu?"

Jane balança a cabeça em negativa. "O que você esperava, Liz? O *e-mail* de Caroline foi claro o suficiente. Ele está com a irmã de Darcy agora. Georgiana. Eu fui um caso de verão. Não é óbvio?"

"A meu ver, o óbvio é que Caroline quer separá-los de qualquer maneira. Qualquer um poderia ver que ele estava apaixonado por você! Não era um caso! Ele disse que te ama, Jane! Você não pode desistir dele!"

"Não fui eu quem desistiu dele. Foi ele quem desistiu de mim, Lizzie. Foi ele quem desistiu de nós. Bem, a vida continua. Agora, o que mais quero é recuperar o tempo perdido e aproveitar cada segundo com a minha pessoa favorita."

Ver sua irmã assim deixava Liz arrasada. Era como se ela própria tivesse se apaixonado e tivesse o coração partido. O problema é que sua irmã recusava-se a conversar, a desabafar. O máximo que havia conseguido eram essas poucas frases que ela acabara de dizer.

No entanto, Jane estava certa. A vida continuaria. E, neste momento, ambas tinham que ir até a cozinha ajudar a mãe, Lídia e Maria Luiza com o almoço. Janaína raramente cozinhava, exceto quando fazia seus almoços de despedida das filhas. Nestas ocasiões, fazia questão de preparar tudo sozinha.

Ou melhor, sozinha com as filhas.

Liz estava triste por Jane, mas, ao mesmo tempo, ansiosa para ver David Wickham. Eles não se viam desde o dia na praia. O dia em que ele a beijara. Ele teve que passar dez dias em Arraial do Cabo para fazer um curso de mergulho. Não havia reembolso, e Liz lhe disse que não fazia sentido perder o investimento. O curso foi pago antes de David conhecê-la, ele fez questão de frisar algumas vezes.

Liz estava novamente confusa. Não sabia como deveria agir e muito menos sabia qual seria a reação de David. Estranhamente, não havia sentido sua falta até aquele momento. Mesmo agora, não sabia se queria vê-lo ou não.

O momento do beijo havia sido incrível, mas Liz questionava-se se queria fazê-lo novamente. Por outro lado, adorava a companhia de David e não queria que a situação ficasse estranha entre eles.

Antes que chegasse à cozinha, Liz encontrou o objeto de sua aflição. Ele estava conversando animadamente com seu pai na sala de estar. De repente, todos os sentimentos voltaram à tona. Claro que ela queria beijá-lo novamente! Seu deus grego! Sua obra-prima de Michelangelo!

O sorriso de David apenas serviu para deixar as pernas de Liz bambas e sua garganta com gosto de bile. Estava mais lindo que nunca: bronzeado, malhado e feliz. Em vê-la?

"Lizzie!", ele a chamou pelo apelido que apenas seus familiares e Lotte usavam. Liz sentiu uma timidez inusitada com tamanha demonstração de intimidade na frente de seu pai. "Que saudade! Quanto tempo! Seu pai estava aqui me contando que você trabalhou muito desde que eu saí".

"Meus queridos, vejo que vocês têm muitas novidades para contar um ao outro, então vou ajudar sua mãe". Surpreendentemente, o ciumento patriarca parecia estar à vontade com o rapaz que tratava sua filha com tanta afeição. A ponto de deixá-los a sós. "Wickham, acho que Lizzie poderá acompanhá-lo muito bem, não é mesmo?"

Antônio Augusto Benevides deu uns tapinhas nas costas do belo americano e ofereceu um sorriso amigável à filha. Quem era este homem e o que ele havia feito com seu pai? Pareciam ser amigos antigos, não praticamente estranhos.

Sem cerimônia, David deu um abraço forte em Liz no momento em que seu pai deixou o cômodo. Em seguida, guiou-a até o maior sofá da sala e sentaram-se lado a lado, as mãos dela dentro das dele.

"Você não tem noção do quanto senti sua falta", ele começou, acariciando os lábios de Liz com o indicador. "Quase desisti do curso várias vezes".

Os lábios de Liz permaneceram selados. Não sabia o que dizer ou fazer. Naquele momento, queria apenas que o dedo de David fosse substituído por sua boca perfeita.

Queria continuar a sós com ele na sala brega de sua mãe. Com o sofá de tecido que imitava pele de leopardo, almofadas vermelhas e quadros tão coloridos que faziam os olhos de Liz arderem.

Porém, David não parecia notar nada à sua volta. Nada além dela.

E ela tinha que admitir: adorava isso nele. Toda a atenção voltada para ela. O olhar repleto de desejo. O carinho caloroso. Como ele conseguia fazê-la se sentir bonita, interessante, sensual!

Não que Liz jamais precisasse de algum homem para fazê-la feliz, mas ela gostava de como ele a fazia se sentir. Agradava-lhe a sensação de ser, para aquele homem, a única pessoa na face da Terra. Apreciava que, quando David estava com ela, nada mais merecia sua curiosidade.

"David Wickham! Como ousa voltar e não falar comigo? Quer dizer agora que Lizzie é a sua favorita? E eu que cozinhei tantas vezes para você e Marcelo! Homens são mesmo mal-agradecidos! Insolentes!"

Para variar, Lídia havia chegado na hora errada e com a atitude errada. Enquanto falava, sentou-se no colo de David, deixando-o embaraçado na frente de sua irmã. Liz, com o momento estragado, assim como seu desejo de beijá-lo novamente, escusou-se com o pretexto de que precisava verificar o almoço.

Por um lado, ficara uma fera com Lídia por ter estragado o clima. Por outro, sentira-se agradecida: aquele homem tinha algum tipo de poder sobre ela. E se havia algo de que a bela morena não gostava era de se sentir vulnerável.

Liz adorava seus tios, Eduardo e Joana Jardim. Além de atenciosos, carinhosos e companheiros, tanto para Janaína e Antônio quanto para as sobrinhas, eles haviam empregado Liz durante seus anos de faculdade. Ela esperava que o trabalho continuasse durante o mestrado: queria não ter que causar despesas aos pais.

Eles eram os donos da loja *Garden's Fics*, que ficara famosa por sua especialidade em Ficção Científica. Do gênero, havia de tudo: desde filmes a quadrinhos; desde livros a objetos *geeks* colecionáveis. Ficaram tão famosos em Nova Iorque que decidiram abrir outra loja de dois andares em Boston. E foi desta que Liz cuidara durante seus anos de curso (e desejava continuar cuidando).

A vinda do casal não poderia ter ocorrido em um momento melhor.

A chegada deles havia alegrado Jane e junto com ela, veio um convite para que a advogada da família fosse morar com eles. Ela tinha ainda outro motivo para celebrar: recebera a resposta do escritório especializado em direitos autorais e havia sido aceita para o estágio.

Mesmo assim, Jane não estava feliz. No almoço que sua mãe ofereceu de despedida dela (e também para comemorar seu novo emprego), Jane mal falara. Fora, conforme Joana admitiu a Liz, o principal motivo para o convite de morar em sua casa. Os Jardim acreditavam que Jane não poderia ser deixada sozinha, sob pena de entrar em um profundo estado de depressão.

Janaína acusou seu irmão e sua nora de serem exagerados e jurou que conhecia bem o suficiente sua própria filha. "*Hellooo*! Vocês realmente acham que eu não saberia se a minha Jane estivesse triste? Ela ficou meio caidinha uns dias por causa daquele gringo idiota, mas já está *great*!"

No entanto, Liz sabia que isso não era verdade. Ela não admitira em voz alta, mas concordava com a análise de seus tios: Jane não estava nada bem. E ficaria ainda pior se deixada solitária em uma quitinete nova-iorquina.

Ninguém sabia, exceto por Liz, mas a primogênita dos Benevides estava absolutamente arrasada. Quase quinze dias haviam se passado e ela não recebera qualquer resposta de seu Charles Bing. Nem um *e-mail* ou mensagem, ou *WhatsApp*. Nada. A profundidade de sua angústia era perceptível a Liz, mesmo que Jane se recusasse a falar sobre o assunto.

Ninguém da família sabia além dela, mas, mais uma vez, os tios salvaram o dia para uma Benevides.

"E você, Liz? Animada com o mestrado?"

"Animada, tia. Mas ansiosa também. O mestrado começa apenas no final de agosto, e eu não queria ficar aqui até lá".

"Querida, se ainda tiver interesse, seu emprego na *Garden's* está à sua disposição. Quando quiser. Estamos sentindo muito a sua falta. A nova gerente não está dando conta. Na realidade, seria você quem nos faria um favor se retornasse antes de agosto. Até porque estamos pensando em fazer uma reforma. Os negócios em Boston andam bem;

então, pensamos em aumentar a loja, para deixá-la do tamanho da de Nova Iorque".

"Sério? Que ótima notícia! Quando querem que eu comece?"

"Quando você puder. Sério, Liz. Nós voltaremos amanhã aos Estados Unidos, e seu tio deve ir a Boston por uns dois meses. Ele realmente poderia contar com a sua ajuda".

"Quando a reforma deve começar?"

"No final de abril, talvez? Ainda há assuntos burocráticos para resolver".

"Pode contar comigo, tia!"

"Agora, mudando de assunto: quem é aquela beldade de quem Lídia não desgruda?"

"David Wickham".

"Ele não para de olhar para você, Liz".

Somente isso David conseguira fazer durante todo o almoço na casa dos Benevides: encará-la. Liz não tivera outro segundo sequer com David. Sem Marcelo, Lídia não o havia deixado sozinho um momento.

Liz tivera que se contentar em receber seus constantes olhares e sorrisos. E, quanto mais o fazia, mais Lídia o obrigava a ficar perto dela. O fato do comportamento da caçula não ter afugentado o deus grego impressionava Liz.

Talvez ele fosse uma pessoa bondosa demais para julgar sua família apenas pela falta de postura de um de seus membros. Talvez, ele conseguisse enxergar através do atrevimento de Lídia e da breguice de Janaína. Talvez, ele conseguisse ver o lado bom das duas. O amor de Janaína pelas filhas e pelo marido e... algo de bom em Lídia.

Algo que Charles Bing, a irmã dele e o melhor amigo dele não conseguiram fazer.

Apesar do céu azul de Búzios, os dias de Liz têm sido cinzentos. Desde a partida de Lotte a Washington, Jane a Nova Iorque, e seu querido David à cidade do Rio de Janeiro, ela tem ficado sozinha. Seu pai é uma ótima companhia de conversa, mas não o é para passeios, praias ou atividades de pessoas de sua idade.

Lotte foi a primeira a ir. Fora uma semana antes, junto com Collins. Jane viajara no dia cinco de março, dois dias atrás. David acabara de se despedir dela. Liz podia perceber que ele não estava satisfeito em deixá-la, mas não havia outra opção. Recebera uma proposta de trabalho em um hotel de luxo na capital, de antigos amigos de seu pai, e não pôde recusar. Afinal de contas, mais dinheiro significava mais tempo para desfrutar o Brasil.

David prometera visitá-la em Boston assim que retornasse aos Estados Unidos, mas Liz já não sabia se o queria. David Wickham era lindo, inteligente e interessante, mas certamente era uma amizade de verão. As prioridades dos dois eram completamente diferentes, assim como seus objetivos de vida.

Nas inúmeras conversas com a brasileira, ele havia descrito festas, viagens e diversão. Nada de plano de carreira ou metas, coisas muito importantes no vocabulário de Liz. Era o que o deixava tão leve e divertido: sua falta de preocupações. No entanto, era também o que fazia dele apenas um romance passageiro: sua falta de responsabilidade.

De qualquer maneira, era uma pessoa com quem Liz certamente manteria contato. Era uma companhia agradabilíssima, e ela queria continuar a amizade. Sem ser colorida, diga-se de passagem.

Finalmente, havia terminado de arrumar suas malas, mas não sabia o que fazer. Iria visitar Lotte, que a convidara a passar umas semanas em Washington, mas não sabia o que esperar de Collins. Não o vira desde a noite do Baile à Fantasia e achava melhor desta maneira. Se pudesse, nunca mais veria aquele homem.

Mesmo assim, seria improvável não esbarrar com ele em Washington, principalmente porque sua melhor amiga trabalhava com ele e morava no mesmo prédio! Era a única coisa que a deixou um pouco insegura em aceitar o convite de Lotte para visitá-la. Por outro lado, Liz estava certa de que os museus e bibliotecas da cidade compensariam os momentos de tédio com Bill Collins.

Ainda planejava, entre a viagem de Washington e o retorno a Boston, passar um final de semana com Jane e tia Joana. Jane lhe havia enviado *e-mails* e fotos com seus passeios e novos amigos de trabalho. Tentava, a todo custo, convencer a irmã de que estava feliz. E era isso que provava a Liz que ela não estava nada bem.

Capítulo 6

Fazia apenas uma semana que estava na capital dos Estados Unidos, mas Liz já se considerava uma local. Nem acreditava que haviam se passado sete dias desde que deixara Búzios. Pareciam muito mais. Estava encantada com a diversidade – e a qualidade – de vida cultural em Washington. E com saudades da família.

Passara os dois primeiros dias na cidade conhecendo o Museu de História Natural. E não achou o tempo suficiente, especialmente quando descobriu que sua coleção totalizava mais de cento e vinte e cinco milhões de espécies de plantas, animais, fósseis, minerais, rochas, meteoritos e artefatos históricos.

Porém, era hora de variar um pouco, sobretudo porque era sábado e Lotte a acompanharia em seu *tour*. Sabendo que a melhor amiga não compartilhava seu fascínio por museus ou livros, fizeram passeios ao ar livre.

Passaram o dia entre o Memorial da Segunda Guerra Mundial, o Jardim Botânico, o Zoológico e até mesmo a Galeria Nacional de Arte (Liz descobrira que havia uma exibição de Salvador Dalí, um favorito de Lotte, de forma que sua melhor amiga decidiu abrir uma exceção).

O sábado fora perfeito, exceto por duas notícias que Lotte lhe anunciara: ela e Collins estavam saindo, conforme Liz previra quando Lotte aceitara a proposta de emprego; e ambas haviam sido convidadas para um jantar na casa da senadora Catherine Boyd, na noite seguinte, com a presença confirmada de Bill Collins, que ela tinha conseguido evitar até então.

Por um lado, Liz tinha curiosidade de conhecer a temível madrinha de Frederick Darcy e a filha dela, prometida do político de Boston. Por outro, tinha certeza que aquela seria uma noite desagradável, repleta de pessoas pedantes com perguntas e comentários inapropriados. Especialmente Collins.

O convite da senadora trouxe ainda outro incômodo para Liz: ela e Lotte teriam que comprar roupas para o evento. Segundo sua melhor amiga, as roupas de Liz, apesar de muito bonitas e elegantes, não eram formais o suficiente para o gosto da senadora.

Liz tentou até argumentar que não queria gastar dinheiro para satisfazer as vontades de uma pessoa que nem conhecia e que certamente não se importaria com ela, mas Lotte insistiu ao ponto de oferecer um vestido novo como presente.

Lotte escolheu um lugar agradável para fazerem compras, chamado *Georgetown Mall*, o que diminuiu consideravelmente a indignação de Liz com toda a situação. O shopping ficava em um prédio de tijolos vermelhos, com uma área central coberta por um teto de vidro e um chafariz no centro do ambiente, dando uma leve impressão de estarem do lado de fora, não sufocadas em um túmulo com ar-condicionado.

Terminada a tarefa enfadonha de encontrarem os vestidos, seguiram para jantar. Liz não estava completamente convencida com o vestido que Lotte lhe oferecera. Era preto, na altura dos joelhos, com mangas curtas e – muito – sem graça. Sentira-se uma velha com ele. Porém, fora uma gentileza da amiga e Liz não queria desagradá-la.

Para compensar, o jantar foi adorável. Encontraram, a duas quadras do shopping e à beira do Rio Potomac, um adorável restaurante italiano. Era simples, daqueles com mesas cobertas por toalhas vermelhas e brancas quadriculadas sobre outras verdes. O ambiente era pouco iluminado e com um cheiro delicioso de molho de tomate e vinho no ar.

"Então, como eu te disse, eu e Bill estamos saindo".

Liz não queria conversar sobre o assunto, mas tinha que ser

compreensiva. Lotte não tivera tempo de fazer amizades ainda e deveria estar ansiosa para contar a alguém sobre seu novo amor. Mesmo que o "amor" fosse Bill Collins Junior. Ugh.

"E está sério?"

"Acho que sim. Digo, considerando que estamos saindo há apenas uma semana. Ele é tão romântico, Liz!"

"Sério? Jamais imaginaria... e vocês já..."

"Claro que não! Vou segurar o máximo que der. Ter certeza de que é um relacionamento sério, Liz".

"Isso vindo de quem já disse que minha irmã deveria ser mais... aberta".

"Eu sei bem o que eu disse. Mas as mulheres têm que aprender com os erros umas das outras. Não dizemos sempre que os homens são iguais, somente mudam de endereço? O mesmo se aplica às suas ações. E não quero passar pela mesma decepção de Jane. Portanto, nada de brincadeiras para Bill até eu estar certa de que ele não fará o mesmo comigo!"

"É impossível ter certeza de que alguém não vai te decepcionar, Lotte. Como você mesma me disse, podemos passar a vida inteira ao lado de uma pessoa sem conhecê-la de verdade".

"Sim, mas podemos diminuir consideravelmente o risco de sermos surpreendidas".

"Pode até ser, mas nada diminui o risco de se decepcionar. A decepção não é fruto somente da surpresa, mas também de expectativas não correspondidas. Acredito que este seja o verdadeiro problema do universo feminino: criamos os heróis, os príncipes, os deuses e nos esquecemos de que todos os homens têm defeitos. Esta é uma regra absoluta. Então, se nossa esperança é a de que o nosso pretendente seja perfeito, vamos nos decepcionar cem por cento das vezes, pois uma coisa é certa: ele nunca será".

Aquela manhã de domingo fora agradabilíssima. A primavera já havia chegado a Washington e Lotte e Liz aproveitaram o dia ensolarado para passearem pelos parques do National Mall.

Liz ficou deslumbrada com as cerejeiras trazidas de Tóquio, espalhadas em volta dos pequenos lagos e espelhos d'água. As árvores típicas do Japão estavam repletas de belas flores rosadas.

A cada curva, Liz achava que estava em um quadro impressionista. E, desta vez, Lotte não escapou dos museus. Além do Memorial Lincoln e o da Segunda Guerra Mundial, visitaram o Museu Aeroespacial e a Galeria de Arte Corcoran. A Casa Branca admiraram apenas à distância, através de grades de metal pretas na frente do parque presidencial.

O almoço trouxe uma surpresa desagradável. Liz estava animada para almoçar em um dos melhores tailandeses da cidade, até que soube que seriam acompanhadas por Bill Collins. O restaurante não ficava muito longe da Casa Branca. Era simples, com letreiros luminosos na janela de vidro da entrada, e um nome em homenagem ao grande navio que afundou nas águas do Atlântico em 1912. O ambiente era animado, lotado, com um aroma irresistível de temperos. Liz sentiu-se aquecida e à vontade no momento em que entrou no local. Até ver o enfadonho sócio de seus pais.

"Quanto tempo, caríssima Liz. Como vai?"

Liz tentou ao máximo ser cordial, mas era impossível. Sentiu-se ofendida pelo tom de zombaria do homem. Tentara agarrá-la à força, não lhe pedira desculpas e ainda a tratava com indiscreto sarcasmo? Quem ele achava que era?

A comida estava deliciosa, mas Liz não conseguia saboreá-la. Seu aborrecimento com a conversa – e a pessoa – de Bill Collins não a permitira pensar ou sentir mais nada. Ele passou a primeira hora da refeição gabando-se do emprego e apartamento que conseguira para Lotte, declarando que os dois eram as pessoas mais sortudas do mundo por terem um ao outro. E por terem a honra de trabalhar com a *maravilhosa* senadora Catherine.

A segunda hora de almoço foi ainda mais torturante para a impaciente brasileira. Foi quando Collins desandou a falar sobre suas pessoas favoritas no mundo: senadora Catherine Boyd e sua filha, Anne.

Lotte e Liz haviam conversado sobre a senadora naquela exata manhã.

E sobre a obsessão de Collins com ela. Lotte acreditava que sua gratidão pela oportunidade que a senadora lhe oferecera deixava-o cego aos defeitos da política. Segundo ela, qualquer um que ousasse fazer algum comentário levemente negativo à senadora Catherine na frente de Collins era repreendido com agressividade verbal.

Todavia, a própria Lotte parecia estar um tanto quanto enfeitiçada pelos encantos dela (Liz ainda não havia descoberto quais eram, mas se esforçaria em fazê-lo àquela noite no jantar). Toda vez que Liz fizera comentários sarcásticos sobre a mulher ou sua filha, percebia a boca de sua melhor amiga se contorcendo com insatisfação, mesmo que não lhe dissesse nada.

Há algumas semanas, teria parecido improvável para Liz, mas agora ela já tinha como certeza: Collins estava transformando sua querida amiga nele mesmo. Em pouco tempo, Liz sabia que suas orelhas ficariam vermelhas de tanto ouvir Lotte falar das qualidades soberbas de sua nova chefe...

Se não fosse por sua crescente curiosidade de conhecer mãe e filha de quem Collins não parava de falar, Liz teria criado uma indisposição para fugir do jantar daquela noite.

Liz usava o vestido preto que a amiga lhe dera de presente, com brincos e pulseira de cristais. Para quebrar o tom mórbido, usava sapatos e bolsa de tom gelo. Sobre os ombros, um lenço preto com fios prateados deixava o conjunto um pouco menos formal.

Lotte, por outro lado, usou acessórios que deixavam sua roupa com um aspecto ainda mais severo. Parecia uma mulher de quarenta anos e não a adorável moça de vinte e dois anos que ela um dia conhecera. Nem a bela pele lisa, brilhante e escura foi suficiente para rejuvenescê-la naquela vestimenta de idosa.

Sua melhor amiga usava uma blusa preta folgada de mangas compridas, com uma saia azul marinho de veludo. Uma bolsa de mão e *scarpins* pretos completavam o *look*. Nada de brincos ou anéis. Vestida assim,

Lotte parecia tão entediante quanto Collins. Mesmo calada.

A casa da senadora Catherine ficava em *Kalorama Hights*, um dos bairros mais ricos de Washington. Era uma casa antiga, de tijolos beges e janelas grandes. Não havia varanda, então a anfitriã havia preparado o jantar em seu terraço, já que era uma noite sem nuvens e de céu estrelado.

O pouco que vira do interior da casa era exatamente o que Liz esperava. Pretensiosamente requintada, com obras e esculturas de artistas reconhecíveis mesmo ao olhar leigo. A típica casa do rico que quer provar a todos que tem uma conta abarrotada no banco e bom gosto para as artes.

Alguns chamam isso de elegância. Liz achava brega. Ao menos, sua mãe não era pretensiosa ou hipócrita, ponderava Liz.

"Viu aquele quadro, caríssima Liz? É de..."

"Eu sei de quem é, Bill", interrompe-o a brasileira. "É esse o objetivo, não? Ter peças que qualquer um consegue identificar".

"Claro, minha cara! A senadora tem o melhor dos gostos e adora os clássicos. Custou mais de dez milhões de dólares".

"E eu, ingênua, achava que não se podia colocar um preço na arte", Liz comenta cinicamente.

O local da festa surpreende Liz. Ela esperava que, assim como a casa, o terraço estaria enfeitado com decorações brilhantes e entupido de esculturas famosas. No entanto, o espaço estava decorado apenas por uma mesa comprida com toalha de tom gelo e alguns arranjos simples de margaridas. O ambiente estava iluminado por velas dentro de pequenos recipientes de vidro presas por correntes metálicas nas árvores e plantas espalhadas no terraço.

A outra surpresa foi com relação à quantidade de convidados. Liz esperava ao menos algumas dezenas, considerando a preocupação de Lotte com seu visual. Porém, não havia mais de dez, acomodados na longa mesa retangular. Além deles, havia três pessoas no canto direito do terraço, em frente a um espaço fechado onde deveria ficar a cozinha. Eles estavam com trajes típicos de garçons.

Liz logo reconheceu as anfitriãs da festa. A postura da senadora e a forma como era bajulada por todos tornavam-na inconfundível. Faltou-lhe apenas supor que a moça ao seu lado fosse sua filha.

Catherine Boyd tinha estatura mediana, era extremamente magra e tinha cabelos perfeitamente brancos em um corte *chanel*. Suas feições eram delicadas, como de uma boneca, mas ficavam masculinas por conta de sua severidade. Suas roupas eram tão sóbrias quanto sua postura, e até mesmo suas joias tinham um ar austero, algo que Liz nunca havia visto antes.

A filha, Anne Boyd, tinha uma aparência oposta à da mãe. Enquanto uma parecia ser inabalável, a outra tinha um aspecto frágil e delicado. Parecia estar doente, com olhos inchados e corpo esquelético. Seu olhar era triste e tímido e estava claro que não se tratava de uma pessoa sociável.

Certamente, a mulher perfeita para Frederick Darcy, considerava Liz sarcasticamente. Depois deu um sermão a si mesma, ao se lembrar de como ele a havia ajudado durante o ataque de Collins.

Inicialmente, imaginando que se tratasse de uma festa com muitos convidados, Liz havia planejado observar as anfitriãs, satisfazer sua curiosidade e sair de mansinho, quando Collins e Lotte estivessem distraídos com seus colegas de trabalho. Entretanto, agora ficava claro que isso não seria possível. Especialmente, quando os olhos da dona da festa se voltaram para ela.

"Boa noite, Sr. Collins, Srta. Lopes. Posso ter a honra de ser apresentada à vossa amiga?"

Imediatamente, Liz descobrira de onde vinha a formalidade desnecessária e ridícula de Collins. Havia até se desacostumado da mania dos americanos de chamar uns aos outros pelo sobrenome e de senhor e senhora...

"Excelentíssima senadora, esta é a senhorita Liz Benevides. Ela é filha dos meus sócios no negócio hoteleiro do Brasil que herdei de meu saudoso progenitor. Se a senhora senadora me permite o comentário, a decoração está, como de costume, impecável".

"Obrigada, senhor Collins. O senhor, a senhorita Charlotte Lopes e a senhorita Liz Benevides podem se sentar em vossos lugares designados.

Estão à minha esquerda na mesa”.

Quando todos ocuparam seus lugares marcados, a anfitriã anunciou o jantar. Collins e Lotte já estavam entretidos em uma conversa com um casal do outro lado da mesa, e a senadora discutia as próximas eleições com um homem de meia-idade à sua direita. Liz estava contente de ser ignorada e deixada com seus próprios pensamentos e com a entrada, um delicioso caldo de vegetais com nozes.

Suas reflexões internas foram interrompidas por uma frase ríspida que a senadora dirigia a uma senhora, que parecia ser a governanta da casa. Liz não havia escutado o início da conversa, mas parecia que alguém estava ao telefone, aguardando para falar com a senadora.

Ela inicialmente recusou-se a atender, pois considerava o ato uma falta de etiqueta. Até descobrir que a pessoa ao telefone era ninguém menos que seu afilhado, Frederick Darcy.

A senadora escusou-se e tomou o telefone sem fio das mãos da amedrontada senhora para poder falar sem ser ouvida por seus convidados. Liz não escutava o que ela dizia, mas percebia que o tom da senadora mudara completamente ao falar com Frederick.

Até escutar seu próprio nome. Ao levantar os olhos, percebeu que a senadora a encarava com uma postura inquisitória. Como seu tom de voz havia aumentado levemente, pôde entender algumas frases soltas, como: “De onde você conhece essa pessoa?” ou “O que você estava fazendo em Búzios?”

Não havia nada que Liz quisesse mais que fugir. Olhava em volta. A senadora estava na frente da escada por onde havia subido. E parecia haver uma outra entrada, mas estava bloqueada pelos garçons. Ela contou os andares que subira ao chegar e haviam sido três. Perguntava-se se a queda seria fatal caso decidisse saltar do parapeito.

“Então, Srta. Benevides, meu afilhado acaba de me contar que vocês dois já se conhecem”. A aproximação repentina da senadora surpreendeu a moça.

O tom da mulher era ríspido e agressivo, apesar de ela manter sua voz baixa. Por sorte, os demais convidados não haviam notado o que acabara de se passar, e as duas tinham a privacidade de que precisavam.

"Imagino que a senhora esteja se referindo a Frederick Darcy".

"Sim, refiro-me ao senhor Darcy".

"Conheci o seu afilhado em Búzios, onde ele passou o verão com o amigo Charles Bing e a irmã dele, Caroline".

"Sim, ele acabou de me explicar. E parece que vocês dois se conheceram mais do que um pouco, já que ele acabou de chamá-la pelo primeiro nome".

A garganta de Liz ficou seca. Ela não queria demonstrar medo àquela mulher, mas havia algo de temível nela. Expulsou o embaraço do corpo e lhe respondeu com toda a naturalidade que conseguiu reunir.

"Senadora, no Brasil temos o costume de chamar as pessoas pelo primeiro nome. Nunca usamos o nome de família, mesmo em ambientes formais. O máximo que acontece é nos referirmos à pessoa por pronomes pessoais, mas jamais por sobrenome. É muito incomum. Portanto, o seu afilhado habituou-se a usar o meu primeiro nome. O mesmo vale para todos aqueles que ele conheceu no Brasil, tenho absoluta certeza".

Os ombros da senadora relaxaram um pouco quando ela ouviu a resposta, mas a mulher passou o restante da noite incomodando Liz com perguntas sobre sua família, sua profissão, estudos, o futuro mestrado e até mesmo chegou ao cúmulo de lhe perguntar sobre a existência de algum namorado!

Esta última foi a pergunta que mais ofendeu a brasileira e cuja resposta (negativa) mais preocupou a senadora. Saber que Liz era solteira e que ela morava em Boston foram os pontos que mais incomodaram Catherine Boyd.

Entretanto, percebendo a indiferença com a qual Liz se referia a Frederick, a temível política foi se acalmando ao longo do jantar.

A quarta-feira amanhecera chuvosa e fria, algo incomum na primavera de Washington. Então, Liz decidira passar a manhã lendo alguns capítulos de uma de suas obras favoritas, *O Conde de Monte Cristo*, e bebendo um chocolate quente delicioso que Lotte lhe preparara antes de sair para o trabalho.

Lotte também aproveitara a queda da temperatura para testar sua nova lareira a gás. Certamente, não tinha o mesmo charme ou sensação daquela antiga lareira à lenha do apartamento delas em Boston. Mesmo assim, era agradável e moderna, com menos chances de causar algum incidente indesejável.

O apartamento, portanto, estava quentinho, silencioso e com um cheirinho doce no ar. Perfeito para uma manhã de leitura. Liz tinha que admitir que o gosto de Collins, ao menos, era bom.

Ele havia escolhido para Lotte uma adorável moradia. O primeiro cômodo era composto por um conceito aberto de sala de jantar, cozinha e sala de estar, e uma varanda agradável para os dias mais quentes. Tinha até uma churrasqueira ao ar livre!

Havia também uma suíte ampla para Lotte, com um *closet* que deixara sua amiga de boca aberta. Ao lado, um quarto menor, que tinha sido transformado em escritório, com um sofá-cama. Ou seja, servia tanto de local de trabalho quanto de quarto de hóspedes. O banheiro também era excelente: grande, com banheira e chuveiro separados. Perfeito para as duas amigas, que tinham espaço para se arrumarem – e fofocarem – juntas.

Para melhorar, era um prédio novo e com conceito de condomínio: academia, piscina e sauna na cobertura do prédio. Liz já havia usado as instalações mais que qualquer um dos moradores, tinha certeza.

Por volta do meio-dia, Liz cansou-se de ficar dentro de casa e decidiu continuar a leitura em um café que tinha perto dali. Aproveitaria para levar um livro que algumas de suas amigas haviam indicado, um tal de *A culpa é das estrelas*. Ela pensou até mesmo em levar seu *laptop*. Queria aproveitar sua estadia tranquila em Washington, especialmente agora que a parte turística da viagem havia quase chegado ao fim, para começar um novo livro.

Colocou seu casaco vermelho de lã, que não usava desde o ano anterior em Boston, calças *jeans* justas e uma camiseta longa e branca por baixo. Para proteger os pés, botas pretas de couro e cano alto.

Algumas pulseiras douradas feitas por Lídia (o seu grande talento era fazer bijuterias) com argolas combinando completaram o *look*. Olhou-se no espelho e ficou satisfeita com o resultado final. Não precisaria de maquiagem, pois seu bronzeado ainda estava lindo.

Ela não sabia por que prestou atenção no que vestia naquele dia, já que geralmente enfiava a roupa sem sequer ver qual era. No entanto, acordara com uma sensação diferente naquela manhã e queria sentir-se atraente.

E, logo no elevador, pôde notar a diferença. Um rapaz que entrou dois andares abaixo do de Lotte não conseguia tirar os olhos dela. Por um momento, Liz arrependeu-se de ter se produzido um pouco mais que o normal. E sabia que sua calça justa chamava atenção de suas curvas brasileiras. Todavia, assim que deixou o elevador, e o babão, sua confiança voltou.

Ao sair do prédio, ouviu uma voz chamando seu nome. Achou que estava imaginando algo: não era possível que o dono daquela voz estivesse em Washington. Ele estava em Boston, ela tinha certeza.

Continuou caminhando em direção ao café, quando uma mão sobre seu ombro a forçou a parar. O toque era sutil, mas firme. As mãos, grandes e, mesmo através das camadas de roupa, Liz sabia que eram macias, pois sabia a quem pertenciam. Se ainda tivesse dúvidas, o cheiro de sabão misturado àquele perfume delicioso entregaria seu dono.

"Liz! Não me ouviu te chamando?"

Ele estava mais pálido do que Liz se lembrava. Porém, isso era óbvio: além de ter pele alva, ele havia se bronzeado pouco, porque não parava de passar protetor solar enquanto estava em Búzios.

Liz, por outro lado, tinha aquela bela cor de brasileira: pele clara, que se tornava dourada com poucos dias de sol. Eles pareciam vir de mundos diferentes.

A moça tentou não olhar dentro daqueles lindos olhos azuis enquanto lhe respondia.

"Oi, Frederick. Eu ouvi. Mas, acredite se quiser, achei que estava imaginando coisas".

"Por quê?", ele lhe pergunta, sorrindo.

"Como sua madrinha já te contou, eu estava na casa dela no domingo.

E ela havia comentado que você estava em Boston. Ela reclamou que você não viria visitá-la nos próximos meses".

Liz ousou encarar Frederick desta vez, apenas para ficar hipnotizada por aqueles olhos. Darcy a olhava como se estivesse vendo mais que sua pessoa. Era como se ele pudesse enxergar sua alma.

Depois de alguns segundos de silêncio, o suficiente para deixá-la constrangida, ele explicou, com sua voz rouca.

"Era o plano inicial. Não planejava vir antes de maio. Mas, depois que falei com minha tia, decidi que resolveria alguns assuntos que deixei pendentes. Além disso, conversei com meu assessor e decidimos que maio seria um mês muito ocupado em Boston para eu vir a D.C."

Realmente, a resposta respondia ao porquê de Frederick Darcy estar em Washington. No entanto, não explicava por que ele estava em frente ao prédio onde ela estava hospedada. Sua madrinha não morava perto dali.

"E o que você está fazendo aqui? Está procurando por Collins?"

A hesitação de Frederick era clara. Talvez ele tivesse achado que a pergunta havia sido grosseira, que Liz não tinha que se meter na vida dele. Ela não sabia e não tinha qualquer interesse em descobrir. Já estava acostumada com o caráter julgador do Sr. Darcy.

"Sim, vim visitá-lo. E também vim perguntar por Charlotte Lopes e você. Soube que as duas estavam neste prédio e queria saber se precisavam de algo".

"Ah, tá. Bem, Collins e Lotte estão no Senado e almoçarão por lá mesmo. E eu estou... hã... bem. Obrigada".

Mais uma vez, o silêncio paira sobre os dois. Liz decide quebrá-lo ao convidar Frederick para se juntar a ela no café. Já que ele não demonstrava qualquer sinal de que iria embora, que pelo menos não atrapalhasse ainda mais seu dia.

Era um local que ela queria conhecer desde que chegara à capital dos Estados Unidos. Passava todos os dias por sua vitrine e sempre quisera entrar. Ficava no primeiro andar de um prédio antigo, com arquitetura do início do século XIX.

Por dentro, o local era ainda mais agradável. Uma lareira a lenha deixava o cômodo em uma temperatura confortável, mas sem ser abafado. A iluminação era escassa. Havia apenas pequenas luminárias em algumas mesas para aqueles que desejassem ler. E, no lugar das cadeiras de madeira e bancos desconfortáveis, poltronas e sofás espalhados pela loja. Mesmo assim, o que Liz mais gostou daquele café era o fato de que não era somente um café. Era também uma loja de antiguidades e sebo.

Frederick se ofereceu para pegar café e *muffins* para ambos, enquanto olhava em volta admirado. Ele também estava impressionado com todas as surpresas daquele lugar de aparência tão simples por fora.

Liz deixou suas coisas em uma mesa de centro cercada por três velhas poltronas de couro e foi matar sua curiosidade na estante de livros que cobria toda a parede ao fundo da loja. Em menos de dez minutos, ela já havia separado três livros para comprar. Riu ao lembrar-se da frase do pai: "Eu fico preocupado quando Janaína e Lídia entram no *shopping*. Ou quando Lizzie entra numa livraria. É gasto na certa".

"Não acredito que não conhecia este lugar", comenta Frederick ao voltar para a mesa. "Já vim a Washington tantas vezes e passeei neste bairro em diversas ocasiões. Como um lugar assim pôde passar despercebido?"

"É uma delícia, não é mesmo?"

"E vejo que você já explorou o ambiente", ele aponta para os livros em cima da mesa.

"Sim", ela responde rindo, "não consegui resistir. O que pediu para nós?"

Antes que ele consiga responder, Frederick é chamado para pegar os pedidos. E o resultado surpreende Liz: *cappuccino* com um *muffin* integral de queijo parmesão e iogurte natural com frutas vermelhas para ela. Não imaginara que um lugar tão simples teria tudo isso e muito menos que Frederick sabia o que ela adorava.

Para ele, Frederick havia optado por um balde de café (como os americanos adoram) e um sanduíche de atum com salada. Um almoço incomum, porém delicioso.

"Que bom que você pediu tudo isso para mim", foi a forma de Liz agradecer, "eu estou faminta. Estava na casa de Lotte até agora e não comi nada. Apenas tomei um chocolate quente".

"Eu vi a sua cara quando você entrou aqui", Frederick explica sua escolha, gargalhando. "É muito engraçado como você é expressiva. Dá para perceber exatamente o que você está pensando apenas olhando para o seu rosto".

Liz ri junto com Darcy, mas sente uma pontada de vergonha com o comentário. Será que ele realmente consegue enxergar tudo o que ela pensa?

"Como você sabia que eu adoro *muffin* de queijo ou iogurte com frutas vermelhas? Ou foi um chute muito bem-sucedido?"

"Quando você ficou presa na casa de Charles..."

"Você quer dizer, na *ilha* de Charles", ela provoca.

"Sim. Você estava conversando com Charlie como sentia falta de algumas coisas daqui. Digo, dos Estados Unidos. Entre elas, comentou sobre *muffin* e frutas vermelhas, difíceis de encontrar no Brasil. E também notei que você nunca tomava café puro de manhã. Somente com leite ou *cappuccino*".

"Você realmente será um excelente político, Frederick", ela responde, impressionada com a memória dele. "Muito observador e não esquece nenhum detalhe. Características essenciais para alguém do seu meio. Gostaria de ser um pouco assim".

"Não sou tão detalhista com todos. Apenas com algumas pessoas".

Liz não entendeu direito o comentário. Era um elogio ou uma crítica? Ele reparava apenas nas pessoas com algum problema? Ou naquelas interessantes? Queria lhe perguntar o que significava aquela observação, mas seu orgulho segurou a língua: sabia que era exatamente isso o que Frederick queria.

Evitando novos comentários dúbios, Liz iniciou uma conversa que sabia agradar aos dois: sobre a obra de Alexandre Dumas que estava lendo pela milionésima vez. E acertou em cheio: era também uma das favoritas de Frederick. Milagrosamente, conseguira passar quase duas horas com ele sem se sentir – muito – desconfortável.

Liz estava feliz por ter conseguido escapar do interrogatório de Lotte quando sua melhor amiga descobriu que Frederick Darcy não apenas havia aparecido inesperadamente em Washington, como a havia visitado no dia anterior.

Por sorte, Lotte tinha um jantar naquela noite com Collins e um casal de amigos dele e, quando retornou, Liz já havia fugido para seu quarto/escritório. Lotte saíra naquela manhã bem cedo, pois queria malhar antes de ir ao trabalho e também não pôde falar com Liz então.

Liz ficou agradecida por aqueles desencontros: iria ver Frederick novamente hoje e não queria ouvir os comentários e perguntas de Lotte. Não era nada demais: os dois estavam sozinhos naquela cidade, pois todos os seus conhecidos estavam trabalhando e gostavam dos mesmos programas. Portanto, nada mais natural que fizessem alguns passeios turísticos juntos.

Naquele dia haviam combinado de visitar a Biblioteca do Senado americano. Ambos já o conheciam, mas não se importavam em voltar. Frederick passaria para buscá-la às nove. Tomariam café da manhã no mesmo lugar do dia anterior, que haviam adorado. Depois, seguiriam até a Biblioteca.

Quando o interfone tocou, Liz já estava pronta. Hoje o dia estava primaveril novamente; então, ela pôde usar uma regata florida com calças *jeans* e sapatilhas douradas. Por cima dos ombros, um casaco leve e branco. Estava um pouco frio na rua.

Ao atender, logo percebeu que a voz do outro lado não era a de Frederick. Não era tão grossa nem rouca quanto a dele. Porém, também era muito bonita, leve, suave e alegre. E aquele homem, quem quer que fosse, era deliciosamente informal.

"Bom dia, Liz. Meu nome é William. Sou amigo de Fred. Não daqueles malucos de Internet, mas um cara quase normal, tá? Ele teve um problema com a Bruxa Malvada do Oeste e me pediu para buscá-la. Vamos?"

Liz gargalhou de alma ao ouvir a comparação da senadora como a personagem horrorosa de pele verde do Mágico de Oz. Não tinha ideia de quem era esse "William", mas já gostava dele.

Durante o agradável café da manhã, Liz descobrira que William, além de amigo de infância de Frederick Darcy, era sobrinho de sangue da senadora Catherine. Ele era diplomata e muito viajado. Ah, e bastante atraente.

Seus olhos eram azuis, mas, diferentemente daqueles de Frederick, os seus eram em tom azul-piscina. Seu sorriso era perfeito, suas bochechas sempre estavam rosadas (o que Liz achou fofo) e seus cabelos, castanhos claros e encaracolados. Tinha um aspecto angelical e jovial, ressaltados por sua postura brincalhona. Ou seja, nada desagradável de olhar.

Liz também descobriu que William, apesar de ter uma relação de amor e ódio com a tia, tinha de aturá-la, pois dependia do *lobby* dela para conseguir a vaga que queria em Bruxelas. Por outro lado, sua relação com o amigo Fred era preciosa para ele.

O relato de William sobre a personalidade de Frederick fora bem diferente da percepção que Liz tinha sobre o homem. William considerava-o uma das pessoas mais leais e gentis que conhecia. Afirmou também que Fred era uma pessoa justa, algo divergente daquilo que David Wickham lhe relatara.

Concluiu que a impressão de William deveria estar enviesada pelo amor de irmão que sentia em relação ao amigo de longa data. O carinho incondicional tem o poder sobrenatural de cegar a mais brilhante das pessoas.

Frederick encontrou-se com os dois na Biblioteca, onde passaram a manhã vasculhando livros e apostando, entre eles, quem acharia o mais raro, ou mais diferente, ou mais bizarro. Tarefa difícil, considerando que se tratava do maior acervo mundial de livros, manuscritos, microfilmes e músicas.

William ganhou todas as apostas. Não por ter sempre achado as melhores obras, mas graças a seu poder de persuasão. Sua autodefesa era tão divertida e bem argumentada que nada restava a Frederick e Liz a não ser assumir derrota.

Ficaram no Salão Principal de Leitura, cercados pelas oito enormes colunas de mármore, com as estátuas de figuras femininas no topo.

Toda vez que Liz observava as decorações do salão, notava uma pintura ou um detalhe, e sabia que sempre descobriria algo novo neste lugar, mesmo que viesse todos os dias até o fim de sua estada.

"Então, o que tem feito aqui de divertido? Digo, fora a programação turística", questiona William, quando os três estavam saindo da Biblioteca. Já era hora do almoço e eles decidiram comer em um restaurante japonês ali perto.

"Hum, deixe-me pensar. Ah! Já sei! Fui jantar na casa da senadora Catherine!'

A reação de William à resposta sarcástica é hilária: ele faz cara de enjoo, como se fosse vomitar. Liz abafa sua gargalhada ao ver a linha que se formou no meio da testa de Frederick.

"Vou mudar a pergunta. O que a senhorita gostaria de fazer para se divertir aqui?" A pergunta soou como um convite e Liz se animou. Com todos os compromissos profissionais de Lotte, ela tem passado quase todas as noites sozinha.

"Honestamente, não gosto muito de boates ou *shows*. Prefiro ir a um *pub* com amigos. Porém, eu queria aproveitar que estou aqui para ir a alguma peça. Vi também na televisão um dia desses que este mês está em cartaz uma apresentação de balé do Peter Pan. Eu adoraria ir..."

"Olha, Fred, temos de levá-la então. Poderíamos marcar de ir hoje mesmo, mas estou indo para Nova Iorque por uns dias, em uma missão da ONU. Que tal combinarmos quando eu voltar?"

"Claro! Seria ótimo!", Liz responde, animada com a perspectiva de ter companhia para ir ao balé.

"E o Baile Beneficente da senadora do dia 28? Você vai, não é mesmo?"

Liz não tinha ideia do que se tratava, pois Lotte não havia dito nada. Frederick então lhe explica que se tratava de uma festa que a madrinha oferecia todo ano, para recolher doações a orfanatos de Washington. Ele garantiu a Liz que certamente ela seria convidada, como amiga de Charlotte e Bill Collins.

A brasileira prometeu aos amigos de infância que não estava preocupada com o convite, pois não iria de qualquer forma.

"E por que tanta certeza, Liz? Não poderia ir conosco?", questiona William, soando decepcionado.

"Não tenho roupa para uma festa de gala como esta. Tive que comprar um vestido para o jantar! Imagina para o baile! E, honestamente, não estou interessada em gastar uma fortuna com um vestido que usarei somente uma vez na minha vida".

Além disso, Liz já havia passado tempo o suficiente para toda uma vida com a senadora e não desejava encontrá-la novamente. No entanto, isso não era algo que ela contaria aos dois companheiros.

"Ah, mas se esse é o problema, podemos dar um jeito nisso, não é Fred?"

O primo pisca o olho direito para Frederick Darcy, que fica imediatamente sério e com a postura carrancuda a que Liz estivera habituada em Búzios, mas que ainda não havia visto em Washington. O Frederick Darcy havia enfim retornado. Por que seria?

Talvez não houvesse gostado que seu amigo a convidasse para a festa da madrinha.

Lotte insistia que Liz deveria acompanhar Collins e ela a uma festa na casa de amigos em comum deles. Era a última coisa que Liz desejava fazer em uma noite de sábado, ficar com pessoas estranhas e chatas, em meio a conversas monótonas e fingindo, pelo bem de Lotte, estar se divertindo.

Bem, o que fazer?, Liz perguntava a si mesma.

Infelizmente, William ainda não havia retornado da viagem e Frederick não lhe ligava desde a visita à Biblioteca do Congresso. Certamente, Darcy não era uma companhia tão agradável quanto o diplomata, mas ainda assim era infinitamente melhor que Collins e seus amigos.

Quando a moça já estava pronta para sair com Lotte, seu celular toca. Era Frederick Darcy, com uma proposta irrecusável: sua madrinha Catherine lhe havia oferecido ingressos para ir ao balé com sua filha, Anne, mas a jovem estava doente e precisava de repouso absoluto.

Frederick, então, propõe a Liz que o acompanhe em seu lugar, porque os convites são para o espetáculo que ela queria ver: Peter Pan. A ideia de ter a sobra de um convite incomodava Liz, mas o sentimento foi enterrado em troca de uma noite sem Collins. Mesmo que fosse com Frederick Darcy.

Agora tinha a desculpa perfeita para oferecer a Lotte. Pena que vinha acompanhada de uma série de questões. Sua melhor amiga não parecia convencida de que se tratava de mera coincidência ele ter recebido da tia os convites da *performance* que Liz tanto queria assistir, mas seu atraso forçou-a a deixar Liz sozinha no apartamento à espera de Frederick.

"Comporte-se, hein?!", fora a última coisa que Lotte lhe dissera ao sair.

Liz decidiu que não valia a pena trocar de roupa. Ficaria com suas calças jeans pretas, sapato de saltos e pretos no modelo *peep toe*, blusa também preta de seda com decote nas costas, brincos de pingos de cristais e pulseira combinando. Ela usava uma maquiagem leve e apenas havia ousado um pouco na sombra escura para valorizar os olhos âmbar.

Quando vestiu a roupa, não havia se importado tanto com aparência. Apenas queria usar tudo preto para não se distinguir muito dos amigos de Collins. Porém, temia que sua roupa estivesse um pouco sensual demais. *Agora já era*, pensou, quando Frederick ligou para avisar que já havia chegado.

Pegou o casaco de couro preto, a bolsa de mão com detalhes prateados feita por Lídia e desejou, do fundo de seu coração, que Frederick Darcy não se tornasse um babaca até o final da noite, como acontecera com Collins em Búzios.

Uma brisa gelada bateu contra seu rosto quando ela saiu do prédio. Frederick a esperava na porta do carona de um carro preto. Liz não entendia nada de carros, apenas percebera que era alto. Frederick tomou sua mão para ajudá-la a subir no banco e ela sentiu uma vibração quente passar por seu corpo.

Liz percebera seu olhar sobre ela, mas fingiu não notar. Ele estava, como sempre, elegante. Também usava calças jeans. Porém, suas calças eram *jeans* azul-escuro e ele também usava uma camisa de botão preta.

"Você esteve somente em Boston desde que deixou o Brasil?" Liz queria fazer a pergunta desde que estivera com Frederick no café dias antes, mas não tivera coragem.

"Não. Passei uma semana em Nova Iorque com Charlie e Caroline".

Como Liz não fez novos comentários, Frederick decidiu se explicar melhor. Ele notou que a resposta oferecida não a agradara. Nem um pouco.

"Ele resolveu abrir um novo restaurante e nos pediu ajuda para encontrar um lugar adequado". Os ombros de Frederick ficaram tensos. Ele já sabia que rumo esta conversa estava tomando.

"E quando foi isso?" Liz não queria soar inconveniente, mas sua curiosidade era maior.

"Foi há algumas semanas, no começo deste mês".

"Minha irmã já estava em Nova Iorque na época. Vocês se encontraram com ela, por acaso?"

Liz sabia muito bem que não. Entretanto, queria deixá-lo constrangido. Jane havia mandado *e-mails* a Caroline (desistira de enviar mensagens a Charles quando ele a ignorou, ao deixar Búzios) e ela lhe respondera que nem ela nem o irmão estava na cidade. No entanto, Caroline prometera avisar a Jane imediatamente quando estivessem lá. Com certeza, Frederick sabia da mentira.

"Infelizmente, não. Como ela está?" A voz dele perdera parte de sua força e foi ficando quase trêmula.

"Está ótima! Foi aceita em um escritório excelente de direitos autorais e está namorando".

Na realidade, em seu último *e-mail*, Jane disse que havia saído uma vez com um professor universitário. Todavia, para causar o efeito desejado, tinha que parecer ser algo sério.

"Que bom para ela. Gostei muito da sua irmã, Liz, e tive medo que ela tivesse esperanças em relação a Charlie".

"Neste ponto, não posso deixá-lo tranquilo. Ela tinha *sim* expectativas em relação a Charles Bing. Jane não é o tipo de mulher que se envolve com alguém de forma leviana, Frederick".

"Não foi o que quis dizer, Liz. Tenho a maior consideração por sua irmã e por vo–"

"O que exatamente você quis dizer então?" A moça o interrompe.

No momento, Liz já desejava estar rodeada dos amigos chatos e pedantes de Collins. Certamente, não seria tão ruim quanto ouvir um dos melhores amigos do homem por quem sua irmã – ainda – estava apaixonada falar assim dela.

"O que eu quis dizer é que há situações que não podem deixar qualquer expectativa de haver... mais. Estávamos todos de férias, em um contexto fora de nossas vidas normais. Longe de responsabilidades, problemas, longe da realidade. É como aquela expressão: o que acontece em Vegas, fica em Vegas. Acho que o mesmo se aplica ao caso de Charlie e Jane em Búzios".

Uma fúria apoderou-se do corpo de Liz e foi com grande esforço que ela conseguiu controlá-la e retrucar o ofensivo comentário.

"O mesmo deve se aplicar a nós dois, não? Imagino que você não vai me convidar para ir ao teatro quando estivermos de volta a Boston. Duvido que a nossa... *amizade* continue na sua vida *normal*, não é mesmo? Por sorte, minhas *esperanças*, neste caso, estão adequadas à realidade".

Frederick Darcy não respondeu e os dois não trocaram nenhuma outra palavra naquela noite de sábado.

Porém, ele queria ter reagido. Queria ter dito que ele teria *sim* ligado para ela em Boston. Ele a teria *sim* convidado para sair novamente. Mesmo assim, pelo jeito, eram as expectativas *dele* que estavam muito além da realidade...

A bela manhã de domingo trouxe uma resolução a Liz. Ela se divertiria naquele dia e ficaria distante de Frederick Darcy, da senadora e de todos aqueles ligados aos dois. Então, sugeriu a Lotte que passassem o dia em *Kensington*, para conhecerem as lojas de antiguidades do *Antique Row*.

"Como é uma cidade próxima a D.C., podemos chegar lá em menos de uma hora. E você nem vai precisar ficar enclausurada em qualquer lugar fechado. Pode explorar a cidade enquanto eu exploro as antiguidades. O dia está lindo, então será perfeito! O que acha?"

Conforme previra, sua amiga aceitou o convite. O problema foi que ela gostou tanto da sugestão de Liz que resolveu repassar o convite a Collins, que, por sua vez, convidou Anne Boyd, Frederick Darcy e William.

Simplesmente perfeito, pensou Liz sarcasticamente. *Bem, William também irá, então talvez eu ainda consiga me divertir no final das contas.*

Ela ainda se segurou na esperança de que a filha da senadora e Frederick não pudessem acompanhá-los. No entanto, quando saíram do apartamento, o carro de Darcy já as esperava atrás daquele de Collins.

E o pior: como Collins dirigia um modelo conversível, Liz teve que ir com Frederick e Anne. William estava chegando de Nova Iorque naquela manhã e iria encontrá-los já em *Kensington*. Ou seja, Liz não tinha opção: teria que ir com o Sr. Darcy e a Srta. Boyd.

Frederick estava à vontade naquele dia, com uma calça de linho bege e uma camisa de botão azul-claro. Mesmo Liz tinha que admitir que ele estava muito bonito. Porém, sua postura não combinava com a leveza da roupa: percebia-se que estava tenso.

Ele ajudou Liz a subir no banco de trás do carro sem olhar para ela. No banco da frente estava Anne, com sua aparência de fragilidade habitual. Elas se cumprimentaram com frieza e Liz notou que sua roupa, como sempre, estava formal demais para a ocasião. Apesar do dia ensolarado e das flores primaveris, usava preto dos pés à cabeça, além de um casaco de inverno.

Liz, por outro lado, usava um vestido comprido da cor da camisa de Darcy, com sandálias rasteiras douradas e um casaco bege leve. Ela e Frederick pareciam ter combinado para usar os mesmos tons de roupa e foi necessário um esforço de Liz para abafar a risada.

Somente quando entrou no carro Frederick ousou olhar para ela através do retrovisor. Foi quando percebeu o que ela estava vestindo.

Virou-se para trás com cara de descrença e Liz, apesar de chateada com ele, teve que sorrir. Ele não disse nada, mas seu rosto se iluminou. Por um breve segundo, ambos se esqueceram do que se passara entre eles na noite anterior.

“Fred, será que este passeio vai demorar muito? Tenho aquele voo hoje à noite...”, disse Anne, com uma voz fraca. Liz logo entendeu que Frederick devia tê-la forçado a vir com ele. Talvez para poder passar algum tempo com Anne, que raramente saía de casa.

“Não se preocupe. Trago-a de volta a tempo”, ele responde. “E você tem certeza que vai a Vegas? Não consigo imaginá-la naquele ambiente...”

“Nem me diga! Estou apavorada. Acho que nem vou sair do hotel. Mamãe me obrigou. Clarice é sua sobrinha favorita e eu sou a madrinha. Então, ela achou inaceitável que eu não fosse à despedida de solteira. Quem escolhe fazer sua última festa antes do casamento naquele lugar horrendo?”

Se o comentário absurdo de Anne não fosse o bastante, a expressão de incredulidade de Liz foi. Frederick não conseguiu segurar a gargalhada. E foi acompanhado pela brasileira. Desta vez, quem ficou em choque foi a recatada Anne.

“Desculpe-me Anne, mas é que todo mundo, se pudesse, faria a despedida de solteiro em Las Vegas. Não conhece o filme *Se Beber, Não Case*?”

“Sim, e é nojento. Por que você acha que criaram aquela expressão ‘O que acontece em Vegas, fica em Vegas’?”

O comentário de Anne deixou Liz pálida e Frederick tenso novamente. Eles se encararam durante longos segundos pelo retrovisor, até Frederick encontrar palavras para responder.

“Sabe, Anne, eu, até pouquíssimo tempo, usava muito essa expressão. Mas acho que vou excluí-la de meu vocabulário. Além de preconceituosa, é usada como desculpa”.

“Desculpa?”, Anne fica confusa. “Como assim?”

“Pessoas que querem fugir de suas responsabilidades e ações dizem que o que fizeram não é válido. É basicamente o que a expressão significa. É terrível. Temos sempre que assumir nossos atos e suas consequências.

Se pudesse, pediria desculpas a todos aqueles para quem disse 'O que acontece em Vegas, fica em Vegas'".

Anne o encarou como se fosse louco, mas Liz entendera exatamente para quem aquele discurso fora dirigido. Por isso, respondeu-lhe à altura. E, milagrosamente, sem qualquer tom de sarcasmo na voz. Apenas gentileza.

"Frederick, acredito que quem quer que tenha se ofendido com suas palavras te perdoaria depois de desculpas tão sinceras".

Por estar excluída da conversa, Anne mudou seu rumo para algo sobre o que todos poderiam falar: o que mais gostavam em Washington. Foi assim que passaram o resto da curta viagem até *Kensington*: Frederick contente por ter conseguido se desculpar como queria; Liz, por estar se divertindo, apesar da companhia; e Anne por estar a salvo dentro de um carro com pessoas minimamente inteligentes.

O lugar era ainda mais adorável do que Liz esperava. Era uma rua repleta de lojas de antiguidades em casas coloridas. Liz não sabia aonde ir primeiro ou o que comprar. Havia tanta coisa! Tudo era lindo!

Quando estavam saindo da primeira loja, Lotte e Collins decidiram ir a um café e Anne declarou que precisava se sentar. Quando se dirigiam ao café, esbarraram com um animado William, que começou a conversar com Liz no momento em que terminou de cumprimentar todos.

Agora, o dia voltava a brilhar para Liz. Ela estava rodeada por objetos antigos, vitrines de lojas que a faziam se sentir em um museu a céu aberto e acompanhada por uma pessoa que dividia sua paixão por filmes. Ela e William conversaram sobre seus filmes favoritos, as injustiças do Oscar, os melhores atores americanos e todos os temas possíveis sobre cinema.

Até que o assunto mudou um pouco e eles começaram a falar sobre suas respectivas famílias. Liz comentou sobre os negócios de seus pais, como no início foi difícil para eles e como cresceram aos poucos e agora eram bem-sucedidos.

William lhe disse que a sua família, ao contrário daquela de Darcy e a de Anne, não era rica. Seu pai sempre fora de classe média, e William, assim como seu irmão, precisaram de bolsas de estudos para conseguirem cursar uma boa universidade. Isso fez com que Liz gostasse ainda mais do americano angelical.

Somente quando ele começou a falar de Frederick e sua irmã Liz ficou um pouco incomodada. William enchia-os de elogios, testemunho completamente oposto àquele de David Wickham. Liz sabia qual era o verdadeiro caráter de Frederick e manter-se calada enquanto via o primo falando dele como se ele fosse perfeito era muito difícil para a moça.

"Ele é tão leal que ajudou um amigo a se safar de um relacionamento condenado ao fracasso". Até este comentário, Liz tentava ignorar as palavras de William, mas agora ele havia recuperado seu interesse.

"Ajudou um amigo? Que amigo?" Liz tentou manter o tom calmo, para que o companheiro não percebesse seu verdadeiro estado emocional. Estaria ele se referindo a...

"Charles Bing", William confirmou seus temores.

"Mas como ele pôde ajudá-lo? Dizer que um relacionamento está fadado ao fracasso é uma afirmação séria. Pode destruir qualquer possibilidade de felicidade para as pessoas envolvidas".

"Com certeza. Porém, estou certo de que Fred refletiu muito antes de se intrometer. Ele é uma das pessoas mais racionais e justas que conheço. Jamais tomaria sua decisão baseando-se em preconceitos ou leviandades".

"Sim, com certeza ele não faria algo tão horrível", ironiza Liz. "Sabe qual foi o motivo que levou Frederick a acreditar que se tratava de um relacionamento ruim?"

"Pelo o que entendi, Charles estava completamente apaixonado por ela. Não queria diversão, queria algo sério. Foi o que preocupou Fred e Caroline, a irmã de Bing. A família da moça era insuportável e interesseira, segundo eles, e somente queria se aproveitar do dinheiro e sucesso de Charles".

"Então, Frederick e Caroline os separaram. Porque não simpatizaram com a família da moça. Porque não tinham o mesmo *status* social que eles"?

"Não sei de muitos detalhes, mas sei que foi mais que antipatia ou *status*, Liz. Como lhe disse, Fred é muito equilibrado e lógico. Se achou melhor separá-los, foi por uma excelente razão".

"Sim, tenho certeza", ela repetiu, sem conseguir tirar o sarcasmo da voz.

E ela tinha mesmo certeza... de que suas primeiras impressões em relação a Frederick Darcy estavam certas. Foi quando tomou uma decisão: iria odiá-lo pelo resto de sua vida.

Desde o dia anterior, quando Liz, Lotte e Collins receberam seus respectivos convites para a festa beneficente da senadora, que aconteceria naquela mesma quinta-feira, não se falava em mais nada no apartamento de Lotte.

A melhor amiga de Liz havia comprado na segunda à noite um vestido de gala para o baile. Era verde-escuro, longo e aveludado. Tinha decote no busto, que Lotte iria cobrir com colares de voltas douradas feitos pela irmã caçula de Liz. Combinaria tudo com sandálias e bolsa douradas.

Liz se recusara a comprar – ou aceitar de presente – um vestido para a festa. Garantira a Lotte que não teria qualquer problema em ficar em casa. Leria um dos livros que comprara no café perto dali na semana anterior.

Entretanto, sua decisão estava prestes a mudar. Quando retornou do almoço naquela terça-feira, havia uma encomenda para ela. Era uma caixa grande, com uma das marcas mais caras do mundo estampada em cada um de seus lados.

Dentro da caixa havia quatro outras menores. A mais fina e comprida guardava um belo vestido de seda vermelho com um decote ombro a ombro, deixando seu lindo colo à mostra. Era ajustado na altura da cintura e longo. Numa caixa menor, havia um cashmere de seda à moda indiana, combinando com o vestido. Em outra caixa de sapatos, havia um par de sandálias prateadas, com tiras entrelaçadas na frente e uma tira para prender no seu tornozelo na parte de trás.

Não obstante, era na última caixa que se encontrava a maior surpresa. Era uma caixa do tom de azul mais conhecido do planeta. Ao vê-la, Liz sabia que era uma joia. Antes de abrir, percebeu que havia um cartão preso na lateral da maior caixa e decidiu descobrir quem havia enviado tudo aquilo. Era um presente caro demais para ter sido de Lotte ou Collins.

Cara Liz,

Não pude suportar a ideia de não encontrá-la no Baile Beneficente; então, decidi tomar a liberdade de escolher algo apropriado para a ocasião. Caso não goste, pode trocar tudo na loja. O cartão da vendedora está no envelope e ela está de sobreaviso.

Sobre a joia, eu imaginava que você jamais a aceitaria de presente. Assim, fiz apenas um empréstimo, e você pode devolvê-la na loja mais conveniente para você até o final desta semana.

Espero que goste e que meu gesto não lhe cause qualquer embaraço. Meu único desejo era ter o prazer de sua companhia nesta quinta-feira.

O cartão não estava assinado e fora escrito no computador. Então, Liz não tinha ideia de quem poderia ser a surpresa. Inicialmente, a vontade de simplesmente devolver tudo a dominou. Não poderia aceitar tudo aquilo de alguém que nem sabia quem era! A situação a fez se sentir como Julia Roberts em *Uma Linda Mulher*, mas de uma forma bem ruim, especialmente porque não estava acompanhada do romântico Richard Gere.

Por outro lado, ela não podia negar que o gesto era romântico. Desta forma, finalmente decidiu deixar a semelhança com a prostituta hollywoodiana de lado e curtir o presente.

Quem sabe foi de William? Ela tinha certeza que o diplomata angelical não faria nada para ofendê-la. Queria apenas agradá-la.

Já tinha até uma resposta para o interrogatório de Lotte: conhecera uma moça que trabalhava na famosa loja de alta costura e ela havia emprestado tudo aquilo a Liz. Era mentira, mas não tão ruim quanto ouvir as suposições de Lotte nos próximos dias.

Liz pressentia que a festa seria melhor do que imaginava...

Capítulo 7

Desde que soube do principal motivo que levou Charles Bing a deixar Búzios – e sua querida irmã – sem qualquer explicação, exceto por aquela oferecida a ela por William, Liz estava evitando Frederick Darcy como gatos evitam banhos.

Entretanto, naquela última quinta-feira de março, dia do Baile Beneficente da senadora Catherine Boyd, ela sabia que um encontro seria inevitável.

Havia desistido diversas vezes de ir ao Baile, mas também queria rever William. Os dois não haviam se visto desde o passeio deles em *Kensington*, porque ele andava preso no escritório. No entanto, ele já havia enviado uma mensagem a Liz para garantir que ela não faltaria. Se havia alguma companhia agradável em Washington era William.

Sua melhor amiga estava cada vez mais grudada em Bill (e mais parecida com ele também), tornando a sua presença monótona. Nos últimos dias, Liz vinha se refugiando em seu escritório/quarto, pois Bill estava agora jantando diariamente na casa de Lotte, quando os três não saíam para jantar juntos.

As conversas insuportáveis e intermináveis faziam com que Liz sempre inventasse uma dor de cabeça, dor de barriga, enjoo. Estava tão ávida por um bate-papo interessante que suportaria até mesmo ver a senadora e seu afilhado, se isso significasse uma noite divertida com William.

Naquela noite, quando Liz saiu pronta de seu quarto, as faces estupefatas de Lotte e Bill, que a aguardavam na sala, foram suficientes para ela ter certeza de que o vestido vermelho lhe caía muito bem e que ela certamente chocaria a senadora e os amigos recatados dela. O que agradava Liz, ela tinha que admitir.

Lotte também não desgrudou os olhos da pulseira de diamantes que Liz usava. Era discreta e delicada, apenas uma volta curta com pequenas pedras arredondadas, mas não passou despercebida pela amiga. Lotte logo percebeu que aquilo havia sido presente de um homem. Por sorte, a presença de Bill segurou sua língua.

Os três seguiram juntos de táxi até o Mandarin Oriental, um dos hotéis mais luxuosos da cidade. Ele ficava à beira do Rio Potomac e era uma bela construção avermelhada, com teto azulado coberto por janelas quadradas. Era gigante, cobria quase um quarteirão inteiro. Porém, para padrões americanos, não era tão alto: não parecia ter mais de quinze andares, calculou Liz.

Logo no *lobby* do hotel, Liz percebeu que o custo da festa seria infinitamente maior que qualquer valor eventualmente arrecadado. Pensava na hipocrisia de todo o evento e ria para si mesma ao avaliar o quanto aquilo tudo era tipicamente político. Somente faria sentido se a senadora doasse todo o dinheiro da festa; mas, desta forma, ela não poderia divulgar tão bem o fato de que estava fazendo uma boa ação ao doar dinheiro aos desfavorecidos.

Ao chegarem ao salão de festas, o espaço já contava com a presença de quase uma centena de pessoas. Liz verificou em seu convite que ela se sentaria em uma mesa diferente daquela de Lotte e Bill. Enquanto o convite deles indicava a mesa um, a dela indicava a de número treze.

Ficou chateada no início, porque não conhecia quase ninguém naquele lugar. Até notar que os dois estavam designados à mesa da senadora, sua filha e Frederick Darcy. Este último, inclusive, já estava no local – estava sentado e conversando com Anne Boyd no momento em que chegaram.

Ela, por outro lado, descobriu em seguida que estava na mesa de William, que a encarava, chocado ao vê-la com o belo vestido de seda vermelho. Levantou-se correndo e foi cumprimentá-la.

"Liz, vamos rápido! Se demorar muito aqui em pé e sozinha algum homem vai querer te levar embora!"

Apesar do comentário indiscreto, William o disse em um tom brincalhão e nada sensual, deixando Liz confortável o suficiente para rir junto com ele enquanto se dirigiam à animada mesa treze.

"Venha conhecer meus amigos: Luke, Claire, Frank, Jason e Lucy", ele foi indicando cada ocupante da mesa, que sorriram para Liz de forma amigável (os rapazes praticamente babaram, mas ela fingiu não notar). "Pessoal, esta é Liz".

Liz ficou aliviada ao ver que também havia moças na mesa e todos estavam se divertindo bastante, aparentemente. Ela olhou em volta e verificou que estava na mesa mais alegre da festa.

"Pode me agradecer, Liz", William continuou, mas agora falando somente com ela. "Queriam te colocar na mesa da Família Addams ali, mas eu te salvei", ele concluiu, indicando a mesa da senadora com a cabeça.

Os dois gargalharam juntos, enquanto Liz viu, de rabo de olho, que duas cabeças estavam viradas para ela na mesa que deveria ser a sua. Uma cabeça branca e a cabeça mais alta da festa tornavam seus donos inconfundíveis.

Catherine Boyd e Frederick Darcy.

"Nossa, Liz, aquele bonitão que está na mesa da senadora não para de te encarar!", informou-lhe Lucy.

"Acho que se você dançar com Will mais uma vez, o gato ali vai ter um ataque cardíaco!", complementou Claire.

De fato, Liz tinha que admitir que Frederick Darcy era um dos homens mais bonitos da festa. Sua postura e altura ressaltavam ainda mais sua beleza. Especialmente quando David Wickham não estava presente para ser o centro das atenções.

Também, tirando Frederick, Will e seus amigos, somente há homens feios, carecas e barrigudos nesta festa! Ah. E Bill Collins, Liz refletiu sarcasticamente. Naquela noite, ela estava sem paciência para ser politicamente correta, especialmente com o vinho subindo à cabeça.

Ela não poderia estar mais contente: conheceu pessoas tão divertidas quanto William, dançou algumas de suas músicas favoritas e, ainda por cima, conseguiu evitar Frederick. Até aquele momento.

Frederick Darcy, por sua vez, estava frustrado e irritado. Sempre que se voltava na direção de Liz com o intuito de cumprimentá-la, algum obstáculo atravessava seu caminho. Ou William a chamava para dançar, ou algum conhecido começava uma conversa com ele, ou a senadora o puxava para que fosse apresentado a alguém.

Para piorar, Bill Collins passou as últimas horas tecendo elogios a ele, à senadora e à sua prima, além de ter que ouvir Anne reclamando de tudo: desde as canções ao vinho servido.

Quando a meia-noite chegou, Frederick estava a ponto de agredir alguém e Liz sentia o efeito do álcool em sua cabeça. A moça decidiu respirar ar fresco no pequeno jardim do hotel que vira pela janela, depois de verificar que ninguém a observava.

Ao abrir uma porta de vidro que lhe dava acesso ao lado de fora, parte do efeito das bebidas alcoólicas se foi: um vento gelado da noite de D.C. invadiu seu corpo e a despertou.

Mesmo com frio, a moça não desistiu e caminhou pelo jardim. Ela havia percebido, antes de sair do salão, que Frederick estava tentando novamente se aproximar dela (por sorte havia sido impedido por Anne Boyd), mas não tardaria muito a falar com Liz, algo que ela desejava continuar evitando acima de tudo.

Em cinco minutos, a brasileira já estava tremendo e arrepiada de frio. Já arrependida de ter caminhado tanto, pois agora levaria outros longos e intermináveis cinco minutos para voltar ao calor confortável da festa, deu meia volta e iniciou o retorno doloroso.

Por estar distraída, os olhos focados nas sandálias prateadas e nos pés – que agora estavam quase azuis –, ela não viu uma figura se aproximar. Apenas sentiu um tecido quente e confortável cair em volta de seus ombros.

"Você realmente não se preocupa com a própria saúde", Frederick Darcy lhe disse, uma linha se formando entre seus olhos.

"Boa noite, Frederick", Liz acabou soando mais amistosa do que desejava, talvez por estar tão agradecida pelo casaco que ele trouxera para ela. Sua tremedeira parou instantaneamente.

"Tentei falar contigo a noite inteira, mas é difícil nessas festas de minha tia. Tudo bem com você? Não nos falamos desde Kensington". Seu olhar estava mais suave. Havia perdido a desaprovação, mas sua preocupação continuava presente. "Bill me contou que você tem tido muitas dores de cabeça".

"Não foi nada. Estava naqueles períodos femininos. Já passou. E você, como está?" Desta vez, a moça conseguira manter um tom completamente neutro. Algo inédito para Liz, diga-se de passagem. Ela esperava que sua face estivesse tão inexpressiva quanto sua voz.

Ele abaixou a cabeça e agora Liz enxergava uma sombra de tristeza em sua face. O que houve com ele? Ela queria estar com raiva de Frederick, mas com o efeito ainda potente do álcool e o rosto desamparado dele, ela simplesmente não conseguia.

Frederick pegou Liz pela mão e a levou até um banco de madeira no canto do jardim, no gramado verde e invisível para as janelas do salão de festas. Como ela ainda não queria voltar (e a pessoa que estava evitando já a havia encontrado mesmo), sentou-se ao seu lado.

Quando estavam confortáveis, Frederick tirou uma garrafa de vinho que tinha guardado em uma pequena sacola de tecido que segurava. Até então, Liz sequer notara que ele segurava algo. O vinho estava aberto e Liz pensou na sorte que ele teve em não ter derramado nada. Também achou estranho que um homem tão perfeccionista com etiqueta e preocupado com sua imagem fizera algo que ele próprio e sua madrinha considerariam vulgar.

Sem qualquer cerimônia, ele dá um gole gigantesco diretamente da garrafa.

O ato choca a moça, principalmente quando ele lhe oferece a bebida.

Agora preocupada com a sobriedade de Frederick, ela aceita e também experimenta o vinho. Era delicioso e desceu pela sua garganta como seda. Seco, mas leve. Com um gosto madeirado no final, exatamente como ela gostava.

"Gostou?", ele lhe pergunta, a voz grave.

"Muito", ela responde, a voz levemente trêmula. Aquele gesto fora demasiado íntimo para ela, que ainda não havia compreendido as intenções do homem ao seu lado. Em alguns sentidos, ela achava que a vida dele era um livro aberto para ela. Em outros, Frederick Darcy era um grande mistério.

"Que bom. Passei a última hora ouvindo Anne queixando-se do vinho". Ele tentou fazer o comentário em tom de brincadeira, mas fracassou. Quando seus olhos se voltaram para os de Liz, a tristeza alcançou sua bela voz rouca.

"Está tudo bem, Frederick?", ela questionou, quando o silêncio se tornou insuportável.

"Não, não está. Eu... eu estou cansado, Liz".

"De quê, Frederick? Está doente? Quer ir embora? Posso pedir um táxi e–"

"Não é cansaço físico. É cansaço mental. Cansaço aqui...", Frederick, que ainda estava segurando a mão direita de Liz, leva-a até seu peito esquerdo, e ela consegue sentir as leves batidas de seu coração. "Estou cansado da guerra que minha mente e meu coração travaram entre si".

"O que houve, Frederick?" Ela agora estava assustada, porque os olhos azuis de seu companheiro estavam desesperados. "É sobre a eleição deste ano? Você não precisa concorrer. Sua família não pode te obrigar! Você deveria mandá-los ir para o espaço, Frederick, e–"

Ele levanta a mão livre até a boca de Liz, calando-a imediatamente, mais pelo susto do que pelo ato em si. Seu dedo indicador acariciou lentamente os lábios da moça, até que ele finalmente respondeu:

"Não, não é isso. Preciso te contar algo, algo que tenho mantido em segredo por tempo demais". A resposta surpreende Liz, mas não tanto quanto a ação dele a seguir.

Frederick tira a garrafa das mãos da moça e coloca-as dentro das suas próprias. Ele vira o corpo para ela e seus joelhos se tocam. Seus belos olhos a encaram com aquela profundidade que sempre a deixava desnorteada. O efeito do vinho e o olhar de Frederick trouxeram de volta a tonteira.

"Liz, eu tenho tentado lutar contra isso, mas não aguento mais. Desde que a conheci, no Ano Novo, tenho sido atormentado por desejos incessantes que tenho buscado apagar e simplesmente não consigo. Eu vim para Washington com o exclusivo propósito de revê-la. E os últimos dias têm sido piores. Tentei extinguir os meus sentimentos por você com a lógica, considerando a inferioridade de suas condições e meu futuro político, mas não foi suficiente".

Enquanto fazia o discurso, Liz prendera a respiração. O que ele estava dizendo? Suas palavras não faziam sentido algum para ela, algumas eram até mesmo ofensivas, mas o tom de sua voz era de carinho e angústia. Duas coisas que não pertenciam àquele homem.

Antes de conseguir entender o que ele acabara de lhe dizer, Frederick levou uma das mãos ao seu rosto e segurou-a pelo queixo. Ela teve que encará-lo, algo que não conseguira fazer durante seu discurso.

Novamente, ele estava lendo seus pensamentos, sua confusão, sua dúvida. Ele sabia que ela ainda não havia compreendido inteiramente suas palavras.

"Você vai me entender, *Lizzie*", ele sussurrou.

Lentamente, Frederick foi aproximando seu rosto do de Liz. Ele fizera tudo lentamente, para não assustá-la e para lhe oferecer tempo para reagir, mas ela continuou parada, o que ele interpretou como consentimento. Mas era choque.

Eles não desgrudaram os olhos um do outro enquanto seus narizes se encostaram, depois seus lábios. Apesar de não estar entendendo exatamente o que acontecia, Liz gostava daqueles lábios macios e quentes sobre os seus.

Uma das mãos de Frederick deixou a sua e segurou sua cintura, puxando-a ainda mais para perto de si. A outra mão passou de seu queixo para sua face, depois ao seu pescoço e seguiu para seus cabelos, segurando-a na posição perfeita para o beijo.

Os movimentos dos lábios dele foram se intensificando e ela imitava seus gestos. Eles se encaixavam perfeitamente. Suas próprias mãos já estavam em cada lado do lindo rosto dele. Ela não entendia como, mas estava gostando.

Só que lembrou que não deveria gostar. *Jane*!

"Do que você está falando? O que está fazendo?", ela finalmente voltou a si, quando recordou o que aquele homem havia feito com sua querida irmã. "Está bêbado?"

"Não estou bêbado, Liz. Estou apaixonado... por você". A boca dela ficou seca, e ela quase não teve forças para responder. *Quase*.

"Achei que minha família não fosse *boa* o suficiente para você ou seus amigos".

Liz queria ofendê-lo e aproveitar o momento para falar sobre Jane e mal havia entendido o que o homem acabara de lhe declarar. Mal havia entendido que ele acabara de lhe dizer que a amava.

"Certamente, a minha família achará a sua, no mínimo, *inadequada*. Mas isso não importa mais para mim. Cansei de mentir".

Uma das mãos dele continuava segurando a cintura de Liz, mas ela já havia sacudido a outra para longe de seus cabelos. Precisava se concentrar. Precisava dizer o que devia ser dito. Tirou suas mãos do rosto macio de Frederick e posicionou-as sobre seu peito, empurrando-o o máximo que conseguia, a fim de evitar outro beijo.

"Não importa mais para *você*. E para Jane? Ou Charles?"

"Sim, eu deveria ter interferido antes. Desde o começo, eu sabia que a relação não tinha qualquer futuro e deveria tê-lo impedido de sequer ter começado o caso. Foi pior para os dois".

"Deveria ter interferido *antes*? Quem você acha que é para interferir? Quem você acha que é para definir o futuro – e a felicidade – do seu amigo e da minha irmã? Se nossa família é... *adequada* para ele?"

"Se esse fosse o único empecilho eu concordaria com você. Mas não foi. A principal razão foi a indiferença da sua irmã, principalmente comparada aos sentimentos de Charlie por ela".

"Indiferença?", Liz se segurava para não gritar. Queria continuar com a privacidade que tinham.

"Sim. Eu e Caroline a observamos com muito cuidado e concordamos que sua irmã não estava tão apegada a ele quanto ele estava a ela".

"E *você* e *Caroline Bing* acharam que sabiam o que minha irmã, que vocês mal conheciam, estava sentindo". Agora o esforço para não dar um tapa naquele belo rosto tornava-se insuportável. Liz teve que agarrar a borda do banco de madeira para segurar o ímpeto. Eles já não estavam mais se tocando. "Minha irmã é muito tímida, *senhor Darcy*. Nem a *mim*, sua irmã e melhor amiga, ela fala sobre seus sentimentos. Mas posso assegurá-lo de que eles eram muito profundos em relação a Charles Bing".

Liz levantou-se antes que o homem tivesse tempo para responder. Tirou o casaco que ele lhe emprestara e jogou-o no banco ao lado dele. Antes que pudesse virar a maçaneta que dava acesso à festa, virou-se para lhe responder a uma última ofensa:

"Você disse que a minha família é inadequada para a sua. Pois me deixe dizer a verdade: é a *sua* família, arrogante, pedante e hipócrita, que é inadequada à *minha*. E o meu único sentimento por você e por toda a sua família é – e sempre será – de *desprezo*".

Ela se foi sem esperar para ver a reação do homem. Não cumprimentou William ou a anfitriã. Não avisou a Bill ou Lotte que estava indo embora. Apenas pegou seu casaco e sua bolsa na chapelaria e se foi, desejando nunca mais ver ninguém da família Darcy-Bourgh pelo resto da viagem ou pelo resto de sua vida.

De: Frederick James K. Darcy [Frederick.darcy@boston.com.us]
Enviada em: sex 29/03/2018 às 04:13
Para: Liz Barbosa Benevides [liz_bb@benlocobuzios.com.br]
Assunto: Explicações

Cara Liz,

Não se preocupe ao abrir este e-mail. Não desejo aqui reiterar os sentimentos que foram tão ofensivos e nojentos para você. Tenha certeza de que minha atitude ontem não se repetirá, caso tenhamos a ocasião de nos encontrarmos novamente.

Eu também não tenho a intenção de machucá-la ou agredi-la de qualquer maneira. Gostaria, tão somente, de justificar minha participação no caso da relação entre sua irmã e meu amigo Charles Bing.

Primeiramente, gostaria de esclarecer que tenho a melhor das opiniões sobre Jane. Mesmo conhecendo-a muito pouco, como você frisou ontem, percebi que se trata de uma moça adorável, distinta e digna do melhor dos tratamentos.

Por isso, acredite quando eu digo que sinto enormemente por saber que a separação dela de Charles lhe causou qualquer sofrimento. Certamente, não foi minha intenção ou de Caroline.

Não espero que você jamais me perdoe por minha intervenção, mas entenda que todos meus atos, que podem ser imperdoáveis para você, foram exercidos com apenas um objetivo: ajudar um amigo.

Sei que a minha lealdade não justifica meu prejulgamento em relação aos sentimentos da sua irmã, mas, para mim, na época, foi suficiente para convencê-lo a deixar Búzios.

Achei que cabia minha interferência por conta do histórico do meu amigo. Charles tem – ou melhor, tinha, até conhecer Jane – o costume de envolver-se com mulheres, deixá-las apaixonadas e enjoar delas poucos meses depois.

Acredite em mim, esses casos traziam dor e amargura a ambas as partes, em especial às moças, que acreditavam no futuro daquelas paixões que, para ele, eram passageiras.

Quando o vi com sua irmã, percebi que era diferente. Ele estava verdadeiramente apaixonado. E eu julguei, erroneamente, que a postura de Jane não era a de uma mulher envolvida. Tinha certeza de que se ele desse continuidade à situação, sairia incrivelmente decepcionado, algo que ele já havia causado a muitas mulheres.

Há também outra atitude que me fez sentir culpado, principalmente porque envolveu uma mentira. Saiba que eu nunca menti a Charles em Búzios. Acreditava do fundo de minha alma que sua irmã não o amava. Porém, neste mês, quando ela estava em Nova Iorque, eu soube de sua presença na cidade por Caroline e não contei a Charles, sabendo que ele iria imediatamente procurá-la.

Essa mentira foi baixa e injusta e espero que possa algum dia compensar sua irmã e meu melhor amigo por essa vergonhosa omissão.

Frederick Darcy

Liz lera o *e-mail* no momento que ele chegara, às 4h13 da manhã. Ela ainda estava acordada, chorando, pensando, odiando as duas pessoas que haviam destruído a felicidade de Jane.

Quando ouviu o aviso do seu celular de que um *e-mail* havia entrado na caixa, resolveu checar para tentar se distrair. Não esperava, de forma alguma, que o remetente fosse exatamente o objeto de suas divagações.

Leu as palavras mais de uma dezena de vezes. Refletiu. Chorou. Chocou-se. Deveria responder? Deveria perdoá-lo? Deveria odiá-lo ainda mais?

Cansada de tentar entender seus próprios sentimentos, Liz caiu em um sono profundo, com o rosto ainda molhado por suas lágrimas.

No dia seguinte, como esperado, Liz acordou com olhos inchados e vermelhos. Passou um tempo em sua cama, tentando ouvir barulhos que indicassem presença de outras pessoas na sala, mas o silêncio era absoluto.

Quando finalmente deixou seu quarto, verificou que o de Lotte estava vazio e com a porta escancarada. Aparentemente, ela por fim decidira dar um passo adiante com Bill. A compreensão fez o estômago de Liz embrulhar.

Ela estava sem fome, mas não comia desde a hora do almoço do dia anterior, então foi até a cozinha e forçou-se a comer duas torradas e tomar um chocolate quente.

Sem vontade de fazer nada, a não ser encarar a lareira a gás de Lotte, Liz ali ficou com seu chocolate quente, até ser arrancada de seu transe pelo toque do interfone.

Era William. Ele viera para se despedir dela. Teria uma missão em Paris e ficaria fora pelo menos uma semana e temia não voltar a tempo de vê-la antes de seu retorno a Boston.

Liz não estava exatamente em condições de ver ou conversar com ninguém, mas a gentileza de William a impediu de se inventar uma doença.

"Liz, onde você foi ontem?", ele perguntou, em seu tom animado de sempre, até ver o rosto da amiga. "Está tudo bem contigo? Você está com uma cara péssima!"

"Oi, Will", ela respondeu com um sorriso fraco, nada ofendida com o comentário. "Estou bem. Digo, tão bem quanto alguém pode estar de ressaca".

"Mais uma? Darcy também sumiu misteriosamente da festa ontem. Cheguei a achar que vocês dois haviam fugido juntos", ele comentou como se fosse um segredo, em tom de brincadeira, mas o comentário fez a garganta de Liz fechar. Por sorte, ele não percebeu. "Mas hoje de manhã ele me disse que exagerou na bebida e foi embora".

"Pois é. O mesmo aconteceu comigo. Estava me sentindo um pouco tonta e quis ir embora. Desculpe-me por não ter me despedido, mas não queria incomodá-lo".

"Imagina! Mas você está bem mesmo, não é? Não é uma desculpa esfarrapada que nem a de Fred?"

"Estou bem, apenas com uma dor de cabeça por causa da ressaca. O que você quis dizer com a desculpa esfarrapada de Frederick?"

"Ah, Frederick dormiu em minha casa ontem. Não voltou para a casa da senadora, onde ele estava hospedado. Como eu disse, sumiu da festa e hoje acordou com a maior cara de bunda. Nem sei se ele dormiu. Veio dizendo que tinha bebido muito, mas eu não acreditei muito, não. Depois, veio com uma história ridícula de que precisava voltar correndo a Boston para resolver um problema, só que não soube me dizer qual era. Se eu não conhecesse Fred melhor, diria que é problema amoroso, hein?"

William piscou o olho direito para Liz, que tentou responder com um sorriso, mas o máximo que ela conseguiu foi balançar a cabeça afirmativamente. Vendo que o companheiro ficou preocupado com sua reação, ela decidiu lhe fazer uma proposta.

"Will, acho que preciso de uma caminhada ao ar livre para me ajudar com a ressaca. Você gostaria de me acompanhar? Seria a nossa despedida".

Como sempre, William a divertiu (na medida do possível) com histórias sobre seu trabalho como diplomata. Os foras que ele havia dado, os micos que pagara, as enrascadas em que se metera.

"A pior em que eu me meti foi dar em cima da filha caçula de um xeique árabe. Vi a moça em uma feira literária pela qual eu estava passeando com meu chefe, o embaixador Snow, e fiquei logo fascinado por ela. Era linda demais e bem exótica. Como você, só que diferente".

Liz gargalhava com as histórias do amigo e mal se lembrava de todo o caso da noite anterior, até que um comentário inocente de William trouxe tudo à tona novamente.

"Sempre disse a Fred que ele seria um diplomata muito melhor do que eu. Ele jamais se meteria nas confusões em que eu me envolvo. Principalmente com mulheres. Fred sempre foi muito discreto em seus relacionamentos. E raramente o vi acompanhado de alguma mulher. E nunca vi Fred apaixonado. Nunca. Tanto que achava, durante um período, que ele fosse do outro time. Mas não é não".

Ele esperou que Liz fizesse algum comentário, mas ela agora estava distraída com as lembranças da noite anterior.

"Fred será um excelente marido, tenho certeza. Ele é um ótimo partido: fiel, interessante, bonito, rico...", ele piscou novamente para Liz, sem notar a seriedade por trás dos óculos escuros dela. "E tenho certeza de que também será romântico, quando encontrar a mulher certa. Vai mimá-la ainda mais do que mima sua irmã".

Quando retornaram ao apartamento, quase uma hora depois, Liz já se sentia mais leve, mesmo com a conversa sobre Frederick Darcy, e William estava aliviado por tê-la ajudado. Despediram-se com muito carinho e promessas de reencontro.

Lotte somente apareceu no apartamento naquela noite. Desta vez, era ela quem temia o interrogatório de Liz. No entanto, a melhor amiga estava interessada em outras coisas além de seu relacionamento com Bill Collins.

Durante o dia, Liz recebera um *e-mail* de seu tio Eduardo Jardim pedindo-lhe que fosse o quanto antes a Boston para cuidar das reformas da loja. Ela havia combinado que iria ajudá-lo a partir de maio, mas a tia Joana estava com muito trabalho em Nova Iorque e ele precisava de ajuda urgentemente.

Os tios haviam feito uma proposta inesperada a Liz: ela seria sócia da loja deles em Boston e ficaria com metade dos negócios. Em troca, voltaria o quanto antes à cidade para cuidar da reforma e trabalharia lá como gerente.

A oportunidade era ótima e garantiria a Liz uma boa poupança quando ela terminasse o mestrado. Entretanto, ela teria menos tempo para se dedicar aos estudos, já que precisaria passar mais tempo na loja e não poderia procurar trabalho em uma editora de imediato, como pensava em fazer.

Ligou para Jane e conversou durante horas com a irmã, o que foi difícil, porque a todo momento ela se lembrava do caso com Charles Bing. Durante aquela longa conversa por *Skype*, teve inúmeras discussões mentais consigo mesma sobre o que Frederick Darcy havia lhe dito.

"O que devo fazer, Jane?", ela perguntava à irmã sobre a proposta generosa do tio, enquanto perguntava a si mesma o que deveria fazer sobre o que descobrira em Washington.

No final, decidira que ainda não era o momento de contar a Jane. A irmã parecia mais alegre ao falar do rapaz com quem vinha saindo e ela não queria trazer lembranças ruins à tona. Queria agarrar-se a cada expressão de contentamento de Jane, aproveitar cada uma de suas raras risadas (mas que, pelo menos, estavam voltando), queria curtir a animação da irmã com o novo trabalho e Nova Iorque.

Após ouvir todos os conselhos de Jane, Liz voltou-se a Lotte em busca de mais opiniões, e a amiga basicamente lhe recomendou aquilo que Jane já havia dito. Finalmente, Liz decidiu fazer uma contraproposta.

Enquanto suas aulas não começavam, em agosto, ela se dedicaria em tempo integral ao estabelecimento. Por outro lado, quando o curso de mestrado começasse, ela passaria quatro horas por dia na *Garden's Fic*. Em troca, em vez dos cinquenta por cento que seus tios haviam inicialmente oferecido, ela ficaria com um terço da loja.

Seu nervosismo continuou durante a noite, até que uma mensagem de sua mãe fez com que ela se esquecesse da negociação com os tios. Discou os muitos números no telefone rapidamente. A voz de seu pai soou sonolenta do outro lado da linha depois de três toques.

“Pai, acabei de receber uma mensagem preocupante de mamãe. É verdade que vocês mandaram Lídia de volta para o Rio de Janeiro?”

“Olá, Lizzie. Tudo bem? Eu estou bem, obrigado”.

“Pai, eu não estou brincando. Vocês deixaram Lídia ir sozinha para o Rio?”

“Lizzie, eu não sou a sua mãe. Lídia não foi sozinha. Ela ficará na casa dos pais de uma amiga dela, a Vanessa. Você deve conhecê-los, não? Eles têm uma casa de praia aqui em Búzios, na Rua Jorge Amado”.

“Deixá-la na casa dos outros equivale a mandá-la sozinha!”

“Eles são muito responsáveis, filha”.

“Não é a questão, pai! A questão é que eles não conhecem a capacidade de Lídia de mentir, manipular e meter-se em encrenca!”

“Minha querida, eu sou o pai de Lídia e nem eu conheço sua capacidade de fazer besteira. Ela sempre está nos surpreendendo, Lizzie”.

“Mas nós ao menos podemos tentar controlá-la!”

“Controlá-la? Lizzie, estamos realmente falando da mesma Lídia? De qualquer maneira, eu já aprendi que, quando se trata de sua irmã caçula, o máximo que podemos fazer é mitigar riscos. E tenha certeza de que não há ninguém mais disciplinador entre nossos conhecidos que o pai de Vanessa”.

“Não sei, pai. Ela vai fazer alguma asneira”.

“Ela faria de qualquer jeito, meu amor. E como estão as coisas por aí? Gostando de Washington?”

Seu pai sempre fazia isso. Quando sabia que Lizzie estava certa e ele não tinha o que fazer a respeito, mudava de assunto. Certamente, a ida de Lídia para o Rio de Janeiro fora algo planejado por sua mãe e a irmã. Ele jamais teria uma ideia tão estúpida.

"E a proposta de seus tios? Eles me disseram que você não respondeu para eles ainda, fofa. Acho que é uma excelente oportunidade, Lizzie".

"Respondi hoje, pai. Vamos ver se eles topam meus termos..."

"Ah, e quase me esqueci. Aquele rapaz simpático que sua mãe e Lídia ficavam babando esteve aqui neste final de semana. Perguntou por você e me disse que lhe enviou um *e-mail* esses dias, mas que você não respondeu. Aquele David, sabe? O americano que está trabalhando em um hotel no Rio?"

David lhe havia enviado um *e-mail*? Quando? Liz terminou de falar as novidades para seu pai e desligou. Em seguida, foi buscar o tal *e-mail* de David. Vasculhou toda sua caixa de entrada até encontrar. Ele lhe havia enviado um *e-mail* no dia vinte de março, mais de uma semana antes! Como não havia visto? Ele lhe perguntava como estavam as coisas e prometeu visitá-la em Washington.

Coincidentemente, o dia vinte fora o dia em que Frederick havia chegado em Washington, lembrava-se Liz. Ela não entendia bem o porquê, mas sentia-se triste com a lembrança.

Capítulo 8

A reforma finalmente estava acabando e antes do prazo estabelecido pelos Jardim. Liz havia trabalhado como uma louca desde abril, mas valera a pena: hoje ainda era dia dezessete de maio e a loja reabriria na próxima segunda-feira, dia vinte. O prazo inicialmente previsto pelos tios era em meados de junho.

No dia seguinte, sábado, o tio viria para Boston, a fim de vistoriar a loja. Na última vez em que ele visitara a cidade, três semanas antes, ficara impressionado pela rapidez com que Liz havia liderado a reforma e as diversas questões administrativas.

Voltara a Nova Iorque dizendo à esposa e à sobrinha que tornar Liz sua sócia fora uma de suas melhores decisões nos negócios.

Desde que retornara a Boston, Liz havia recebido a visita de Jane, seus tios, Lotte e até mesmo William. Infelizmente, não pôde dar a atenção que queria a nenhum deles, pois passava o dia presa na obra. Fizera de tudo para terminá-la antes do previsto.

Até porque, precisava do dinheiro da loja para alugar um apartamento. Estava hospedada no apartamento que os tios mantinham na cidade, mas não queria ficar lá por muito tempo. Não se sentia bem vivendo de favor na casa dos outros, mesmo que fosse de seus queridos Eduardo e Joana. A loja precisava ser inaugurada o quanto antes para que pudesse voltar a ter lucro.

Apenas tirou folga de dois dias quando Jane chegou, pois as saudades da irmã e da família eram insuportáveis. Por isso, ela também trabalhava tanto: para tentar omitir para si mesma o fato de que, pela primeira vez em sua vida, estava sozinha e distante de toda a família.

Jane estava muito melhor do que Liz esperava, mas, de vez em quando, ainda conseguia enxergar um indício de tristeza em seus olhos. Em algumas ocasiões, vira a irmã olhando para o nada ou pensativa, e Jane sempre se recusava a admitir que havia algo de errado.

A irmã mais velha ainda ofereceu a Liz um presente tão bom quanto sua visita: estava namorando e parecia bem animada também, apesar de sua euforia estar um pouco exagerada para acalmar Liz.

Mesmo assim, a forma carinhosa com a qual Jane falava do rapaz provava a Liz que, por mais que não estivesse apaixonada como estivera por Charles, ao menos gostava muito dele.

Erik, o pretendente, tinha o perfil perfeito para Jane: era um jovem professor universitário, caseiro, muito próximo à família e amante de culinária, como Jane. Ele era muito bonito, alto, forte, loiro de olhos azuis. *Um belo viking*, concluiu Liz.

"Ele me levou para passar um final de semana com a irmã dele, em Nova Jérsei. Ela é ótima, Liz, mesmo para seus padrões", Liz gargalhou com o comentário e rezou para que a nova 'cunhada' fosse mais simpática que Caroline Bing, o que não era difícil.

"E quando é que *eu* vou conhecê-lo?"

"Quando vier me visitar em Nova Iorque, conforme você havia prometido, Lizzie".

"E por que ele não veio desta vez?"

"Ele foi convidado para fazer uma palestra sobre sua tese de doutorado na UCLA. Passará quase uma semana em Los Angeles".

"Que chique! Ele realmente deve ser a sua cara, maninha! Fico muito feliz por você".

E Liz ficou realmente feliz. Jane falava com muito orgulho de Erik, apesar de não haver qualquer traço de paixão em sua voz. Contudo, havia um tom de companheirismo e profunda afeição, o que já era suficiente para Liz.

"E o mais importante, Jane! Vocês já..."

"Não! Estamos saindo há apenas pouco mais de um mês!"

Ao ver a cara de incrédula da irmã, Jane continua:

"Depois da última decepção, Lizzie, terei muito mais cuidado".

Ao dizer essas palavras, os olhos de Jane voltaram-se ao chão, talvez para esconder as lágrimas que surgiam. Liz sentiu-se culpada pelo comentário que fizera e, para distrair a irmã, propôs que assistissem a algumas de suas comédias românticas favoritas.

Sim, ela ainda está apaixonada por Charles, considerava tristemente Liz, enquanto Jane colocava *Sintonia de Amor* no DVD.

A loja seria inaugurada no dia seguinte. Eduardo Jardim havia aprovado toda a reforma, para alívio do próprio e de sua sobrinha. Ficaram no sábado na loja até quase meia-noite; então, decidiram que, naquela bela manhã de domingo, iriam passear pela cidade.

O tio Eduardo havia ouvido falar de um museu que fora inaugurado alguns meses antes, mas ele não tivera tempo de visitar. Tratava-se de uma antiga mansão de uma família tradicional da região, e eles haviam decidido converter uma parte dela em museu, com a exposição das obras de arte da família.

Sabendo que a sobrinha adoraria visitar um novo museu em Boston, foi feita a proposta. E ela aceitou imediatamente, até uma ideia lhe ocorrer.

"Tio, a que família pertence a casa?"

"À família Darcy. São muito conhecidos aqui; família de políticos, comparáveis aos Kennedy. Dizem que o tal de Frederick Darcy será o presidente mais jovem da história dos Estados Unidos".

"Eu conheço Frederick. E, honestamente, não gostaria de me encontrar com ele".

"Ah, conhece?", Eduardo não ficou muito surpreso. Afinal de contas, sua sobrinha vivera na cidade nos últimos anos. "Da universidade?"

"Não. Ele é um dos melhores amigos de Charles Bing, aquele cara que comprou uma ilha em Búzios e passou o último verão lá com a irmã e Frederick, lembra? Minha mãe certamente falou dele quando você e a tia nos visitaram em Búzios neste verão".

"Acho que sua mãe mencionou mesmo", ele se esforçou para recordar o que fora dito. "Pelo que me lembro, você e Jane ficaram meio que próximas do grupo dele, mas ela não me contou muito mais que isso. Apenas disse que eles tinham ido embora de repente e não falou mais no assunto. O que achou deles?"

"Charles é muito simpático", Liz logo garantiu, pois sabia que Jane preferiria manter o caso com ele em segredo. Búzios inteira sabia o que se passara, mas seus tios não ficaram lá tempo o suficiente para saber. "A irmã dele é o oposto: arrogante e pretenciosa. E Frederick Darcy é... uma pessoa complicada..."

"Não somos todos, Liz?", antes que ela pudesse tentar responder, ele continuou: "De qualquer maneira, ele não estará lá. Ouvi dizer que uma ala da casa ainda é usada pelos Darcy e está fechada para visitação. Todavia, acredito que a família nunca se hospede lá, porque eles têm uma mansão ainda maior e mais exclusiva em Back Bay".

Liz ficou mais aliviada, mas continuava preocupada com a hipótese de cruzar com qualquer membro da família. Sua curiosidade, porém, superou o medo de encontrá-lo. Trocou-se rapidamente, sem notar o que vestia, e saiu com o tio em menos de dez minutos.

A antiga mansão Darcy ficava nas encostas do lado sul de *Beacon Hill*. A região fora a mais procurada pelos abastados de Boston entre os séculos XVIII e XIX, mas depois a elite se mudou para *Back Bay*, bairro mais exclusivo de Boston.

Liz gostava dos estilos das casas daquele tradicional bairro, algumas das quais projetadas pelo famoso arquiteto Charles Bulfinch. Não obstante, sua parte favorita da área era a *Charles Street*, onde havia ótimos antiquários e restaurantes. Iria convencer o tio Eduardo a passear um pouco por ali depois de visitarem o museu.

Eram poucas as coisas que deixavam Liz estupefata, e o aparecimento da mansão Darcy, ao dobrar a *Mount Vernon Street* e entrar na *Louisburg Square*, foi uma delas. Eles nem precisaram perguntar a ninguém qual daqueles prédios elegantes era o Museu Darcy. Era o maior e mais impressionante deles, é claro.

Ao contrário de muitas residências construídas no bairro durante a crise do início do século XIX, que eram geminadas e à beira da calçada, esta mansão tinha um lindo jardim francês à sua frente. E algo dizia a Liz que havia um ainda maior na parte de trás da casa.

Eles atravessaram maravilhados o jardim colorido e perfumado e foram recebidos por uma alegre moça vestida com uma camisa da mesma coloração dos tijolos avermelhados do edifício às suas costas.

"Bom dia! Vocês gostariam de um *tour* guiado ou preferem a opção de guia-áudio?"

"Olá", Liz disse antes que o tio pudesse fazê-lo. "Tem alguém da família aqui? Digo, algum Darcy?"

A moça ficou séria de repente, como se não tivesse entendido a pergunta de Liz (ou não tivesse sido treinada para responder a ela). O tio, então, explica-lhe que Liz conhece um membro da família e apenas não queria surpreendê-lo. A recepcionista, entretanto, continuou calada e entrou pela porta de madeira para chamar alguém. *A polícia, talvez?*, pensa Liz.

Em poucos segundos, uma segunda pessoa surge em frente aos dois. Desta vez, trata-se de uma bela mulher vestindo calças sociais pretas e uma camisa de botão de seda branca. Sua pele alva contrasta com seus olhos e cabelos pretos.

"Bom dia", ela diz com simpatia. "Emma me informou que vocês conhecem os Darcy".

"O-Oi, bom dia", Liz engasga, já arrependida por ter perguntado sobre o paradeiro deles. "Eu apenas conheci um Darcy, e brevemente: Frederick. Foi em Búzios, no Brasil, quando ele estava de férias com um amigo. Perguntei por curiosidade, não queria importunar ninguém".

"Você conhece Fred? Que legal! Vamos fazer o *tour*! Vou acompanhá-los! Ninguém poderá explicar sobre a história da família Darcy melhor que eu! Passei todos os meus verões aqui durante a infância", a moça tagarelava, animada, "Ah! Que grosseria a minha! Meu nome é Sophia".

Eduardo Jardim e Liz Benevides mal tiveram tempo para se apresentar antes da moça entrar de volta no museu/casa dos Darcy, deixando a porta escancarada atrás dela para que tio e sobrinha a seguissem.

"É sempre bom encontrar amigos de Fred. Ele é ótimo, não é?"

Por sorte, a moça não olhava para Liz. Estava mais preocupada em mostrar os tapetes persas, os quadros mais famosos, as esculturas mais raras e em falar bem da família Darcy. Por isso, não via a cara de desconfiança que a brasileira fazia toda vez que elogiava Frederick.

"Ele sempre cuidou muito bem de mim! Eu tenho a mesma idade que a irmã dele, Georgy, e nós duas somos muito amigas. E ele nos tratava como se ambas fôssemos suas irmãs! Brincava conosco enquanto minha mãe trabalhava com o pai deles. Ela era a secretária do pai de Fred", ela falava sem parar.

Sophia parecia ser paga para puxar o saco da família, imaginava Liz, porque seu relato sobre Frederick Darcy era bem diferente daquele que David Wickham lhe contara. Ele lhe dissera que Frederick o havia traído e seu pai fora empregado do Darcy sênior.

Todavia, esta moça alegava que era tratada como irmã de Frederick e Georgiana e era filha de ninguém menos que a secretária do Darcy Sênior! Parecia ser uma narração conflitante com o que David lhe havia contado.

Certamente, Sophia está dizendo isso por ser dependente financeiramente da família, Liz julgou.

Entretanto, seu carinho e admiração por Frederick pareciam ser legítimos! Seus olhos chegaram a até ficar mareados quando ela contou a história da doença de sua mãe. Segundo ela, Frederick Darcy pagara o melhor tratamento disponível no país e ficou ao lado de mãe e filha em seu leito de morte.

"Quem são estes, Sophia?"

Eduardo Jardim perguntou sobre um quadro com três crianças sorridentes. Liz engoliu em seco quando reconheceu os dois meninos.

David Wickham já era excepcionalmente lindo desde criança e seu sorriso, mesmo aos oito anos de idade (que Liz chutou ter), era inconfundível.

O outro garoto também era inconfundível. Desde pequeno seus olhos azuis-escuros já eram hipnotizantes. A bebê no colo de Frederick deveria ser Georgiana, com suas bochechas rosadas e belos olhos azuis.

"Frederick Darcy e Georgy. Eram crianças lindas, não é mesmo?", respondeu uma orgulhosa Sophia, como se fossem seus filhos.

"Sim, com certeza. E o terceiro rapaz?"

Sophia fez uma careta involuntária ao responder que se tratava de um antigo amigo da família, David Wickham. O tio não reparou na cara de desprezo que a moça fazia ao falar do rapaz; porém, Liz notou cada expressão facial que ela fazia.

"Eu o vi em Búzios este ano e percebi que Frederick e ele nem se falaram", Liz comentou, fazendo-se de desentendida.

Sophia afirmou com a cabeça, mas não disse nada. Não obstante, Liz sabia que, com a pressão certa, poderia incitá-la a falar.

"Houve algum problema? Nem imaginava que se conheciam desde a infância... e, pelo pouco que conheço de Frederick Darcy, tenho certeza de que ele não cortaria os laços com um amigo de infância sem motivos".

Liz mentiu descaradamente, mas sabia que atacar Frederick naquela situação não a ajudaria em nada. Apenas ganharia a antipatia de Sophia. Além disso, Liz sempre quisera ouvir a versão do jovem Darcy e sabia que não teria coragem de perguntá-lo diretamente. Ninguém, portanto, melhor para perguntar sobre sua perspectiva dos acontecimentos do que outra amiga de infância da família.

"Eu me lembro de Fred e David brincando comigo e Georgy no jardim da parte de trás desta casa. Nós nos divertíamos muito juntos. Eu era filha da secretária, e David, filho do assessor do pai de Fred. Mas, juntos, nós quatro parecíamos irmãos. Tudo mudou quando o senhor Darcy, pai de Fred e Georgy, faleceu".

Liz sentiu uma pontada de arrependimento ao ver a tristeza nos olhos de Sophia. Por um momento, o remorso por ter trazido aquelas memórias ruins de Sophia à tona foi maior que sua curiosidade. Só por um momento.

"Quando o senhor Darcy faleceu, Fred e David estavam na universidade. Ambos estavam estudando para seguir na vida de seus pais: Fred como político e David como seu assessor. Entretanto, ao saber da morte de seu padrinho, David, que já era órfão nesta época, disse a Fred que queria ser músico e nunca dissera isso ao pai ou ao senhor Darcy, para não os decepcionar. Ele então pediu que Fred o ajudasse a seguir seu sonho. Fred, como sempre leal, deu a David uma fortuna, equivalente a uma vida inteira de trabalho como assessor político. David poderia ter uma vida confortável sem nunca precisar trabalhar".

Ela pausou por um momento, pegando uma garrafa de água no frigobar que ficava em um canto do corredor. Até então, Liz nem havia notado o aparelho ali. Ofereceu bebida aos seus convidados, e ambos também aceitaram, mais para confortar Sophia do que por sede. Após dois grandes goles, ela continuou:

"Assim que teve acesso ao dinheiro, David simplesmente sumiu. Largou a faculdade, não veio mais nos visitar, nem sequer para pegar suas coisas, e não soubemos dele durante alguns anos. Quando Fred soube de seu paradeiro, descobriu que ele havia gastado todo o dinheiro em um ano, pois queria ter o estilo de vida dos Darcy, algo que não conseguiu manter por muito tempo, como é óbvio".

"Parece-me um rapaz tolo. Poderia ter uma vida confortável por toda sua vida e trocou isso por alguns meses de luxo...", Eduardo Jardim comentou, em voz baixa. Sophia concordou e voltou a falar.

"Uns três anos se passaram até vermos David novamente. Ele retornou a Boston no ano retrasado e pediu para ficar um tempo hospedado conosco em Back Bay. Novamente, Fred o acolheu. O problema é que ele começou a pedir dinheiro a Fred, que, com razão, recusou-se a dar. Foi quando ele nos decepcionou de verdade: aproveitando a minha ausência e a de Fred por conta do trabalho, ele se aproximou de Georgy, a ponto de convencê-la a fugir com ele! Por sorte, ela acabou me contando seus planos, e eu, evidentemente, relatei tudo a Fred".

"Meu Deus, que absurdo! A moça foi criada como sua irmã! Como ele pôde fazer isso?"

O pouco que conhecia de Darcy certificava Liz de que o homem não iria gostar de saber que Sophia estava falando da vida pessoal da família dele a estranhos. Ela quase mudou o assunto da conversa, até se lembrar que, pouco tempo antes, ele se declarara para ela. Fora quase uma ofensa aquela declaração, porém suficientemente íntima para a consciência de Liz decidir que ela merecia ouvir aquela história.

Além disso, Liz estava louca para saber o final da trama. Era infinitas vezes mais interessantes que qualquer novela!

"O pior ainda estava por vir. Fred decidiu não confrontá-lo, pois temia que tal atitude poderia afastá-lo de sua irmã. Ele então teve uma ideia brilhante: disse aos dois que, se estivessem verdadeiramente apaixonados, ele daria todo o apoio. Porém, como Georgy ainda era menor de idade (ela tinha dezessete anos na época), estava sob a responsabilidade de Fred. Ele também fez questão de mencionar que, de acordo com o testamento do pai, Georgy somente teria acesso à sua parte da herança quando fizesse vinte e um anos. Antes disso, não teria direito a nada".

A pausa de Sophia para outro gole de água deixou seu pequeno público ansioso. Ficou claro para Eduardo e Liz, desde o início, que David somente estava com Georgiana Darcy por seu dinheiro. Porém, certamente isso não estava claro para a jovem moça. Eles esperaram pacientemente Sophia terminar sua história.

"Nem preciso lhes dizer o que aconteceu depois, não é mesmo?" Por sorte, ela disse de qualquer maneira. "No mesmo dia em que tiveram a conversa, David desapareceu. Do nada. Nunca mais tivemos notícias dele. Eu acredito que Fred tenha noção de por onde ele anda, mas nunca mais nos falou sobre David. Ele não nos contou, por exemplo, que o havia encontrado no Brasil. Também, é de se esperar: Georgy passou meses em uma depressão profunda. Hoje posso dizer, aliviada, que temia que ela não fosse ser mais a mesma. No entanto, ela voltou eventualmente. Só que nunca mais se envolveu com nenhum homem. Eu espero apenas que ela encontre um homem tão leal quanto seu irmão. Georgy merece".

Os três ficaram em silêncio um bom tempo, digerindo tudo o que havia sido dito. Quando Sophia voltou a falar da casa e de sua história,

Liz mal conseguia ouvi-la: tentava entender como um homem poderia ter versões tão diferentes sobre seu próprio caráter. Ela temia nunca saber a verdade, nunca conhecer o verdadeiro Frederick Darcy.

Liz perdeu-se não apenas em seus pensamentos, mas também naquela bela mansão. Enquanto pensava em tudo o que ouvira de sua guia, ela não vira onde Sophia e Eduardo tinham ido.

Estava, neste momento, em um longo corredor coberto por painéis de madeira escura e quadros com fotos antigas. Ela não tinha ideia de como havia chegado ali, mas seguiria a luz até achar sua saída.

Havia uma leve brisa vindo de uma grande janela retangular aberta, trazendo um delicioso aroma típico de primavera. Liz aproximou-se da origem do cheiro de flores e verificou que, apesar da estação mais deliciosa do ano estar no fim, o jardim continuava colorido e vivo.

Era um espaço adorável, ainda melhor do que Liz imaginara quando vira o jardim da entrada. Havia um pequeno lago no meio do enorme quintal, cercado por árvores e plantas floridas de todos os tons do arco-íris. A superfície da água estava coberta por pétalas e folhas que caíam da vegetação vizinha.

Liz precisava ir até aquele lugar mágico e começou uma busca por uma porta de acesso. Foi passando pelo labirinto de cômodos e corredores que eram aquele lugar, sem achar qualquer passagem até o jardim.

Alguns quartos depois, o espaço abriu-se em um enorme aposento de teto de vidro e úmido. Liz conseguia ouvir um barulho de água e imaginou que havia finalmente achado o caminho para o lado de fora da casa.

Todavia, o barulho vinha de uma das raias de uma piscina gigantesca. Ao ver que havia uma pessoa nadando, percebeu que deveria ter adentrado a parte da mansão que ainda era usada como residência.

Ficou em choque por alguns momentos, até se lembrar de que Sophia lhes havia garantido que Frederick e a irmã estavam em Vermont no final de semana. Deveria então ser algum funcionário, que poderia ajudá-la a achar o tio e Sophia.

Depois daquele breve susto, perdera a vontade de passear pelo jardim. Desejava apenas ir embora dali. De repente, a realização de que estava na casa do homem que deveria odiar pelo resto de sua vida a deixou cansada e desmotivada.

O desconhecido que nadava ferozmente finalmente percebeu que havia um intruso. Liz começou a se explicar, quando viu o rosto do homem e percebeu que não se tratava de um funcionário.

Mesmo com óculos de natação e touca, ela reconheceu os olhos azuis-escuros inconfundíveis que a encaravam.

"Frederick? O que você está fazendo *aqui*?"

"Hã... oi, Liz. Eu moro aqui. Também. Às vezes", ele tinha toda a razão do mundo para ser grosseiro após a intrusão (e total falta de modos) dela, mas sua voz continha somente confusão e surpresa. Ele arrancou os óculos e a touca e começou a caminhar em direção à borda que ficava mais perto do local onde Liz estava parada (ou petrificada?).

As bochechas de Liz pegaram fogo enquanto ela pensava em uma desculpa para oferecer. O que ele pensaria dela? Que o estava seguindo? Que queria ver seus pertences? Que estava invadindo sua privacidade?

"Claro. Quis dizer que sua amiga Sophia nos garantiu que você e sua irmã estavam em Vermont".

"*Nos* garantiu? Você veio com alguém?"

Liz agora ficou desesperada, porque os olhos de Frederick escureceram ao dizer aquelas palavras. Ele achava que ela havia invadido sua casa com outras pessoas? Ou que sua irmã estaria com ela e não gostava da presença de Jane ali? Liz não tinha ideia do que incomodava o homem, mas não ficaria mais um segundo para descobrir.

"Sim, eu vim com o meu tio. Sophia estava nos mostrando a casa. Quer dizer, a parte que virou museu. Porém, eu acabei me perdendo deles e vim parar aqui".

O rosto de Frederick relaxou enquanto Liz dizia aquelas palavras, e ele parecia satisfeito com a resposta. Ela não sabia exatamente o que havia dito para deixá-lo aliviado, mas ficou contente em ver que poderia sair sem se humilhar ainda mais. Ou melhor, sem discutir novamente com o dono daquela propriedade.

Frederick movimentou-se até a escada da piscina sem comentar o que ela havia relatado e saiu sem cerimônia. Liz não sabia por quê, já que o havia visto diversas vezes de sunga de natação e de calção de banho, mas virou-se para a porta de acesso ao jardim enquanto ele enrolava uma toalha em volta da cintura.

"Mil desculpas por interromper seu treino, Frederick", *de novo*, ela pensou, ao se recordar daquela ocasião na Ilha Paraíso. "Vou procurar meu tio e Sophia. Você poderia apenas chamar alguém que pudesse me mostrar o caminho da saída?"

"O que achou da casa?"

Liz não entendeu a razão da pergunta. Quando não respondeu, ele a repetiu. Sem saber exatamente o que deveria responder, decidiu que seria honesta.

"Estive distraída durante boa parte da visita. No entanto, achei a coleção de livros de sua biblioteca fascinante, e a minha parte favorita foi o jardim. Eu estava tentando achar um acesso que me levasse a ele quando acabei com sua sessão na piscina. Acho que isso já está virando hábito... mas, desta vez, eu não sou a única culpada. Você não havia me dito que nadava apenas à noite?", Liz costumava fazer piadas sem graça quando estava... sem graça.

Frederick gargalhou com o comentário da moça, que seguiu sua risada com timidez. Ele rapidamente vestiu as calças *jeans* e a camisa branca que estavam estendidas em uma das espreguiçadeiras e abriu a porta de vidro para deixá-la passar.

O ar fresco e aromatizado ofereceu uma tranquilidade simultânea a Liz, que fechou os olhos para aproveitar cada sensação que ele oferecia. Os cheiros misturados de flores eram prazerosos, mas não tanto quanto o barulho da água que vinha do lago.

"Usamos água de chuva reaproveitada aqui. O som de água que você escuta vem do pequeno córrego ao lado do lago. Vê? Ele serve para a água ficar circulando sempre, evitando que fique parada. Também usamos energia solar para termos eletricidade".

Frederick continuou falando sobre as alterações ecológicas que havia feito na residência, deixando Liz aliviada, porque assim não precisaria falar. Ela não tinha qualquer assunto na cabeça e conseguia apenas pensar no que o homem ao seu lado estaria pensando *dela*. Temia que ele imaginasse que aquela visita seria, de alguma forma, uma expressão de interesse de sua parte.

"Quando você retornou a Boston?", a voz de Frederick soou mais rouca que de costume e ele estava praticamente sussurrando quando falou. Pela primeira vez desde o embaraçoso encontro, ele se virou para ela e olhou em seus olhos.

"Voltei alguns dias depois que você deixou Washington".

Liz logo se lembrou das últimas palavras que trocaram e sabia que o mesmo havia acontecido com ele. Sem graça e desejando mudar o rumo dos pensamentos de ambos, continuou a conversa.

"Meu tio está reformando sua loja e pediu que eu viesse ajudá-lo. Eu tenho administrado os negócios para ele enquanto as aulas do mestrado não começam".

"A loja a que você se refere é a *Garden's Fic*, que fica em Allston, não é mesmo? Charlie falou que era de seus tios".

"Sim".

"Eu ia muito lá quando estudava em Harvard. É bem interessante".

Liz ficou impressionada que aquele homem sério e pomposo não apenas conhecia a loja *geek* de ficção científica de seu tio, como também a frequentava. Sem conseguir segurar a própria língua, ela começou a elogiá-la.

"Está muito melhor agora. Ficou no mesmo modelo da original, de Nova Iorque. Está com três andares e seis novas seções".

Liz estava irritada consigo mesma por estar tagarelando. Tinha que ir embora dali, senão iria acabar falando besteira. Como confrontá-lo sobre a história de David Wickham, algo que não tivera oportunidade de fazer durante a última discussão. Ouvir uma versão completamente diferente de Sophie a deixara desconfiada daquela contada pelo deus grego tristonho, mas ela gostaria de ouvir a história do próprio Frederick.

Como se eu fosse ter coragem e cara de pau suficientes para falar com ele desse assunto. Acorda, Lizzie: o cara acha que você é inferior a ele, jamais lhe ofereceria qualquer explicação. Você nunca vai escutar a versão de Darcy dos lábios dele. Falando em lábios, os dele são tão macios, e carnudos, e quentes, e beijáveis, e – Controle-se, Liz Benevides! O beijo nem foi tão bom assim! Quem manda você ficar na seca? Fica achando que qualquer par de olhos azuis é simplesmente perfeito... aiaiaiaiai... chega! Tenho que ir embora daqui! AGORA!

"Por onde podemos sair? Meu tio deve estar preocupado", ela estava de repente apressada e com as bochechas rosadas.

"Há um caminho lateral pelo jardim. Se você não se importar em voltar pelo lado de fora da casa".

Liz não conseguiu segurar o sorriso ao responder que adoraria fazê-lo. Por mais que tentasse detestar Frederick pelo que fizera com Jane e Charles, a decisão, às vezes, era bem difícil de ser cumprida.

A mansão não parecia ter fim, e eles levaram longos e silenciosos minutos para rodeá-la até o jardim da frente. Liz estava perdida em suas divagações e Frederick parecia fazer o mesmo; então, nenhum dos dois se importou com a caminhada quieta.

Sophia e Eduardo Jardim estavam em frente à porta principal, em uma animada conversa quando Liz, acompanhada do proprietário da casa, chegou.

"Fred? O que está fazendo aqui?"

Se o sorriso de Sophia e o abraço caloroso que ofereceu ao irmão de consideração não fossem suficientes para comprovar a intimidade que ela tinha com a família, a reação de Frederick foi. Ele a abraçou tão forte que até tirou os pés da moça do chão. Sophia gargalhou da brincadeira como uma criança, e Liz, por um motivo desconhecido, sentiu uma pontada de ciúmes.

Como se tivesse lido seus pensamentos, Frederick imediatamente soltou-se da moça e foi se apresentar ao tio da brasileira, que ficou muito bem impressionado com a cordialidade e a informalidade com as quais foi tratado. A mudança de atitude repentina de Darcy também não passou despercebida por Liz.

"Georgy também está aqui, Fred?", perguntou Sophia, quando as apresentações foram feitas.

"Não, Soph. Ela retornará com Charlie esta noite".

Liz considerou a conversa íntima demais para ter plateia. Assim, lançando um olhar ao tio, distanciou-se do anfitrião e sua guia, agradeceu pela atenção e hospitalidade e despediu-se. O tio fez o mesmo, mas entregou o cartão de sua loja aos dois, prometendo-lhes um *cappuccino* gratuito quando a visitassem.

"Muito obrigado pelo ótimo *tour*, Sophia. E aguardo vocês dois na *Garden's Fic*", ele disse, ao se despedir, enquanto Sophia e Eduardo sorriam com contentamento, Frederick aprofundava a linha entre seus olhos e Liz pensava se veria o homem novamente. Não estava certa se queria ou não.

Liz estava no jardim da parte residencial da mansão Darcy. Era uma noite primaveril, fresca e levemente fria. O céu estava limpo e estrelado, de forma que Liz não precisava de luzes artificiais para enxergar a beleza daquele local.

Ela usava apenas uma leve camisola azul de seda sobre sua pele. A brisa contínua deixava os pelos de seus braços arrepiados, mas não lhe impediria de fazer o que desejara desde que vira aquele lago pela primeira vez: iria entrar e nadar entre as pétalas e folhas sobre sua calma superfície.

Ela jogou a única proteção do corpo sobre um banco de madeira à margem esquerda do lago. A sensação da água gelada em seus pés subiu até sua espinha, conquanto Liz continuou entrando. Pernas, barriga, seios, pescoço, rosto, cabelos. Ficou submersa na água até não sentir mais frio. Até se sentir confortável com a temperatura.

E o alívio chegou. Agora, sentia um líquido morno à sua volta, que lhe oferecia aconchego e tranquilidade. O corpo estava leve e completamente relaxado, e Liz deitou-se sobre o lago como se estivesse em sua cama. A água a acolhia e as folhas e flores que caíam das árvores à sua volta acariciavam sua pele.

Os cheiros no ar eram inebriantes e o silêncio, absoluto e delicioso. Liz podia ouvir sua própria respiração. Conseguia ouvir o barulho da água movimentando-se contra seu corpo. O som das folhas balançando com a brisa. E algo a mais. O que seria?

Era o ruído de passos sobre a grama... aproximando-se. Liz não estava com medo. Sabia a quem pertenciam aqueles pés e não temia sua presença. Muito pelo contrário: desejava-a. Queria que ele chegasse logo, que se apressasse.

Ouvia impaciente enquanto ele tirava suas roupas. Sempre dormia com shorts e camiseta. Às vezes, ela usava sua camiseta e ele dormia com seu belo corpo seminu.

"Não conseguiu dormir, Lizzie?"

Como ela amava o som de seu apelido em seus lábios! Ele sempre dizia seu nome com tanto carinho, tanto amor, tanta paixão! De repente, ela sentiu algo acordando entre suas coxas. Ele tinha esse poder sobre ela. Ela não se acostumava. Sabia que, mesmo depois de muitos anos de convívio, ela não se acostumaria com aquela bela voz rouca pronunciando seu nome.

"A noite está tão linda. Seria uma pena desperdiçá-la, não?"

Enquanto ela respondia, ele entrou na água e a alcançou. Segurou-a em seus braços e a encarou muito tempo, em silêncio. Eles conseguiam conversar assim. Em vez de trocar palavras, trocavam olhares. E conversavam, discutiam, trocaram juras de amor no absoluto silêncio. Ninguém os entendia. Somente eles se entendiam.

Sem aguentar mais a distância entre seus corpos, Liz ficou de pé. Estavam na parte mais rasa do lago e a água batia em seus ombros. Obviamente, a água o cobria muito menos. Porém, chegava na altura de seu peitoral.

Liz pegou impulso segurando em ambos os ombros dele e abraçou sua cintura com suas próprias pernas, deixando as mãos agarradas em seus cabelos. Ele não demorou nada para reagir. Inicialmente surpreso, logo a agarrou pelos quadris para trazê-la ainda mais para perto.

Agora o frio não os atingiria mais. Eles tinham um ao outro para se aquecerem. Seus narizes estavam se tocando, e eles já sabiam o que viria a seguir. Era algo tão familiar e ao mesmo tempo tão novo. O corpo inteiro de Liz reagia àquele homem. Onde ele a tocava, sua pele fervia.

Com uma das mãos, ele segurou seus cabelos encharcados, deixando sua cabeça na posição perfeita. Ela não precisava fazer mais nada. Ele sabia exatamente o que fazer e como fazê-lo. A cabeça dela estava voltada para cima, deixando seu pescoço exposto.

Ele começou um caminho de beijos, partindo de seus ombros, seu pescoço, passando pela sua jugular, seu queixo. As estrelas e lua pareciam encará-la de volta do céu, e ela fechou seus olhos para se deleitar com cada sensação que aquele homem provocava nela.

Os lábios dele agora encontraram a boca dela. Ele inicialmente a beijou com carinho, leveza. No entanto, seus beijos foram ficando mais fortes, agressivos, desejosos. Agora seus corpos eram um só movimento, uma perfeita sintonia.

Liz não conseguia nem respirar. O seu corpo estava pegando fogo. Muito contrariada, ela o afastou um pouco de seu rosto para pegar um pouco de ar. Mas ele não precisava de oxigênio. Precisava de Liz. Então seus lábios continuaram o passeio por seu pescoço.

"Oh, Fred".

Liz acordou suada, sem entender o que havia sonhado.

Sem entender *por que* havia sonhado com ele. Daquele jeito. Não iria pensar nisso. Não queria entender aquele sonho. Só lhe sobrava agora se concentrar na inauguração da loja.

Aquele estava sendo um excelente dia para Liz. A *Garden's Fic* estava lotada desde o horário da abertura e os clientes pareciam estar muito satisfeitos com as mudanças. Agora, a loja de Boston estava no mesmo padrão da original de Nova Iorque.

No primeiro andar, havia a seção de livros de ficção científica e o café com uma dúzia de mesas, para que pudessem ler enquanto tomavam um café da manhã. No segundo andar, havia a seção de filmes e *videogames*. Havia quatro telões espalhados pelo espaço, todos passando filmes diferentes que vendiam na loja.

No último andar, a seção que tornou a loja referência de ficção científica em todo o país. Era onde ficavam os produtos usados em filmes e seriados do gênero. Pôsteres, objetos, brinquedos, tudo o que os fãs poderiam desejar. E cada item era raro e de colecionador. Eduardo Jardim era muito criterioso ao avaliar o que seria vendido em sua loja.

Liz estava neste momento ajudando a garçonete do café, que não estava conseguindo dar conta de todos os consumidores vorazes que desejavam experimentar o famoso café brasileiro que o tio fazia questão de vender na *Garden's Fic*.

"Liz! A loja ficou ótima! Parabéns! Como está você? E seus pais?"

O dono da voz e das infinitas perguntas nem sequer deu uma chance a Liz para reagir. Continuou perguntando enquanto ela pensava no que lhe dizer.

"E suas irmãs? Como estão? Estão todas bem? Ainda estão no Rio?"

Liz continuou em silêncio. Não entendia como alguém conseguia falar tanto sem respirar. Havia ele bebido antes de vir à loja? Era o que parecia... Charles estava com seu sorriso gentil habitual, mas havia algo (ou melhor, tudo) em sua postura que indicava grave ansiedade em vê-la.

"Como está você, Charles? Quanto tempo", ela finalmente disse, tirando o avental e, ao mesmo tempo, sinalizando a um funcionário que tomasse seu lugar.

Ao se aproximar do doce ruivo, viu que ele estava acompanhado por uma figura alta e uma cópia feminina da figura, só que mais baixa. Frederick Darcy e, sem dúvida, Georgiana. Todo o sangue de Liz pulou para o seu rosto e agora, praticamente no final de maio, não havia quase traço algum de bronzeado para disfarçar.

Georgiana não era nada como Liz esperava. Quer dizer, quase nada. Ela de fato tinha muitos dos traços de seu irmão (inclusive o belo tom azul- escuro dos olhos, apesar de não ter a mesma profundidade no olhar). No entanto, sua postura, ao contrário da arrogância esperada por Liz, era de extrema timidez.

Apesar de estar ainda mais sem graça que a brasileira, Georgiana fez questão de abrir um sincero sorriso e se apresentar, com um sussurro que teria impedido Liz de ouvi-la se não tivessem tão próximas. A loja estava tão cheia que não havia espaço para distâncias adequadas.

"É um prazer, Georgiana", Liz respondeu com uma voz levemente trêmula, contanto muito mais segura que a de sua nova conhecida. "Olá, Frederick".

Frederick respondeu com um aceno e sorriso, o que trouxe algumas lembranças do sonho. Ela virou-se novamente para Charles e propôs que fossem ao segundo andar, que estava mais vazio.

Enquanto subiam pelas escadas rolantes, ele continua seu interrogatório:

"E como está sua família, Liz? Eu saí tão depressa que, infelizmente, não consegui me despedir de vocês. Como estão todos? Sua família ainda está em Búzios?"

Charles insistia em não citar o nome de sua irmã, comprovando a Liz que ela ainda era o verdadeiro objeto de suas inquisições.

"Meus pais estão em Búzios cuidando das pousadas, como sempre. Lídia e Malu já retornaram para o Rio de Janeiro por causa das aulas. E Jane começou o trabalho no escritório de Nova Iorque".

"Nova Iorque?", Frederick estava com a irmã atrás dos dois e mesmo assim Liz pôde sentir sua tensão com a pergunta do melhor amigo. Por mais que uma parte dela desejasse entregá-lo, a outra ainda se lembrava de seu *e-mail*. E do sonho da noite anterior.

"Sim, ela foi há algumas semanas".

"E não me avisou? Eu não estava sabendo".

"Ela me disse que mandou uma mensagem à sua irmã, mas achava que Caroline não havia recebido. Sabe como são essas coisas. O *e-mail* de Jane deve ter ido para o lixo eletrônico do de Caroline. Já aconteceu comigo várias vezes".

Liz não acreditava que estava mentindo pela víbora; porém, tinha de fazê-lo. Se ela desmascarasse Caroline, necessariamente faria o mesmo com Frederick. Além disso, não queria ser causa de briga entre irmãos, por pior que fosse Caroline.

Charles estava um pouco incomodado com a resposta, mas não fez novas perguntas. Liz sabia que ele estava sedento por mais informações por sua irmã, só que não ousaria questioná-la. Não depois de abandonar Jane como ele havia feito. Não depois de deixá-la sem notícias suas por meses.

Sem a abertura de Liz, ele não mencionaria Jane. E Liz não lhe daria motivos para fazê-lo.

Frederick parecia igualmente incomodado com a conversa entre Liz e o amigo, mas também segurou a língua. Coube à tímida Georgiana quebrar o silêncio desconfortável.

"Liz, eu não entendo nada de ficção científica. Prefiro romances... porém, gostaria de assistir a alguns filmes, pelo menos, ter uma opinião sobre o gênero. O que você sugere?"

"Bem, posso sugerir o *Quinto Elemento*. Há um romance adorável entre os protagonistas. Gosto muito do filme. Cheguei a dar o nome da personagem principal à minha gata".

"Ah, sim! Qual o nome?"

"Leeloo. Porque ela é perfeita e ruiva, como a protagonista".

As duas moças, então, iniciaram uma conversa sobre seus animais de estimação. Por sorte, era algo em comum entre todos do grupo. Enquanto Liz sugeria filmes de acordo com o gosto de cada um deles, todos falavam sobre seus gatos e cachorro (no caso de Charles).

"Eu também adoro romances. Quando minha irmã e minha melhor amiga moravam aqui em Boston comigo, costumávamos fazer o 'dia das meninas' uma vez por mês. Basicamente, passávamos o dia inteiro comendo besteira e assistindo a filmes ou séries românticos".

"Parece divertido".

"Era. Muito mesmo. Íamos assistir à série *North and South* como despedida de Boston, mas não deu tempo..."

De repente, Liz sentiu um aperto no coração de saudade de sua família e Lotte (mesmo a nova versão dela) e percebeu o quanto precisava de novas amigas para ter alguma companhia feminina. Seu tio era ótimo, mas não era a mesma coisa.

Georgiana estava para responder ao comentário de Liz quando Eduardo Jardim reconheceu Frederick. Também, com sua altura, o homem era inconfundível.

Liz não poderia desejar um tio – ou um sócio de negócios – melhor. Ele foi mais que simpático com os três e não os deixou ir embora sem experimentarem o café brasileiro e o beiju, lanche típico nordestino feito com farinha de tapioca.

Como de costume, os americanos adoraram e saíram satisfeitos com a conversa, a loja e a comida. E deixaram seus anfitriões com um convite: Liz e Eduardo foram convidados para um jantar – informal, Frederick deixou bem claro com um sorriso – na casa dos Darcy em Back Bay.

Liz não precisou aceitar o convite, porque o tio Eduardo o fez para ela. Ainda sem saber se queria ou não rever aquele grupo – um deles em especial – ela simplesmente lhes ofereceu um leve sorriso em concordância.

Havia tanto trabalho e clientes na *Garden's Fic* que Liz nem percebeu a semana passar. Ela estava dormindo tão pesado nas últimas noites que, por sorte, não estava nem sonhando. Ou, se estivesse, não lembrava no dia seguinte.

Para melhorar, a loja estava indo muito bem desde a inauguração, permitindo que as finanças de Liz estivessem saudáveis o suficiente para ela começar a procurar um apartamento. Ela queria se mudar logo, ainda no começo de junho, dentro dos próximos dez dias.

Ela nem acreditava que hoje já era sexta-feira, dia do esperado jantar na casa dos Darcy em Back Bay. Apesar de Frederick ter deixado claro que seria informal, Liz passou alguns minutos se torturando sobre a roupa que vestiria. Depois passou outros longos minutos reclamando consigo mesma por ser tão tola.

É, *Lizzie, pode desistir. Você jamais conseguirá odiar Frederick Darcy. Principalmente se ficar se preocupando com o que vai vestir por causa dele.*

Finalmente, após um debate interminável, ela escolheu um vestido azul-marinho, curto e com mangas longas, acessórios pretos, da mesma cor de seu casaco, bolsa de mão e sapatilhas. Por cima, um casaco de lã para protegê-la da ventania. Mesmo contrariada com sua vaidade, acabou por colocar *blush* rosa, delineador e *gloss* avermelhado.

O tio Eduardo, desacostumado a vê-la maquiada, passou alguns minutos elogiando a beleza da sobrinha. Até perguntou se ela queria impressionar alguém no jantar, quando a expressão nada agradável de Liz o fez se calar sobre o tema. Seguiram o restante do caminho em silêncio e aproveitando a paisagem.

Back Bay era um dos bairros mais exclusivos da cidade, cujas casas em estilo vitoriano eram consideradas algumas das mais bem preservadas dos Estados Unidos. Eram casas não geminadas, feitas de tijolos avermelhados e telhados azulados, com grandes janelas retangulares com molduras de madeira.

A casa dos Darcy ficava em frente ao Charles River, o que fez logo Liz imaginar como seria acordar todos os dias com aquela vista. Ela sacudiu os pensamentos e seguiu com o tio Eduardo até a propriedade.

Eles foram recebidos por uma funcionária impecavelmente vestida, que os deixou em uma confortável sala com lareira acesa. Era um cômodo em estilo do século XIX; na parte da frente, duas enormes janelas retangulares ofereciam uma bela vista da baía. Havia também uma janela menor de cada lado das duas centrais com lindíssimos vitrais do mesmo século.

As paredes eram cobertas por painéis de madeira ricamente esculpidos e o teto era igualmente trabalhado, só que coberto por uma camada dourada que Liz sabia ser ouro. Ela sempre gostara deste tipo de decoração, mas para um museu. Não entendia como pessoas conseguiam morar em lugares assim, onde qualquer acidente pequeno poderia destruir uma parte da história. Ela se perguntava como eles poderiam ter gatos em uma casa assim.

No centro do cômodo, virados de frente para a lareira, havia dois sofás e uma poltrona, todos de tom carmim. Eles notaram, depois de se acomodarem, que havia uma mesa de centro com sete taças de cristal e sete copos.

Assim que se sentaram, a elegante governanta entrou na sala e lhes ofereceu água e vinho, que ambos aceitaram. Deixou também uma pequena bandeja de prata sobre o aparador de madeira ao lado da porta com entradas diversas.

Liz experimentou as entradas e se deliciou com o vinho, além de admirar o piano de cauda que estava cuidadosamente posicionado entre as duas maiores janelas do espaço. Enquanto apreciava os detalhes admiráveis do cômodo, a porta se abriu novamente.

Desta vez, eram os anfitriões. Frederick e Georgiana estavam com bochechas avermelhadas e testas suadas, como se tivessem acabado de sair da sauna. O sorriso em seus rostos era gentil e convidativo, e eles pareciam bastante animados.

“Estávamos tentando ajudar Charles na cozinha”, Frederick explica sua aparência e de sua irmã depois de lhes oferecer as boas-vindas. “Ele queria fazer uma surpresa para vocês e tentou preparar acarajés. Como é óbvio, não está sendo tão fácil quanto ele imaginava”.

Tio Eduardo insistiu em ajudar, pois entendia muito bem de acarajé e vatapá. Depois de se oferecer algumas vezes, Frederick aceitou que ele fosse auxiliar Charles a preparar a entrada principal. Os dois homens seguiram juntos até a cozinha.

“Você não adora quando isso acontece? Os rapazes na cozinha e nós aqui, relaxando em frente à lareira com um bom vinho?”, Liz comentou quando ficaram a sós e ouviu, pela primeira vez, a risada de Georgiana. Era suave, doce, sincera, e tão gostosa quanto a de seu irmão.

“Eu andei pensando, Liz, naquele ‘dia de meninas’ que você comentou. Contei a ideia para a Soph e ela simplesmente adorou. Vamos fazer amanhã. Você topa?”, Georgiana continuava tímida, mas parecia bem mais à vontade em sua casa.

“Eu adoraria! Vocês já pensaram na programação?”

“Bem, eu queria sugerir aquele seriado sobre o qual você falou, que é uma adaptação da obra de Elizabeth Gaskell, *North and South*. O que acha? Eu sei que você já assistiu, então podemos escolher outro...”

“Georgiana, eu acho que já devo ter assistido todas as produções televisivas e cinematográficas que envolvem romances!” As duas riem do comentário. "E este é um dos meus seriados favoritos. Não me importo nem um pouco em revê-lo. Era exatamente o que pretendia fazer com minha irmã e minha melhor amiga antes de retornarmos ao Brasil, como te contei".

"Ótimo, então! Combinado. Que tal amanhã a partir das duas?"

"Perfeito!", Liz estava animada com a perspectiva de passar o dia entre mulheres, como fazia com Jane e Lotte, até que uma convidada inesperada (e indesejada) surgiu na sala.

"Liz Benevides! Quanto tempo, querida!", Caroline Bing, mais falsa do que nunca, forçava um sorriso para a brasileira.

Liz logo se preocupou. Havia aceitado o convite *antes* de saber que Caroline Bing poderia ser uma das participantes. Teria que esclarecer isso naquele momento.

"Olá, Caroline! Quanto tempo! Você também estará aqui amanhã para o 'dia das meninas'?", Liz queria ser discreta, mas sempre fora terrível com sutilezas.

"Infelizmente, não", respondeu a outra e os ombros de Liz imediatamente relaxaram. Porém, ela se esforçou para fazer cara de decepção. Não queria ofender Georgiana, que parecia ser uma moça adorável.

"Que pena, Caroline. Irá embora amanhã?"

"Sim, bem cedo. Prometi à minha afilhada de seis anos que a levaria ao Parque das Águas. É um lugar em que fazem espetáculos com orcas. Chamei a Georgy, mas ela acha muito cruel o tratamento que oferecem aos bichos", Caroline pronunciou a última palavra com desprezo.

"Fico feliz que você se sinta assim, Georgiana", disse Liz, ao ver que a irmã caçula de Frederick ficou mais vermelha que um tomate. "Eu também acho inaceitável deixar um animal daquele porte preso em uma piscina minúscula para a diversão de seres humanos egoístas e pretensiosos. Você não se sente mal com isso, Caroline? Ou gostaria de ficar presa em uma caixa de vidro, na qual mal consegue se mexer, para fazer truques ridículos para uma plateia de formigas?"

Liz tentara ser gentil com Caroline, pelo bem de Charles e Georgiana. Tentara. Porém, aguentar a arrogância e a petulância daquela mulher era simplesmente insuportável para ela. Principalmente depois de tomar conhecimento de que ela fora uma das principais ferramentas para a decepção profunda de Jane.

"Você está comparando *a raça humana* a baleias?"

"Você tem razão. Não deveria compará-las a nós." Caroline sorri, como que se tivesse triunfado em uma batalha. "Elas são infinitamente superiores, pois não são cruéis. Quando matam ou machucam algum animal, fazem-no para se alimentar, não por puro divertimento".

Caroline agora é quem estava vermelha. Georgiana estava pálida, mas Liz conseguia enxergar uma sombra de sorriso em seus lábios. Ela sabia que não precisava dizer mais nada. Sua resposta fora mais que suficiente para tirar a ruiva chata do sério. No entanto, não resistiu.

"E, por sinal, as orcas não são baleias. Estão na família dos golfinhos".

Como se tivesse adivinhado a hora perfeita para interrompê-las, a governanta entra na sala para comunicar que o jantar estava pronto e que o senhor Bing e o senhor Darcy as haviam chamado para ir à cozinha.

"Cozinha? Charles não sabe o que é uma sala de jantar?"

Liz ficou aliviada ao ver que Caroline Bing havia transferido sua agressividade a uma outra pessoa. Apenas se sentia mal que o simpático Charles seria a vítima do mau humor da ruiva.

A mudança do local do jantar para a cozinha também causou conforto a Liz, pois ela sabia que seria um local mais informal para fazê-lo. E, de fato, era. A cozinha era um ambiente recentemente reformado naquela casa do século XIX. Os armários, a grande ilha em seu centro e todos os utensílios eram os melhores e de última geração.

Ela ofereceu um amigável abraço a um Charles coberto de massa de acarajé. Com a ajuda do tio Eduardo, eles haviam conseguido fazer deliciosas entradas tipicamente baianas.

Entretanto, por terem gastado tanto tempo com os pratos exóticos, tiveram que se contentar com um macarrão com queijo de prato principal e sorvete de baunilha de sobremesa.

Exceto por Caroline, todos adoraram a comida e especialmente a informalidade do ambiente. Em vez de vinho, tio Eduardo insistiu em fazer caipirinhas para todos, o mais famoso dos drinques brasileiros. Com a cachaça (que Eduardo trouxera) nas veias e a alegria no coração, aquela foi uma noite de risadas e conversas animadas.

Até mesmo o anfitrião, que normalmente era sério, estava excepcionalmente animado. Principalmente, quando soube, pela sua irmã, qual seria a convidada que receberiam no dia seguinte.

Capítulo 9

Liz nem podia acreditar que já chegara o dia de seu querido tio voltar para Nova Iorque. Na noite anterior, ele e Charles descobriram que voltariam no mesmo voo; então, haviam combinado de irem juntos ao aeroporto.

A ida de Charles também incomodava Liz, sobretudo porque os dois não conseguiram ficar sozinhos por um momento sequer e nenhum deles teve a coragem de mencionar Jane na frente dos demais.

A brasileira empurrou os pensamentos incômodos para longe de sua mente e tentou se focar em ideias mais alegres. Como, por exemplo, no fato de que passaria o dia na companhia de duas moças que desejava conhecer melhor. Liz tivera uma ótima primeira impressão de Georgiana e Sophia, e algo lhe dizia que elas se tornariam grandes amigas.

Vestiu *jeans*, uma camiseta florida sem mangas e sapatilhas beges, já que ficaria dentro de casa e não precisaria de roupas de frio. Por cima, colocou um casaco leve para protegê-la dos ventos (apesar de ser quase verão) de Boston no caminho até Back Bay.

Nas mãos, uma pequena bolsa com seus documentos e dinheiro; e uma sacola com surpresas para as meninas. Naquela manhã, havia saído bem cedo para comprar ingredientes a fim de fazer caipirinhas para Sophia e Georgiana.

Como a irmã de Darcy havia se deliciado com a bebida na noite anterior, Liz decidiu preparar mais naquela tarde. E usaria frutas tropicais no lugar do limão que o tio usara. Também faria pão de queijo, outra iguaria brasileira, para elas lancharem. Queria contribuir como pudesse para que a tarde fosse a mais agradável possível.

Por último, Liz levava em sua grande sacola, bem escondido lá no fundo, um biquíni de lacinhos rosa-claro e com listras vermelhas. Quando Georgiana e Frederick fizeram o *tour* pela casa com ela e o tio depois do jantar, Liz havia visto uma piscina aquecida coberta, bem parecida com aquela da mansão em Beacon Hill. E desejou, imediatamente, poder relaxar ali.

Se tivesse alguma chance naquela tarde, aproveitaria a oportunidade. Contanto que seu dono não estivesse ali para seus exercícios diários na água. A lembrança de Frederick nadando logo trouxe outra: o sonho de Liz, que havia se repetido na noite anterior, dos dois se encontrando no lago.

Todo o sangue de Liz concentrou-se em suas bochechas ao se lembrar do final do sonho, e ela saiu tentando convencer a si mesma de que ele não significava nada. Por sorte, na mansão de Back Bay não havia qualquer lago. Ou jardim. Ou flores.

Mas havia Frederick Darcy.

A cachaça que Liz trouxera para fazer as caipirinhas havia terminado há quase uma hora, assim como a massa caseira de pão de queijo. Contudo, o dia das moças estava longe do fim. Já estavam se chamando por seus apelidos e quem as visse acharia que eram amigas daquela brasileira desde pequenas.

Frederick, que havia passado a tarde em seu escritório trabalhando – ou tentando trabalhar, tendo em vista que lhe era difícil a concentração quando sabia quem estava na sala de TV a poucos metros dali –, decidiu verificar como estavam as três. E ficou surpreso (e muito satisfeito) com a cena que via.

Liz, Georgy e Soph conversavam animadamente, com intimidade, discutindo qual seria a próxima programação da lista.

"Freddy!", Georgy lhe recebeu com um sorriso carinhoso ao ver o irmão à porta do cômodo. "Estávamos falando de você agora mesmo! Em como você é parecido com o Sr. Thornton!"

"Com quem, Georgy?"

"Deixe para lá! Acabamos de ver uma série que é maravilhosa", Georgy continuou, voltando desta vez seu sorriso para Liz. "E estamos decidindo ao que vamos assistir agora. Estamos entre dois filmes que compramos aquele dia na *Garden's Fic*: *Gattaca* ou *Equilibrium*. O que você prefere, Freddy?"

Frederick Darcy não ouviu a pergunta da irmã. Estava mais concentrado em outro ponto da sala. Um belo ponto florido que lhe sorria de uma forma convidativa e nada comum. Seria efeito dos drinques ou Liz queria mesmo que ele ficasse? Era o que parecia.

"Freddy?!", sua irmã estava a um palmo de distância. "O que acha? Venha assistir conosco! Já trabalhou demais! É sábado!"

Frederick não sabia para quem olhar. Queria responder à sua irmã, mas sem perder a reação da morena de olhos âmbar no fundo da sala. Imaginava como estaria confortável aquele canto bem ao seu lado. Poderia sentir seu perfume e até encostar nela sem parecer inconveniente.

"Por que escolher *um* dos dois? Vamos assistir a ambos!"

Frederick temia a reação à sua resposta animada, especificamente de uma pessoa. Entretanto, a atitude de Liz superou suas expectativas: ela não apenas parecia sinceramente contente com a novidade de sua companhia, como também se propôs a fazer pipoca doce para todos. E o chamou para ajudá-la.

Os dois filmes passaram mais rápido do que Frederick desejava. Ele conseguira se posicionar exatamente onde – e ao lado de quem – desejara. Estavam encostados um no outro e fora da vista de Sophia e Georgy, deixando-os livres para se olharem o quanto quisessem.

No início, acreditou que a simpatia de Liz era uma combinação de educação, já que estava em sua casa, com uma considerável taxa alcoólica sanguínea.

Por outro lado, os efeitos das caipirinhas iam, aos poucos, evaporando-se, e Liz continuava correspondendo aos seus olhares e não se afastava de seu corpo, apesar de haver mais do que espaço de sobra do lado oposto.

Quando a sessão de filmes terminou, Frederick ofereceu um delicioso e leve champanhe às três e iniciou uma conversa agradável sobre os filmes que haviam acabado de assistir. Faria de tudo para que aquele momento não terminasse.

Quando o relógio lhes avisou que passava da meia-noite, Georgy fez o que seu irmão não conseguia: convidou Liz para dormir em um quarto de hóspedes. A brasileira recusou-se por alguns momentos, mas acabou por aceitar. Especialmente quando Sophia e o dono da casa insistiram.

Georgy lhe emprestou roupas íntimas e uma camisola, além de camiseta para o dia seguinte, e as moças foram juntas em direção aos quartos. Restava agora a Frederick passar a noite esperando que o dia seguinte fosse tão agradável quanto fora sua noite de sábado.

Dirigiu-se a seu quarto, tomou banho, trocou-se, deitou-se na cama, mas não dormiu. Pensava em cada momento daquela noite. Como ela o havia encarado, como ficara feliz ao saber que ele se juntaria ao grupo, como aceitara a proposta de dormir em sua casa quando ele insistira que ela o fizesse.

Não queria ter esperanças. Não depois de Washington. Entretanto, tinha.

Mensagem de texto de Eduardo Jardim
Domingo, 26 de maio, 00:16

Oi, Lizzie!

Apenas para avisar que cheguei bem! O voo foi ótimo e Charlie foi uma excelente companhia! E tenho uma novidade: acho que ele está interessado em sua irmã Jane. Não parou de perguntar por ela e ficou claramente incomodado quando soube que ela está namorando! Fomos a um de seus restaurantes assim que chegamos e estou saindo apenas agora. Sua tia deve estar uma fera, porque deixei o cel desligado e vejo que ela me ligou uma dezena de vezes. Hj vou me dar mal!

Bjo e boa noite.

> Mensagem de texto de Liz B. Benevides
> Domingo, 26 de maio, 00:29

Tio, não posso explicar pq, mas preciso que você não comente nada com Jane. Por favor. Nem que encontramos o Charles. Amanhã te ligo e nos falamos melhor.

Boa sorte com a tia!

Beijinho,

Lizzie

Liz estava com sono ao chegar ao quarto de hóspedes, mas a mensagem que a esperava em seu celular quando ela saiu do banho a despertou. Ela estava ansiosa para saber se seu tio a receberia a tempo, antes de dizer alguma besteira a Jane. Talvez sua irmã estivesse fora, com o namorado. Afinal de contas, era sábado.

Por que Liz estava tão preocupada? Primeiro, ela ficara chateada por Charles não ter sequer mencionado o nome de Jane. Quando ficou sabendo que ele demonstrara interesse por sua irmã, também se incomodou. O que ela queria então?

Mesmo recebendo uma resposta de seu tio lhe garantindo que não diria nada a Jane, Liz não conseguia relaxar. Não sabia o que fazer em relação a Charles Bing. Ela tinha consciência de que Jane, apesar de estar namorando outra pessoa, ainda tinha sentimentos por Charles.

Por outro lado, falar novamente no americano que a decepcionara tão brutalmente no Rio de Janeiro poderia deixar sua irmã favorita de volta naquela depressão da qual ela estava conseguindo sair.

Afinal de contas, Charles Bing tivera sua chance com Jane e a desperdiçou! Foi ele quem a abandonara sem qualquer explicação e não havia lhe respondido os *e-mails*, mensagens ou ligações. Apesar da pressão de Frederick e Caroline, foi Charles quem decidira, por fim, cortar laços com a família Benevides e deixar Búzios.

Sem um pingo da animação que tivera ao entrar no quarto, Liz decidiu sair dele usando seu biquíni e o roupão que estava na porta do banheiro. Se não conseguia dormir, ao menos relaxaria na piscina aquecida que ficava na parte de trás do térreo da mansão.

Levou alguns longos minutos para poder reencontrar o cômodo no escuro, mas quando o fez, estava mais tranquila. O labirinto da casa Darcy a havia distraído dos pensamentos negativos.

Lá fora fazia frio, mas a temperatura ali dentro estava perfeita. Liz deixou o roupão em cima de uma das cadeiras à beira da piscina, ligou a gigantesca televisão de plasma e colocou em um canal de filmes, entrando na água quente.

Nadou de um lado ao outro até se cansar (o que levou quase cinco minutos, uma eternidade, considerando a quantidade de drinques que ela bebera ao longo daquele dia). Ao notar que começava uma comédia romântica que ela adorava, voltou sua atenção à TV. Estava tão entretida com o filme que não notou quando Frederick Darcy entrou.

Ele, percebendo logo quem estava ali e que não havia sido visto, entrou silenciosamente na piscina e somente falou quando já estava praticamente encostado nas costas de Liz.

"Também não está conseguindo dormir, Liz?"

O susto da brasileira preocupou Frederick, que temia não ser bem-vindo. Porém, o sorriso que recebeu em seguida o acalmou.

"Você vai nadar a esta hora? Sério? E depois de todo aquele champanhe?", respondeu Liz em tom divertido. Até perceber que, caso ele quisesse nadar, ela deveria deixar a piscina. Iniciou a lenta caminhada até as escadas, do lado oposto, quando sentiu as enormes mãos macias segurando uma das suas.

"Por que você está saindo? Eu não vou nadar. Vim apenas para relaxar. Fique. Por favor", ele pediu quase em um sussurro. Liz pensou imediatamente em seu sonho recorrente. No lago atrás da mansão, no jardim. Em Frederick Darcy.

Ela tentou evitar, mas seu rosto ficou vermelho, e todo o bronzeado que a protegia se fora há muitas semanas. Talvez não estivessem no mesmo ambiente de seus sonhos, mas o clima eletrizante que sentia com aquele homem era muito real. E inédito para ela.

Frederick parecia sentir o mesmo, pois não largava sua mão. Pelo contrário, transferiu uma das suas para a cintura dele, aproximando-a ainda mais de seu corpo. Liz prendeu a respiração e continuou imóvel mesmo quando Frederick colocou a outra mão no quadril dela. Mesmo quando ele a levantou e a posicionou entre ele próprio e a borda da piscina.

Liz não sabia o que fazer, queria que Frederick a guiasse. E foi exatamente o que ele fez. Traçou um caminho de beijos por seu pescoço, depois sua jugular, sua testa, seus olhos, a ponta de seu nariz.

Mesmo assim, não ousou encostar em seus lábios. Frederick precisava que Liz deixasse. Precisava saber, sem sombra de dúvidas, que ela o queria também. E ela o fez. Lentamente colocou suas pernas em volta da cintura de Frederick. Segurou seus cabelos pretos com ambas as mãos, aproximando o rosto dele do seu próprio.

Frederick não esperou uma segunda chance. Fez o mesmo com as próprias mãos e a beijou, sabendo que, daquela vez, o beijo seria recíproco. Tentara mentir para si mesmo. Tentara ignorar a atração. Tentara esquecê-la quando deixou o Brasil e, novamente, quando deixou Washington. Tentou fingir que o que sentia por Liz não era nada.

Mas era tudo.

Ela era seu tudo.

Frederick e Liz haviam passado boa parte da noite perdidos nos braços um do outro, beijando-se até ficarem enrugados por conta do tempo prolongado na água. Ao deixarem a piscina, a dificuldade da separação não lhes permitiu dizer boa noite.

Dividindo uma espreguiçadeira, conversaram, sobre tudo e sobre nada, sobre a primeira vez que se conheceram, sobre a primeira vez que descobriram a atração que sentiam um pelo outro, até mesmo sobre a discussão que tiveram em Washington. As palavras, presas em suas gargantas há meses, libertaram-se, derrubando, em sua fuga, os obstáculos que existiam entre os dois. Exceto, talvez, pela situação de Jane e Charles.

Também discutiram a questão de David Wickham. Lizzie admitiu que acreditara na versão de David, até o momento em que Sophie havia lhe relatado o outro lado do caso. Entretanto, gostaria de ouvir a história dos lábios de Frederick Darcy. A narrativa de David pode não ter sido a causa da antipatia que Lizzie outrora nutrira por Frederick, mas certamente ajudou a fortalecê-la. Portanto, era importante para ela colocar, de uma vez por todas, um ponto final naquela situação em aberto. E foi o que fizeram.

Somente perceberam quanto tempo havia se passado quando os primeiros raios de sol penetraram a sala da piscina.

Dirigiram-se, a contragosto, a seus respectivos quartos para banhar-se e trocarem de roupa. Sophia e Georgiana ainda dormiam profundamente, indiferentes ao que se passara naquela casa.

"Você ficará hoje aqui? Eu terei um almoço com o governador, mas podemos ir ao cinema depois", Frederick questionou, sem conseguir soltar a mão da brasileira.

"As últimas doze horas comigo não foram suficientes?"

"Nem doze mil horas seriam, Lizzie".

Liz gostava da forma carinhosa com que seu apelido saía daqueles lindos lábios. Notou, naquele instante, que queria ouvi-lo chamá-la assim infinitas vezes e não apenas em seus sonhos.

No entanto, precisava ir para casa. Havia recebido diversos *e-mails* da agência imobiliária com opções de apartamentos e precisava verificá-los. Queria começar a visitá-los no dia seguinte. Além disso, seria bom ficar um pouco sozinha para entender o que se passara na casa Darcy.

"Não posso. Mesmo. Tenho muitas coisas a resolver".

"Então, amanhã à noite?" Desta vez, ele a puxou para si e começou a desfazer o laço que prendia seu roupão. Continuou, em seu ouvido. "Não vou largá-la enquanto não souber quando nos veremos novamente".

"Pode ser".

"Pode ser não serve", ele respondeu, enquanto passava as mãos por sua cintura, por baixo do roupão que estava agora aberto. "Cinema amanhã? Posso passar na loja para te pegar".

"Sim", ela teve que se esforçar bastante para não gaguejar, mas nada podia fazer em relação aos pelos eriçados do seu corpo, que Frederick certamente notara.

Ele lhe deu um leve beijo na ponta do nariz e a liberou.

Georgiana e Sophia fingiram não perceber os olhares entre seus companheiros no café da manhã. Ou as olheiras sob seus olhos. Ou a felicidade dos dois. Ou a insistência de Fred em deixar Liz em casa sem a irmã ou Sophia. Mas notaram. Tudo. E passaram aquele delicioso domingo ensolarado rindo de alegria, analisando vestidos de noiva para Lizzie.

Os jardins estavam verdes, mas o clima continuava frio para Jane em Nova Iorque. O que não a impediria de ir até o restaurante peruano encontrar com Erik a pé. Seu tio Eduardo, que havia retornado à cidade há quase uma semana, havia-lhe oferecido uma carona, mas a moça insistiu que queria caminhar.

E não era nenhum sacrifício. O trajeto até o restaurante a permitiria passar pelo Lincoln Center e ter uma bela vista do Central Park, dois de seus lugares favoritos na cidade que não dorme.

Jane respirava profundamente o ar frio da noite nova-iorquina, observando a movimentação infinita das ruas, os casais apaixonados, famílias felizes. O ambiente energético daquela cidade americana sempre a deixava nostálgica e, ao mesmo tempo, relaxada.

Quando chegou ao restaurante, seu namorado estava na porta à sua espera. Erik era, além de inteligente e carinhoso, absolutamente lindo. Jane percebia que as mulheres sempre prendiam a respiração quando ele passava. Sempre que o via, lembrava-se das descrições dos *vikings* nos livros sobre o povo nórdico.

Estavam em um dos restaurantes mais conhecidos da cidade. Era da cadeia de Charles Bing. Jane não desejava vir, mas Erik insistira e ela acreditava que ele não estaria ali. Ela vira no perfil de Caroline em uma rede social que ela estava na cidade e havia publicado que sairia para dançar com o irmão naquela noite.

Jane chegou a lhe mandar uma mensagem convidando-a para almoçar, mesmo sem ter muitas esperanças de receber qualquer resposta. E, de fato, ainda não havia tido notícias daquela que tinha acreditado ser uma amiga.

Assim que sentaram, seu *viking* logo pediu duas entradas: um *ceviche* misto e um tipo de milho que somente existia no Peru, segundo ele.

"É uma vergonha que você conheça melhor a comida peruana que eu, que venho de um país vizinho", Jane comenta, rindo. "Mas se Lizzie estivesse aqui, vocês teriam uma ótima discussão culinária. Ela adora comida peruana. Foi a Lima diversas vezes com o único propósito de comer!"

"Se o país fosse mais próximo daqui, eu faria o mesmo. E quando conhecerei sua irmã favorita? Você não para de falar dela desde que nos conhecemos! Tenho certeza de que seremos amigos".

"Eu também, Erik. Quando eu for a Boston novamente, você irá comigo. Ela me disse que já encontrou um apartamento e que deve se mudar ainda na semana que vem. E terá espaço para nos acomodar".

"E quando ela virá, princesa?"

"Acho que deve demorar um pouco, Erik. Você sabe, agora que ela está sozinha cuidando da loja. Espero que antes de setembro, quando as aulas do mestrado começarem..."

"E eu espero que ela se hospede em meu apartamento quando vier. Porque eu gostaria que, até lá, ele fosse *nosso* apartamento".

Jane fica muda, digerindo as palavras que o belo loiro de olhos em tom de azul-piscina tinha acabado de proferir. Ele estava pedindo que ela fosse morar com ele? Era esse o verdadeiro motivo daquele jantar romântico em um restaurante caro demais para ambos?

Como se adivinhando o que se passava pela sua mente, Erik coloca uma chave no meio da mesa, em frente aos dois. Nela, está preso um chaveiro prateado, em formato de 'J', com cristais incrustados em todo o objeto.

"Jane?", uma voz atrás da carioca a chama.

Jane fica nervosa ao se virar. Parece que todo seu sangue fugiu de seu corpo. Ela conhecia aquela voz. Poderia reconhecê-la em qualquer lugar. Fica ainda mais fácil ligá-la a seu dono por estar no restaurante dele.

"Olá, Charles. Como vai?", Jane finalmente conseguiu dizer, com muito esforço.

Ela sente que Erik, ao seu lado, está se mexendo desconfortavelmente. Imediatamente, apresenta o atual ao ex. E ambos estão claramente incomodados.

Charles também perde o sangue de seu rosto quando vê a chave no meio da mesa, entendendo imediatamente o seu significado. Jane a esconde com a própria mão, sorrindo para Erik, que faz o mesmo para ela. Porque quando ele vira o rosto para Charles, suas feições ficam sombrias.

Ele parece um poderoso guerreiro nórdico ou uma versão moderna de Thor, Jane suspira – mais uma vez – com a beleza do namorado. E, aparentemente, novo colega de quarto.

"Bem, vejo que estou interrompendo", Charles comenta depois de limpar a garganta. Sua voz está trêmula. "Foi um prazer vê-la, Jane. Vou avisar à minha irmã que encontrei contigo. Ela também está em Nova Iorque. Vai adorar combinar de sair com você".

"Obrigada, mas você não precisa se preocupar. Eu enviei uma mensagem para ela hoje de manhã".

Charles os deixa, cabisbaixo e confuso, como se não tivesse entendido por que sua irmã havia recebido notícias de Jane e não lhe havia contado. Como se ele nem sequer soubesse que Jane ainda mantinha contato com sua irmã (sem reciprocidade, mas mantinha).

"Então, Jane. Agora que ele foi embora, posso entender que seu ato foi um 'sim'?"

Jane encara o objeto brilhante em sua mão direita. Ela gosta muito de Erik, mas não está apaixonada por ele. Não sabe se ainda é capaz de se apaixonar. Por outro lado, ele é o homem perfeito. E merece uma chance de verdade.

"Que tal um talvez? Podemos começar aos poucos, eu dormindo alguns dias da semana em sua casa. O que acha?"

"Tudo para ter você perto de mim, princesa", Erik responde, feliz.

De: Jane Barbosa Benevides [jane_bb@benlocobuzios.com.br]
Enviada em: sex 31/05/2018 às 08:05
Para: Liz Barbosa Benevides [liz_bb@benlocobuzios.com.br]
Assunto: Saudades...

Lizzie,

Como está tudo em Boston? Quando vem nos visitar? Erik não para de perguntar quando vai te conhecer... ele irá lançar seu novo livro no final de junho e adoraríamos que você estivesse aqui. Estou com muitas saudades de você, maninha. Por favor, esforce-se para vir. Tio Eduardo até se ofereceu para te substituir aí enquanto você estiver em NY.

O tio também comentou que ele conheceu Frederick Darcy e a irmã dele, Georgiana. Contou que vocês até mesmo foram jantar na casa deles um dia. Achei estranho, porque Frederick foi tão frio conosco em Búzios... mas o tio Eduardo nos relatou que ele foi super simpático! Não entendi nada!

Por último, acho que você estava certa sobre Caroline. Ela passou vários dias aqui em Nova Iorque. Eu mandei mensagem para ela, liguei, e ela não deu notícia... cheguei até a encontrar com seu irmão e ele me garantiu que falaria com ela, mas nada...

Dê notícias!

Beijos,

Jane

De: Liz Barbosa Benevides [liz_bb@benlocobuzios.com.br]
Enviada em: sex 31/05/2018 às 08:05
Para: Jane Barbosa Benevides [jane_bb@benlocobuzios.com.br]
Assunto: Res: Saudades...

Jane!

Saudades de você também! Sobre minha ida em junho, já está fechada! Pelo jeito, não há nada mais a discutir! Mal posso esperar para conhecer Erik pessoalmente!

Sobre Frederick, o tio Eduardo disse a verdade. Ele é outra pessoa aqui em Boston. Tem sido muito prestativo comigo. E a irmã dele é um amor de pessoa. Você vai adorá-la, tenho certeza. Contei para ela sobre o 'dia das meninas' que eu, você e Lotte fazíamos e ela começou a fazer também! Vai ter o segundo no próximo domingo!

E não se chateie com o sumiço de Caroline: você não perde nada sem a presença dela. Não se estresse com isso, Jane.

Muitos beijinhos!

Lizzie

"São somente três dias, Lizzie. E apenas um deles é dia útil. Em duas semanas você estará em Nova Iorque. E eu ficarei sozinho aqui, sentindo a sua falta".

"Que exagero, Fred. Parece que passarei anos fora. É só uma semana".

"Uma semana longe de você parecerá uma eternidade, minha Lizzie".

Liz virou os olhos, mas não conseguiu resistir. Frederick tinha um jeito perigoso de sempre conseguir convencê-la. Especialmente quando ela estava em seus braços, como agora. Ou sentindo o cheiro delicioso de seu corpo. Sendo encarada por aqueles olhos azuis-escuros. Sentindo sua respiração ofegante, de um homem desesperado para viajar com sua...

Liz e Frederick eram o quê, exatamente? Ela ainda não sabia, e preferia assim. Estava delicioso poder sair com ele, conhecê-lo melhor, ficar cada vez mais amiga de Georgy e Sophia sem a pressão de um relacionamento sério. Ou público.

Somente quem sabia dos dois era Georgy e Sophia. Liz achou melhor contar a Jane quando fosse a Nova Iorque. Temia a reação da irmã. Porém, acima de tudo, nem queria imaginar a reação de Caroline Bing e da senadora Catherine Boyd. O pensamento sempre a fazia tremer.

"Está com frio, Lizzie?", o americano em seu sofá a abraça ainda mais forte, tentando aquecê-la.

"Não, mas pode continuar me agarrando como se eu estivesse..."

Liz lhe sorri e Fred não precisa ouvir o pedido duas vezes. Coloca-a sobre seu colo e a segura pela cintura com uma das mãos, acariciando seus cabelos pretos com a outra.

"Está tudo pronto, pessoal! Podemos comer? Estou faminta".

Sophia e Georgy avisam que a comida está pronta. Elas haviam insistido em fazer um café da manhã caprichado e tipicamente americano para Liz, como agradecimento ao *brunch* em estilo colonial brasileiro que ela lhes havia preparado no final de semana anterior.

"Então, Freddy?", uma Georgiana muito à vontade na casa de Lizzie pergunta, já sentada na poltrona em frente ao sofá. "Ela aceitou?"

Os irmãos encaram a brasileira, que agora está sob pressão de ambos. Até mesmo Sophia deixa o fogão para encarar Liz por cima da pequena ilha que divide a cozinha da sala de seu apartamento.

"Sim, vou com vocês".

Fred lhe dá um beijo no pescoço, deixando-a arrepiada. Georgy segura sua mão e Sophia bate palmas de aprovação.

"Freddy não para de falar do Maine desde que leu o seu livro. Acha um absurdo você não conhecer pessoalmente os lugares que descreveu".

"Era para ser uma surpresa, Georgy", Fred comenta com a irmã, ao ver a cara de choque de Liz. "Pois é, Lizzie. Pode parar de fazer essa cara. Eu li e gostei. Muito".

"E para onde vamos, se é que isso você pode me contar?", ela pergunta sarcasticamente, tentando disfarçar seu embaraço. Passará aquela história a limpo com Frederick quando estiverem a sós.

Liz fica muito animada ao descobrir que eles vão ao Parque Nacional da Acadia, local paradisíaco que sempre quis conhecer. Preocupou-se com o tempo de deslocamento, já que tinham somente três dias, até ser informada de que iriam de helicóptero.

Não mencionou nada aos seus convidados, mas saber que Fred lera seu livro deixou-a muito mais satisfeita do que poderia imaginar, por mais que o sentimento estivesse misturado à vergonha inevitável. Sentia-se exposta quando conhecidos liam seu livro, mas sabia que era uma tolice. Lizzie também adorava como Fred ficava confortável em seu pequeno apartamento.

Liz adorava seu novo lar, só que sabia que era minúsculo comparado às mansões (pois é, no plural) da família Darcy. Entretanto, os irmãos pareciam não reparar nem um pouco nisso. Vinham bastante à sua casa e pareciam cada vez mais à vontade.

Era uma pequena e confortável cobertura que ela conseguira encontrar por um preço justo próximo à loja *Garden's Fic*. Mesmo assim, maior que o apartamento que dividia com Lotte e Jane. Graças à nova sociedade com os tios, ela pôde alugar um imóvel maior.

No primeiro andar, havia um cômodo amplo, que integrava a cozinha, a sala de estar e de jantar. No meio da parede, ao lado da porta de entrada, havia uma lareira em estilo antigo, mas era moderna e a gás.

Havia também um lavabo para os visitantes, uma ótima suíte para Liz (com direito a uma banheira antiga com pernas no banheiro, algo que ela sempre quisera ter) e um pequeno – porém confortável – escritório, onde cabiam todos os livros que adquirira durante sua graduação em Literatura nos Estados Unidos.

Entretanto, sua parte favorita de seu novo lar estava no segundo andar. Era onde ficava um terraço, enorme para padrões da cidade, que Liz decorou com cadeiras, espreguiçadeira, uma mesa de piquenique, além de uma rede. E ainda sobrava muito espaço.

Era onde ela e Fred mais passavam tempo, naquele clima gostoso de verão em Boston. Às vezes, ficavam horas ali lendo, ou faziam um jantar romântico à luz de velas.

Em um pequeno cômodo coberto ao lado do terraço, que também ficava no segundo andar, Liz montou uma sala de TV, que Fred brincava ser muito mais confortável que o cinema de sua casa.

Era o apartamento perfeito para ela. E ficava ainda melhor quando seu americano de olhos azuis estava nele.

Fred passaria para buscá-la naquela noite de quinta-feira. Iriam direto ao heliporto no topo de um arranha-céu no centro financeiro da cidade, onde embarcariam no helicóptero que os levaria até o Parque Nacional da Acadia.

Liz nunca havia viajado de helicóptero, e a ideia lhe dava um friozinho na barriga. Porém, a vontade de conhecer o parque era maior. Especialmente com a companhia. Ela estava feliz com a amizade crescente de Georgiana. Precisava de uma companhia agradável feminina desesperadamente, sem Lotte e Jane em Boston. E Georgiana era muito mais do que ela havia pedido.

E seu companheiro de viagem... bem... Lizzie e ele estavam saindo bastante nas últimas semanas, e ele a surpreendia toda vez que se viam. Seu caráter era outra surpresa para Liz, que o havia julgado inicialmente, quando se conheceram em Búzios, como antipático e arrogante.

Agora percebia que ele, na realidade, era uma pessoa extremamente fechada. E, ao conhecê-lo melhor (principalmente como Lizzie o estava conhecendo), percebeu que se tratava de um homem gentil, leal e incrivelmente carinhoso. Foi uma das poucas vezes em que Lizzie não se chateou ao descobrir que havia se enganado. Bem, talvez ela tenha ficado chateada, mas só um pouquinho.

Frederick Darcy tinha outro motivo para fascinar a brasileira. Ele a fazia se sentir como nenhum outro homem jamais havia feito. Mesmo depois de tantos encontros, ela ainda ficava ansiosa antes de vê-lo, ainda sentia um formigamento prazeroso nos locais de sua pele onde ele a tocava.

Somente havia um homem do mundo que deixava Liz Benevides sem ar, e este homem era Frederick Darcy. O que ela não sabia era que o seu efeito sobre Frederick era ainda maior. Muito maior.

Olhando-se no espelho pela décima vez – uma novidade que passou a ser comum depois que começou a sair com Frederick –, Liz finalmente deixa seu apartamento, com sua sacola, para se encontrar com os irmãos Darcy.

Os sorridentes Fred e Georgy aguardavam a brasileira no *lobby*, muito animados com a expectativa da viagem. Georgiana lia sobre as melhores trilhas do parque, enquanto Frederick verificava a previsão do tempo para o final de semana.

"Você não vai acreditar, minha Lizzie!"

Antes de Frederick, Liz teria considerado ofensivo um homem chamá-la de *sua*. Ela teria respondido que era independente e não pertencia a ninguém. Não obstante, com *ele* era diferente. Dava-lhe um enorme prazer ouvir aquele americano chamá-la de *sua*, pronunciando seu apelido com paixão e delicadeza.

"A previsão é de muito sol para o final de semana! Aproveitaremos muito, Lizzie", Georgiana completou energeticamente.

Durante o caminho até o heliporto, Georgy contava, muito animada, sobre os passeios que desejava fazer. Quando chegaram ao helicóptero, já haviam decidido o roteiro.

O barulho do veículo trouxe de volta aquele incômodo no estômago que Liz sentira em seu apartamento. Nem as mãos macias de Frederick em volta das suas próprias foram suficientes para acalmá-la.

Até que eles levantaram voo e ela pôde ver toda a cidade de Boston abaixo de si. No horizonte, a lua cheia que nascia parecia maior do que Liz se lembrava, e o seu reflexo no oceano era deslumbrante.

A partir daquele momento, Liz decidiu que adorava viajar de helicóptero. Principalmente quando *ele* estava ao seu lado, abraçando-a com força, beijando seu pescoço e acariciando seus cabelos.

Aquela sexta-feira havia sido perfeita. Liz até se esqueceu de ligar para a *Garden's Fic* para verificar como estava a loja, como havia prometido a si mesma.

A trilha que fizeram naquele dia havia sido longa, e tudo o que Liz queria era um banho, um prato calórico acompanhado de um vinho e dormir. Eles haviam ido até a montanha *Cadillac*, ponto mais alto da costa Atlântica dos Estados Unidos.

À tarde, ainda tiveram energia para fazer um passeio estupendo até o "buraco do trovão", que era, basicamente, um fenômeno natural no qual a maré alta, ao bater em uma fissura no meio às rochas, fazia um som estrondoso que lembrava um trovão. O barulho era tão alto que ficava impossível para Liz ouvir qualquer coisa que seus companheiros de viagem dissessem.

Ao retornarem até a aconchegante pousada em Bar Harbor, todos os músculos do corpo de Liz doíam. No entanto, sua alma estava renovada e seu espírito, ainda animado. Sobretudo quando Frederick anunciou que queria conversar com ambas durante o jantar. A euforia do americano era contagiante, e sua irmã e sua... brasileira mal podiam esperar para ouvi-lo.

O jantar foi simples, entretanto tão delicioso quanto o dia havia sido. Comeram um filé de carne acompanhado de batatas *sautés* e, para beber, um saboroso vinho californiano.

"Georgy, Lizzie, eu queria lhes anunciar que fui indicado pelo partido para ser o candidato a vice-governador".

Após alguns momentos de abraços e palavras de força de ambas, Frederick Darcy continuou:

"Fiquei feliz também. Todavia, somente irei confirmar a candidatura quando souber que tenho o apoio de vocês", Georgy e Lizzie começaram a protestar, garantindo-lhe que teria seu apoio, mas ele as interrompeu com um gesto de mão. "Quando digo apoio, quero deixar bem claro: não basta o amparo moral. Preciso que vocês me acompanhem fisicamente nas viagens. Preciso que apareçam comigo nos comícios. Preciso que estejam ao meu lado nos bailes beneficentes".

As duas amigas estavam atônitas. Georgy, por seu pavor de público e sua extrema timidez. Lizzie, porque não compreendia ao certo o que aquele pedido significava. Ele a queria ao seu lado para assessorá-lo?

Como uma namorada? Queria oficializar – e tornar pública – a relação dos dois? E, caso fosse, o mais importante: era isso o que Liz queria também?

"Sei que estou pedindo muito das duas. Acreditem, não estaria fazendo isso se não precisasse de verdade. Porém, eu não conseguirei passar por esse processo sem tê-las ao meu lado. Física e publicamente".

"Participando dos eventos, Freddy?", uma assustada Georgy pergunta.

"Sim, Georgy. E acho que poderia ser um excelente aprendizado para você também. Vencer sua timidez, seu medo de falar e aparecer em público. E prometo que, caso você fique desconfortável, não te forçarei a seguir em frente com o plano".

Sem conseguir dizer não ao irmão, Georgiana Darcy aceita ajudá-lo com todo seu coração. E não desistiria. Ficaria até o final. Por Freddy. Afinal de contas, raciocinava ela, seriam apenas alguns meses de campanha.

Antes que Liz pudesse oferecer uma resposta, Frederick lhe pede que pense direito até o dia seguinte, quando os dois jantariam a sós e conversariam novamente sobre o assunto.

Para Liz, portanto, somente restava se martirizar sobre o tema até sábado à noite, quando descobriria as verdadeiras intenções de Frederick com aquela proposta.

Os três voltam aos seus quartos pensativos. Todos teriam sonos conturbados naquela noite. Para deixá-la à vontade, Frederick combinou que Liz dormiria no mesmo quarto que sua irmã, que os acompanhou na viagem com aquele propósito.

Contudo, ele esperava, inconscientemente, que Liz viesse procurá-lo durante a noite. O que não ocorreu. Só que isso não o impediu que sonhasse a noite inteira com sua bela brasileira. E com a reação que ela teria ao ouvir sua verdadeira proposta.

O dia seguinte foi ainda mais agradável que o anterior. Georgy, amante de barcos, alugou um veleiro para o dia, para que o grupo conhecesse as ilhas próximas da região. E não poderia ter sido melhor: o dia estava ensolarado e fresco e a água, calma.

O plano inicial era alugar três caiaques para irem às ilhas Porcupines; entretanto, os músculos dos amigos – em especial os de Georgy, a menos atlética do grupo – ainda estavam doloridos demais para aguentarem tamanho esforço físico.

A primeira parada foi na ilha mais próxima de Bar Harbor. Tão próxima que levava o mesmo nome e podia, até mesmo, ser alcançada através de uma estrada que a ligava ao continente.

Porém, Fred, Georgy e Liz preferiram explorá-la a partir da calma água. Depois de ancorarem o pequeno veleiro em uma praia, foram explorar o bosque da ilha e as paisagens que ele oferecia.

De volta à praia onde ficou o veleiro, prepararam um saboroso piquenique à beira da água. Desta vez, Lizzie havia sido a responsável: trouxe sanduíches de atum, frutas e vinho.

Quem observava os três comendo, rindo e se divertindo mal podia imaginar que, menos de um ano antes, os irmãos americanos e a brasileira não se conheciam. A cena mais parecia de um grupo de amigos de infância.

A tarde passou rapidamente. Eles navegaram entre as outras ilhas da região, de *Sheep Porcupine* até a *Long Porcupine*. E, quando estavam retornando a *Bar Harbor*, uma última surpresa que os deixou ainda mais maravilhados. Um barulho que, inicialmente deixou Lizzie preocupada, acabou por ser uma baleia.

A carioca acreditava que nada naquela noite poderia superar o passeio do dia, até que Frederick a convidou para jantar. *A sós*. Ela já imaginava que Georgy daria privacidade aos dois para conversarem melhor sobre a proposta do irmão da noite anterior. No entanto, não sabia quando aconteceria.

O elegante político a levou para um restaurante intimista perto da pousada, que Lizzie havia admirado desde que chegaram. Era um local iluminado somente pela luz de algumas poucas velas espalhadas pelo cômodo.

Como era de se esperar, somente havia mesas para dois, e a música ambiente, que variava de *jazz* clássico a Frank Sinatra, completava o clima romântico.

Assim que chegaram, uma simpática senhora lhes levou até uma mesa mais isolada, que Fred havia reservado. Ficava em frente a uma janela dupla, com vista para a baía.

"Queria ficar confortável para conversarmos, minha Lizzie".

"Você está me assustando assim, *meu* Fred...", brincou a morena, encarando os olhos azuis em busca de respostas. Não conseguiu, como de costume, lê-los. Lizzie se perguntava se Frederick seria sempre um mistério para ela. Esperava que sim.

"Lizzie", ele voltou a falar, quando já haviam se acomodado nas cadeiras e pedido as entradas e o vinho, "não vou deixar você ainda mais curiosa. Disse ontem que gostaria de ter você e Georgy ao meu lado durante a campanha. Entretanto, não mencionei, propositalmente, a *forma* de sua participação".

"Sim, e me deixou a noite inteira ansiosa por isso".

"Por quê? Se não quiser fazer parte da campanha, não há qualquer problema".

"Não é isso. Como você mesmo disse, não sei ainda qual é a sua proposta para a forma. Mas saiba que, independentemente de qualquer coisa, terá meu apoio". Vendo que Frederick estava receptivo com suas palavras, ela continuou: "Eu tenho apenas uma condição para oferecer todo o suporte que posso dar".

"Claro! Qualquer coisa! Qual é a condição?", Frederick Darcy segurou as delicadas mãos de Liz nas suas próprias, e seus olhos, já pretos, encaravam-na com anseio.

"As empresas que patrocinarão sua campanha. Eu vi a lista das interessadas e tenho que protestar em relação a uma delas. A empresa do irmão de seu assessor".

"Mas é uma das maiores patrocinadoras!"

"Sim, e está envolvida em diversos escândalos, até mesmo em conivência com o nazismo durante a Segunda Guerra! De que adianta ganhar uma campanha se o faz com dinheiro sujo? Como ficaria a sua consciência? Há outras formas de angariar fundos de campanha, Fred.

Especialmente com a internet. E ainda mais se tratando de um homem tão... atraente, inteligente, carismático (quando quer ser) como você. E respeitado".

Frederick geralmente sabia refutar qualquer comentário; no entanto, tinha que concordar com as observações de Liz. E, no fundo de sua alma, sabia que ele também estava incomodado com a participação daquela empresa em sua campanha. Sabia que toda ajuda vinha com um preço. E não sabia se iria querer pagar o daquela companhia.

"De acordo. Posso agora fazer a minha proposta?", Liz responde com um beijo em seus dedos, deixando os olhos do americano ainda mais escuros. "Nem tente me distrair, Lizzie. Eu quero... digo, eu *gostaria* que você participasse da campanha como minha namorada. Oficialmente".

Era o que Lizzie temia. Tirou imediatamente os lábios da pele macia das mãos de Frederick. Passou a noite inteira pensando na possibilidade de seu relacionamento com Frederick Darcy se tornar público, mas não chegara a uma conclusão se queria ou não que isso acontecesse.

"Fred, nós estamos juntos há tão pouco tempo e nem sequer..."

"Eu sabia que você diria isso e já tenho uma resposta: minha Lizzie, apesar de não ter tido muitos relacionamentos, tenho que admitir que você não é a minha primeira namorada. Todavia, é a primeira com quem me vejo dividindo uma vida".

Liz sabia que suas bochechas estavam tão vermelhas quanto a toalha que cobria a mesa, especialmente com o silêncio ensurdecedor que se seguiu ao comentário de Frederick. Ela não sabia o que lhe dizer, algo que somente Darcy conseguia provocar nela.

Ela queria ter mais tempo para digerir aquelas palavras, mas o homem de olhos azuis à sua frente estava sedento por uma resposta. Ele pressionava suas mãos com força, ansioso por sua reação. Depois de alguns momentos, as palavras finalmente saíram de sua boca.

"Fred, você não sabe como eu me sinto feliz ao ouvi-lo dizer isso. Nem preciso dizer que você é meu primeiro relacionamento e quero fazer com que dê certo. De verdade! Mesmo assim, ainda estamos no começo. Não quero me precipitar. Por nós dois. Então, vou lhe fazer uma contraproposta: vamos esperar mais algumas semanas antes de oficializar publicamente. Para termos mais certeza de..."

"Mas eu já tenho certeza!"

"Fred, por favor. Eu preciso de mais tempo. *Nós* precisamos de mais tempo. E eu sei que você sabe disso, lá no fundo".

"Como sempre, não consigo argumentar com você", o sorriso meigo de Frederick acalma Liz, que temia tê-lo ofendido. "Só que preciso de um prazo. Senão minha aflição prejudicará minha campanha, Lizzie".

"Justo. Um mês, então? E voltamos a conversar sobre o assunto".

"Combinado, minha Lizzie".

Assim que fecharam o acordo que poderia mudar suas vidas, a simpática dona do restaurante se aproxima, oferecendo-lhes uma cesta de pães variados acompanhados de três tipos diferentes de patês.

"Muito obrigado, mas nós havíamos pedido outra entrada", Frederick lhe diz, educadamente.

"Eu sei, meus queridos. Foi o casal daquela mesa que enviou de cortesia para vocês. Eles disseram que vocês deveriam experimentar esta entrada. É tudo feito aqui mesmo".

"Por favor, agradeça-lhes pela gentileza. Mas podemos saber por que eles nos ofereceram? Não me lembro de tê-los conhecido".

"Ah, ele é brasileiro e ela, americana. Casaram-se aqui, há alguns anos. E disseram que têm certeza que vocês farão o mesmo em pouco tempo. Gostariam de lhes desejar felicidades".

"Nós não estamos noivos", Liz comenta.

"Ainda", complementa Frederick, sorrindo.

"Mas adoramos o gesto. Obrigada mesmo", Liz levanta a taça de vinho em direção ao gentil casal, que retribui.

"Viu, minha Lizzie? Até um casal desconhecido consegue enxergar o óbvio. Mas eu não estou preocupado: um dia você também enxergará".

Liz não poderia estar mais feliz quando se deitou no quarto que dividia com Georgy. Naquela noite, sonhou novamente com Frederick, no lago atrás da mansão dele em Boston.

Capítulo 10

“Vamos logo, Lídia! Senão papai vai nos ver!”, Vanessa não gostava nada da ideia de sair escondida dos pais. Porém, era impossível dissuadir Lídia quando ela estava decidida. E ela, como boa amiga que era, não permitiria que sua querida Lili fosse sozinha.

“Calma, Vane! Já estou terminando!”

Lídia andava trocando mensagens com David Wickham há semanas, e agora queria dar o próximo passo: contato físico. Sabia que, se esperasse até o retorno de Lizzie no Natal, perderia sua chance, pois ele somente daria atenção à irmã, como fizera naquele verão.

Desta vez, ele não me escapa! É meu, pensava a caçula desmiolada dos Benevides.

A boate em que marcaram o encontro era a apenas a algumas quadras da casa de Vanessa. As meninas poderiam ir e retornar a pé e em segurança.

A calçada portuguesa do bairro era o maior inimigo dos saltos altos, mas as moças não deixavam de usá-lo. Em vez disso, andavam na ponta dos pés, com cuidado para não os quebrar.

A casa noturna estava lotada e escura. Vanessa, preocupada, dizia à amiga que ela jamais conseguiria encontrar David. Entretanto, Lídia, muito calmamente, respondia-lhe: “Não se preocupe, Vane!

Não há nada mais fácil do que achar o homem mais lindo e alto da festa!"

Vanessa virava os olhos para sua querida Lídia toda a vez que ela fazia aquele comentário. Ela vinha dizendo isso há mais de uma hora, desde que chegaram, e ainda nada de David Wickham.

A amiga de Lídia estava prestes a lhe pedir que voltassem para casa quando o viu: o deus grego. Mais bonito que seu artista favorito de Hollywood. O homem para o qual todas as meninas da boate estavam olhando. E ele estava vindo em sua direção.

Vane olhou para o próprio vestido, um tomara que caia preto, ajeitou o cabelo e esperou ansiosamente que o maior gato do Rio de Janeiro chegasse até ela. Esforçou-se ao máximo para manter as pernas bambas equilibradas, o que era difícil com um homem daqueles sorrindo para ela. Ele estava se aproximando, quando...

Abraçou Lídia.

Lídia? Ela havia até esquecido que estava acompanhada! Por conta da visão que era aquela maravilha! E ele estava abraçando sua amiga! Levou alguns segundos até Vanessa voltar a si e, finalmente, calcular que aquele deveria ser o tal David Wickham.

Agora ela entendia por que a amiga estava tão desesperada para vê-lo. Quem não estaria? Todas as mulheres os encaravam com inveja. Inclusive a própria Vanessa...

Lídia nem precisou lhe dizer nada, mas sua amiga soube imediatamente: naquela noite, Vane voltaria sozinha para casa.

A campanha mal havia começado e Liz já podia sentir suas consequências. Frederick raramente conseguia ficar duas noites seguidas em Boston. E, quando estava, sempre tinha que comparecer a jantares e eventos. Mesmo assim, sempre arranjava tempo para ficar com sua Lizzie.

Naquele final de semana, ele iria fazer discursos nas duas grandes universidades sediadas em Cambridge: Harvard (onde tinha se formado havia alguns anos) e no MIT. Como Liz teria folga no sábado e Georgy não poderia acompanhá-lo, a brasileira se voluntariou para comparecer aos eventos. Frederick não poderia ter ficado mais contente.

Apesar de a cidade ser vizinha a Boston, Frederick decidiu dormir em Cambridge para comparecer a um jantar beneficente organizado por membros de sua antiga faculdade no domingo à noite.

Ainda participando da campanha discretamente, como se fosse mais uma assessora, Liz assistiu aos discursos com orgulho, maravilhada com a naturalidade de Frederick ao falar e a firmeza ao defender suas posições.

Apesar de jovem, Frederick claramente tinha o dom da oratória. E, obviamente, o fato de acreditar de verdade naquilo que defendia fazia toda a diferença para os ouvintes. Era possível perceber a sinceridade em suas promessas e força de vontade para implementá-las.

"Mais uma semana. Está difícil esperar, mas vou tentar. Por você, minha Lizzie", Frederick não escondia estar ansioso por saber se a sua bela morena iria aceitar sua proposta de oficializar publicamente o namoro durante a campanha. Nem imaginava o que faria se ela negasse. Obviamente, insistiria bastante, jamais desistiria.

Na realidade, sabia ele, a campanha havia sido somente uma desculpa para poder dizer ao mundo quem seria a mulher que passaria o resta da vida ao seu lado. Ao menos, era o que Frederick Darcy mais queria.

Felizmente, Fred conseguira fugir de sua equipe de campanha naquele sábado à noite e pôde trazer sua querida Lizzie ao seu restaurante favorito de Cambridge. Ficava em frente a um agradável parque, tinha uma decoração e comida simples, um daqueles lugares que fazia o freguês sentir que estava na casa de amigos.

"Excelente discurso, Darcy", um antigo professor o cumprimentou, quando o casal se dirigia até uma mesa em frente à janela.

Frederick agradeceu com um sincero sorriso e esperou que se sentassem para comentar:

"O que está achando da campanha? Sei que está cansativa, mas está muito chata para você?"

"Nem um pouco, Fred. Na realidade, está superando minhas expectativas. Tenho aprendido muito nas últimas semanas".

"Sobre política, você diz?"

"Sim, e sobre você também. Especialmente sobre você. É maravilhoso ouvir seus discursos. Você não tem noção do efeito que causa nas pessoas".

"E você não tem noção do efeito que causa em mim, minha Lizzie".

Era impressionante. O discurso havia terminado; entretanto, ele continuava impressionando a nada impressionável brasileira. Sabia exatamente o que dizer, e o fazia com tanta paixão que deixava a falante Liz sem palavras.

Ela mal sentiu o gosto do jantar ou do vinho, porque todos os seus sentidos estavam concentrados no belo americano de olhos azuis-escuros que a encarava.

Na volta ao hotel, Frederick lhe convida para assistir um filme em seu quarto antes de dormirem.

Liz bem tentou prestar atenção no enredo do suspense escolhido; todavia, nos braços de Frederick, era difícil ficar mais de trinta segundos focada em qualquer coisa que não fosse ele.

Especialmente quando ele começou a dar leves mordidas em sua orelha, beijar seu pescoço, alisar seus cabelos. Não tinham se passado nem dez minutos de filme e Lizzie já nem se lembrava mais do que se tratava. Seus lábios já estavam grudados nos de Fred. Seus corpos, entrelaçados na cama.

Mesmo com as camadas de roupa de ambos, ela podia sentir os músculos dele se contraindo. Podia sentir o calor de seu corpo. Podia sentir a maciez de sua pele.

Quando o filme terminou, a sensação do casal era a de que somente alguns minutos haviam se passado. Mas o relógio mostrava que passava da meia-noite.

"Tudo o que é bom dura pouco. Vamos Lizzie. Vou levá-la ao seu quarto".

"Por que quer se livrar de mim tão rápido, Fred?"

"Livrar-me de você? Nunca! Minha Lizzie, se eu pudesse, nunca a deixaria longe da minha vista. Infelizmente, precisamos dormir. Temos um dia cheio amanhã".

"Sim, eu sei. Novamente, não entendi por que eu terei que voltar ao meu quarto".

Uma pontada de esperança chega ao peito de Frederick. Ele não acredita no que estava ouvindo. Duvida de seu sentido. Acha que entendeu errado.

"Você quer dizer... minha Lizzie, você quer dormir no meu quarto? Comigo?!"

Liz alcança seu Fred, que estava na porta, com a mão na maçaneta. Segura seu pescoço e aproxima aquele rosto animado de seu próprio. A expectativa de Fred está brilhando em seus olhos.

"Sim, *meu* Fred. Quero passar a noite em seu quarto. Mas devo avisá-lo: não pretendo dormir...", encostando agora seus lábios nos de Frederick, suspira em sua boca: "E não fique tão animadinho. Vamos ficar acordados, porém vestidos".

"Catherine, acho que você está exagerando. Eles estão juntos há pouquíssimo tempo. Além disso, minha cara, a moça parece ser uma jovem exemplar. Inteligente, trabalhadora, bonita... acredito que ela fará a diferença na campanha".

"Claro que você diria isso. Como fui burra ao procurá-lo para conversar, Jim. Logo você, que largou uma mulher distinta e elegante para se casar com aquela–"

"Ela é a minha esposa, Catherine! Respeite-a!"

Jim Darcy estava aposentado. Entretanto, sempre se envolvia na campanha de seus familiares. Além de experiente, tinha muita sensibilidade no que se refere a discursos e imagem do candidato. Sabia exatamente como ressaltar os pontos positivos de seus protegidos e como desmascarar seus opositores. Isso tudo sem criar inimigos. Era um verdadeiro artista da política.

Era também Jim o ponto de equilíbrio da família. Era ele quem mediava as discussões, apartava as brigas, acalmava os ânimos e pacificava as discórdias. Seus conselhos eram geralmente ouvidos, e sua lógica, aceita.

Era o que ele tentava fazer neste momento: trazer razão a uma mulher cujas opiniões estavam mergulhadas em preconceitos e interesses próprios.

Mesmo com a paciência quase esgotada, Jim Darcy respira fundo, busca serenidade no fundo se sua alma, onde guarda a imagem de sua esposa, e continua.

"Não há com o que se preocupar, Cathy. Eles nem sequer oficializaram o namoro e–"

"Para quê oficializar?", a senadora o interrompe. "Você não os viu ontem à noite? Não estava no mesmo jantar que eu? Eles não se desgrudaram! Ele não deu atenção a mais ninguém!"

"Você quer dizer, ele não deu atenção a *você, a* Anne. De qualquer maneira, não importa. Não entendo por que você está assim. Nem sequer havia mídia e–"

"Jim", ela o interrompeu novamente, mas sua vontade era calá-lo com um tapa na face, "não se precisa de jornalistas para que essas notícias se espalhem! Eles estavam excessivamente indiscretos! Não pretendo interferir. A minha pretensão–"

"Cathy", agora quem teve que cortar a senadora foi Jim, "todos sabemos qual é a sua pretensão. Sabemos que você deseja, desde sempre, que meu sobrinho se case com a sua filha".

"O que desejo é o melhor para Frederick".

"Com todo o respeito, Cathy, como você sabe que o melhor para ele é Anne? Ou que o melhor para Anne é Fred?"

"Caso Anne não seja a eleita, gostaria, ao menos, que ele se casasse com uma mulher de respeito. Afinal de contas, estamos falando sobre a futura primeira-dama dos Estados Unidos!"

"O que você tem contra a moça, Cathy? Ela é, aparentemente, respeitável. Além disso, se me permite, creio que você esteja exagerando. Fred acabou de começar a namorar essa moça. E você já está preocupada com o casório! Temos que nos preocupar na hora certa e com a coisa certa. E, neste momento, o relacionamento de Fred com a brasileira não é preocupante. Muito pelo contrário: já pensou na quantidade de eleitores latinos que nós conseguiremos?"

"É com isso que você está preocupado? Com os eleitores latinos?! Esqueceu-se de quem é o presidente? De como o país está dividido? Por céus, estamos às avessas com essa história do muro para nos separar do continente latino-americano, e você aí preocupado com–"

"Não, Cathy. Estou preocupado com Fred. Meu sobrinho. Seu afilhado. E ele parece estar muito feliz com a jovem. Deixe-o aproveitar a lua de mel do relacionamento. Além do mais, somos Democratas; deveríamos agir como tal. E uma de nossas principais bandeiras, caso você tenha esquecido, é exatamente a *tolerância*. Algo que, como você mesma frisou, não está em pauta na Casa Branca no momento. Ou seja, não vejo por que não usar esse relacionamento a nosso favor. Quando – e se – o caso ficar sério, voltaremos a conversar. De acordo?"

Catherine Boyd respondeu a Jim Darcy que, por enquanto, iria ignorar o tema. Só que, desta vez, nem as palavras tranquilizadoras de seu primo de criação foram suficientes. Ela não iria mais falar no assunto. Não obstante, observaria o casal. De perto.

De: Caroline Sarah Bing [carol.bing@texmail.com]
Enviada em: qua 29/08/2018 às 19:03
Para: Jane Barbosa Benevides [jane_bb@benlocobuzios.com.br]
Assunto: Res: Vamos nos ver em NY?

Amiga querida!

Quanto tempo, não? Perdoe-me, mas não tive tempo nem de respirar na última vez em que vim a NY. Finalmente, estou de volta! Que tal um café na semana que vem? Segunda, às 16h? Posso te passar o endereço do lugar por mensagem na segunda de manhã.

Aguardo sua resposta ansiosamente!

Beijos!

Jane estava feliz. Os últimos dois meses haviam trazido notícias alegres. Ela própria havia sido promovida, menos de um ano depois de entrar no escritório. Por sorte, um advogado havia sido transferido à filial de Los Angeles, deixando uma vaga em aberto.

A Pousada BenLoco havia sido eleita uma das melhores do Estado e não poderia ter mais hóspedes. Janaína e Antonio Augusto estavam até mesmo pensando em comprar outro imóvel em Búzios, a fim de comportar mais turistas.

A vinda de Lizzie em julho trouxe mais uma surpresa agradável: estava namorando, e com ninguém menos que Frederick Darcy, o americano que ela havia detestado desde que o conhecera, comprovando que as primeiras impressões nem sempre são corretas.

Por um lado, o coração de Jane apertava toda a vez que imaginava como as duas irmãs poderiam ter namorado os dois amigos. Por outro, sabia que tudo tinha acontecido como deveria ser. Especialmente para Liz, que havia aprendido a ter mais cuidado antes de julgar o caráter de alguém.

Mais recentemente, Jane havia recebido um *e-mail* de Caroline Bing, que a encheu de esperança de reatar a amizade. Elas não se falavam desde Búzios, e a adorável Jane adoraria ter uma companhia – mesmo que não constante – em Nova Iorque. Além de querer provar que Liz também estava errada sobre Caroline, é claro. Ela estivera enganada sobre o melhor amigo de Charles; por que não também sobre a irmã dele?

O local combinado para encontrar a ruiva era um café a duas quadras do apartamento de Erik. Ela iria jantar com ele naquela noite, depois da conversa com Caroline. Jane não gostava muito daquele lugar, achava-o frio e nada confortável. No entanto, o café era gostoso e, ela tinha certeza, a companhia seria agradável.

Ao chegar, verificou que Caroline estava à sua espera. Ela estava, como sempre, impecavelmente vestida e parecia muito feliz em ver a amiga brasileira, algo que iluminou o coração de Jane.

Depois dos cumprimentos e das alegações de saudades de ambas as partes, Caroline afirmou que estava em Nova Iorque sozinha, como se tivesse conseguido ler a pergunta na mente de Jane.

"Você acredita nisso, minha querida Jane? Vim visitá-lo, pois ele já deveria ter voltado de Boston. Mas ele e Georgy estão inseparáveis!"

Caroline comentou com fingida irritação; entretanto, estava claro que o fato do irmão estar tão próximo a Georgiana Darcy era mais do que agradável para ela.

"Especialmente agora que Frederick está tão enrolado com a campanha. Charlie achou melhor ficar mais alguns dias para ajudá-los. Ele é um amigo tão atencioso e um companheiro tão leal, não acha?"

Jane não conseguiu esconder seu embaraço ao ouvi-la falar da lealdade do irmão: seu estado de vergonha estava estampado em sua face. Mesmo assim, Jane esforçou-se para responder com algum traço da animação da amiga.

"Que bom que Frederick pode contar com seu amigo em um momento tão delicado e estressante".

A bela ruiva sentiu-se triunfante. Conseguira inserir o tema que motivou seu convite. Agora, poderia fazer as perguntas que queria sobre Frederick. Acreditava que não levantaria suspeitas de suas intenções, já que Jane também falara do melhor amigo de seu irmão.

"Eu ouvi dizer que outra pessoa muito próxima a nós também tem apoiado bastante Fred, Jane".

Assim que pronunciou as palavras, Jane ficou tensa. Apesar de Caroline Bing achar que seu interesse passaria por uma curiosidade casual, Jane já desconfiava de seu objetivo. Como a loira manteve-se calada, apenas tomando mais um gole de seu *cappuccino*, a ruiva decidiu continuar.

"Segundo Charlie, sua irmã está bem próxima à família Darcy".

"Pelo o que entendi, ela e Georgiana têm se tornado cada vez mais íntimas. Fiquei aliviada ao saber da nova amizade. Afinal de contas, comigo e Lotte longe dela, temia que Lizzie ficasse deprimida com a solidão".

"Certamente, Liz não poderia ter escolhido uma amiga melhor. Georgy é uma pessoa doce, além de ser uma moça distinta. Introduzirá Liz à nata da sociedade de Boston, Jane. Liz tem muita sorte".

"Ambas têm sorte. Lizzie também é uma pessoa cuja amizade tem valor inestimável. Além disso, tenho certeza de que a influência social ou política que a família Darcy tem não faz qualquer diferença para a minha irmã".

Percebendo o incômodo de Jane, Caroline decidiu mudar o rumo da conversa. Ela estava aqui para falar de Frederick, não sobre aquela brasileira antipática, que havia tornado sua estada em Búzios extremamente desagradável!

"Tenho certeza disso, querida Jane! Mas eu soube que sua irmã tem se aproximado de Fred também".

Jane agora tinha certeza que precisaria calcular muito bem suas palavras. Deveria ser mais cautelosa e discreta do que era normalmente. Ficou claro, naquele momento, que o único intuito de Caroline Bing era descobrir o que estava acontecendo entre sua irmã e Frederick Darcy.

Lizzie estava certa. Agora Jane podia enxergar. Caroline Bing não se importava com ninguém a não ser ela própria. Ela não desejava rever Jane. Não queria sua amizade. Visava apenas saber se o homem que queria para ela própria estava com outra. E isso ela não descobriria pelos lábios de Jane. Se Charles Bing – seu próprio irmão – não lhe contou, não seria ela que iria fazê-lo.

"De fato, imagino que eles se vejam bastante, Caroline. Soube que Frederick e a irmã são muito unidos. Nada mais natural, portanto, que os amigos de um acabem se tornando próximos aos do outro também. Como é o caso de Charles e Georgiana, que você mesma relatou".

A resposta de Jane a Caroline havia sido exatamente o que a primeira queria e nada que a segunda esperava. A cor do rosto da ruiva ficou quase a mesma que de seus cabelos. Achara que seria fácil induzir Jane a lhe contar o que queria saber. Agora, percebia que a moça não era tola como imaginara.

"É irônico que os dois sejam amigos agora, não? Eu tinha a impressão de que não haviam gostado um do outro, desde a primeira vez que se viram".

"Você tem toda a razão, Caroline. No entanto, acredito que o caso deles dois seja um ótimo exemplo de como não devemos nos deixar levar por primeiras impressões".

Assim que emitiu sua opinião, disse à ex-amiga que tinha que ir embora. Conforme esperado, Caroline não insistiu que ficasse. Havia percebido que Jane não contaria o que ela queria ouvir; portanto, o encontro era um fracasso sem sentido.

Para Jane, entretanto, a impertinente conversa havia lhe servido de lição. Realmente, teria que reavaliar suas opiniões. Em relação a Caroline, sabia que nunca mais teria notícias dela. E isso não a deixava magoada. Não mais. Porque agora, finalmente, Jane percebeu: ela não havia perdido aquela amiga porque a amizade nunca havia existido.

Mal percebeu e já estava na porta do apartamento de Erik. Usou a chave que ganhara dele para abrir a porta maciça de madeira. Conseguiu fazê-lo silenciosamente, de tal forma que o professor não a ouviu chegando.

Ele estava no escritório, que tinha um cheiro de livros antigos que Jane adorava. Entre as enormes estantes entupidas de livros havia espaço para uma pequena escrivaninha, que parecia ainda menor quando seu gigante *viking* a estava usando.

Enquanto seu namorado escrevia concentrado, de costas para Jane e de frente para a janela, ela aproveitava para observá-lo. O homem que a havia convidado para morar com ele. Que nunca a havia pressionado. Um homem compreensível, que a amava de verdade. Companheiro e verdadeiramente leal.

E o que ela havia feito por ele? Durante os primeiros meses de namoro, pegava-se pensando em Charles Bing. E, até este momento, ela ainda tinha esperanças com ele. Não queria admitir para si mesma até agora, mas ela ainda pensava que poderiam voltar.

Acabou pensando tanto no homem que a havia abandonado que negligenciara o homem que sempre estivera a seu lado.

De repente, tudo ficou claro para Jane. Ela não iria mais se preocupar com falsas amizades ou sofrer por pessoas que nem se lembravam dela. A partir de agora, ela valorizaria aqueles que a amassem de verdade. Começando por Erik.

"Meu amor! Nem ouvi você chegando!"

Ele nem esperou que Jane se aproximasse. Abandonou o que quer que estivesse escrevendo e foi recepcionar sua namorada com um abraço que a tirou do chão.

"Está tudo bem com você, Jane?"

Até nisso Erik era maravilhoso. Ele não era daqueles homens que não notavam a tristeza de sua namorada nem se ela estivesse chorando. Erik era atencioso e percebia todos os detalhes. Ele sim se importava. Ele sim merecia seu amor.

"Tudo bem, sim", Jane lhe assegurou. "Eu estava aqui imaginando como seria morar nesta casa".

"E?", Erik questionou, inseguro.

"Acho que seria perfeito".

Nem em seus cálculos mais pessimistas poderia Liz imaginar que a campanha de Frederick Darcy seria tão exigente. Pelo menos, as pesquisas daquele mês de setembro mostravam que a chapa de seu namorado estava à frente.

Apesar da agitação da agenda, cada minuto que Frederick tinha disponível passava com sua Lizzie. Pelo bem do relacionamento, os dois (mais por Lizzie do que por Frederick, obviamente) chegaram à conclusão que a discrição seria a melhor escolha. Portanto, nada de oficializar publicamente o namoro. Somente após a posse – caso ele de fato vencesse a eleição – os dois começariam a aparecer como casal em público.

A decisão foi festejada por duas mulheres das respectivas famílias: Catherine Boyd, por acreditar que isso lhe daria tempo para separar a brasileira do afilhado; e Janaína Benevides, que, apesar de querer ter uma filha primeira-dama, não gostaria de vê-la magoada. E, depois de testemunhar o que Jane passou com Charles Bing, acreditava que ocorreria o mesmo com Frederick Darcy, um homem que julgava arrogante.

Na volta do trabalho, Lizzie nem notou as folhas douradas que caíam das árvores em seu caminho. Ela adorava o outono de Boston, mas o cansaço e a saudade de Frederick ocupavam sua mente.

O mestrado havia começado no início de setembro, há três semanas, e Liz estava tendo dificuldade em conciliar os estudos, a gerência da loja (que estava cada vez mais conhecida na cidade) e o relacionamento com Frederick.

Tomou um banho automaticamente, pensando na última vez em que passou uma noite com seu americano. A lembrança lhe deixou triste, porque não sabia quanto tempo levaria para vê-lo novamente.

Quando sua campainha tocou, Liz também foi atender automaticamente, imaginando que se tratava da comida japonesa que havia pedido. Porém, a pessoa do outro lado da porta a fez acordar de seu transe: era ninguém menos que Frederick Darcy, com seu pedido em uma das mãos e uma garrafa de seu champanhe favorito na outra.

A reação de Liz quase fez com que sua surpresa derrubasse tudo no chão. Foi quando percebeu que seu desânimo nos últimos dias nada mais era que saudade. Ela precisava daqueles lábios contra os seus. Daquelas mãos agarrando sua cintura. Daquele calor contra seu corpo.

E a recepção calorosa de Lizzie ofereceu um sopro de energia ao político, que, apesar do cansaço da campanha, sempre estava disposto a passar a noite em claro ao lado de sua Lizzie. Vestidos, como ela sempre exigia.

"Por favor, durma aqui hoje, Fred!", Liz conseguiu dizer quando ambos pararam para tomar ar. "Estou com muitas saudades".

"Se eu pudesse, dormiria contigo todos os dias, minha Lizzie", ele continuou, usando um tom sensual, "mesmo sendo muito difícil apenas dormir com você ao meu lado".

O jantar e o champanhe ficaram esquecidos por quase uma hora, enquanto o casal matava as saudades no cômodo ao lado. Quando se beijavam, Liz e Frederick esqueciam-se da fome, do sono, da exaustão.

"Minha Lizzie, eu tenho um presente para você", Frederick admite, ainda com sua brasileira em seus braços.

Afastando-se o mínimo possível de Lizzie, Frederick tira uma pequena caixa preta do bolso de sua calça. Coloca-a, em seguida, sobre o estômago dela.

"Minha mãe nunca se importou com joias. Exceto por duas, ambas presentes do meu pai", ele conta para ela, sua voz ficando cada vez mais rouca de emoção. "Este foi o primeiro presente que ele lhe deu. Minha mãe me disse que eu deveria dar somente à mulher que me fizesse sentir como ela se sentia quando estava com meu pai: como se fosse um sonho".

Liz estava emocionada. Não importava o que havia naquela caixa. O que importava era o que ela significava: o amor deles, assim como um dia havia sido com os pais de Frederick.

A pulseira da mãe de Frederick era delicada e elegante. Era de ouro, formada por ligamentos em formato de pequenos corações. Adorável e discreta. Como o relacionamento dos dois.

"Gostou, minha Lizzie?"

"Amei!", ela afirmou, e lhe ofereceu um beijo na ponta do nariz. Em seguida, pergunta, sem conseguir segurar a curiosidade. "Qual é a outra joia que sua mãe adorava?"

"Mal ganhou uma e já quer outra, minha Lizzie?", o rosto da brasileira ficou imediatamente vermelho, o objetivo de Frederick. "Não se preocupe: em pouco tempo vai ser sua também. Mas a próxima joia não vai ficar no seu pulso. Ela deve ser usada aqui".

Usando o seu indicador, Frederick pressiona o anular da mão esquerda de Lizzie. E antes que ela pudesse ter a chance de lhe responder, ele cobriu os lábios dela com os seus próprios.

De: Antonio Augusto Benevides [aabenevides@benlocobuzios.com.br]
Enviada em: sex 27/09/2018 às 11:29
Para: Liz Barbosa Benevides [liz_bb@benlocobuzios.com.br]
Assunto: Lídia e outras novidades

Lizzie!

Como está você, filha sumida? Tentei te ligar ontem à noite e você não atendeu. Estou com muitas saudades de você! Seu tio Eduardo me disse que a loja está muito bem. Imagino que esteja muito ocupada, especialmente com o início das aulas do mestrado. Porém, não se esqueça de dar notícias aos seus velhos aqui, ok?

Gostaria de conversar com alguém com bom senso (que falta à sua mãe) sobre Lídia. Recebi uma ligação na semana passada dos pais de Vanessa – a amiga com quem ela está morando – e eles me contaram algumas coisas preocupantes.

Segundo Felipe, pai de Vanessa, Lídia anda faltando às aulas, saindo escondida à noite e, até mesmo, chegando alcoolizada na casa deles! Sua mãe, como sempre, considera o comportamento negligente de sua irmã como "normal" para a idade. É cada vez mais difícil conversar com ela. Como vou conseguir educar sua irmã se sua mãe apoia suas negligências?

Falando em problema, aquele americano que parecia tão gentil e simpático, David Wickham, sumiu de vez. A polícia desconfia que ele tenha roubado joias do hotel em que estava trabalhando. Aparentemente, nós nos enganamos sobre o rapaz, Lizzie.

Mudando totalmente de assunto, eu gostaria de deixar claro para você que, apesar da frieza de sua mãe ao saber de seu namoro com Frederick, pode contar comigo. Estou na torcida! Sei que você somente entraria em um relacionamento se tivesse certeza acerca da integridade do homem ao seu lado. A você, desejo boa sorte (e paciência, minha querida, necessária sempre).

Fiquei extremamente sentido de não ter podido conhecê-lo melhor enquanto ele estava em Búzios. Mas ele é um homem mais fechado, não? Pelo menos, mais tímido que Charles.

Não quero alarmá-la, pois a situação já está sob controle, mas houve um pequeno incêndio em uma das pousadas. Ninguém se feriu, mas as burocracias do seguro nos obrigaram a retornar antes do previsto, antes que eu pudesse visitar você, minha querida.

Ao menos, conseguimos passar em Nova Iorque antes do retorno ao Brasil. Visitamos seus tios, Jane e conhecemos Erik. Fiquei muito bem impressionado! Rapaz inteligente e educado e muito carinhoso com a sua irmã. Ouço a marcha nupcial tocando em breve, Lizzie!

De: Liz Barbosa Benevides [liz_bb@benlocobuzios.com.br]
Enviada em: sex 27/09/2018 às 13:36
Para: Antonio Augusto Benevides [aabenevides@benlocobuzios.com.br]
Assunto: Res: Lídia e outras novidades

Papito!

Você tem toda razão em se preocupar com Lídia. Ela é uma menina de bom coração, mas a proteção excessiva de minha mãe, combinada à imaturidade da menina, torna Lídia irresponsável. Ela precisa que alguém a guie, sempre. Desde o início, achava essa história de ela ir para o Rio sem os pais um erro. Agora tenho certeza.

Sobre David, ele não enganou somente você, pai. Todos o achávamos uma ótima pessoa. Não posso te contar a razão do que vou dizer, mas David é ainda pior do que você imagina. Que bom que ele nunca mais nos procurou.

Agradeço pelo seu apoio em relação ao meu namoro. E não se preocupe com a minha mãe: tenho certeza de que, quando ela conhecê-lo melhor, vai adorar Frederick. É que ele é um pouco "fechado" demais para ela, como você o chamou. Você sabe que mamãe gosta de homens mais extrovertidos...

Por último, não posso concordar contigo a respeito de Jane. Apesar de desejar, acima de tudo, que o relacionamento deles dê certo, isso somente acontecerá quando Jane esquecer Charles Bing de uma vez por todas. Ela finge que não se importa, mas eu sei que ainda tem sentimentos por ele.

Te amo.

Capítulo 11

Liz nem acreditava que já era 06 de novembro. Dia das eleições. Dia que poderia decidir, logo no primeiro turno, quem seriam os próximos governador e vice-governador do Estado de Massachusetts. Olhando em volta do salão do hotel, onde a equipe da campanha e os maiores apoiadores da chapa estavam, a brasileira pensava em como aquela cena lhe pareceria impossível há alguns meses.

Para Liz, a bizarrice da cena se dava em vários detalhes. O primeiro era sua presença naquele ambiente tão diferente do que estava habituada. O fato de ela estar ali torcendo por Frederick jamais passaria por sua cabeça em janeiro daquele mesmo ano. Que estaria torcendo por ele por se tratar de seu namorado, muito menos.

Vou morder minha língua até 2050, ela ria da ironia dos eventos que a levaram até aquele momento.

Liz perdeu-se em seus próprios devaneios, até que o objeto de seus agradáveis pensamentos agarrou-a pela cintura. Era impressionante: estavam juntos há apenas alguns meses, mas Frederick Darcy a conhecia muito bem. Sabia onde sua cintura começava e terminava. Sabia quais pontos a deixavam arrepiada. Sabia como fazê-la gargalhar.

E, principalmente, Frederick Darcy sabia quando Liz Benevides precisava de espaço e silêncio, algo que somente seu pai além dele entendia. Até sua amada Jane confundia, muitas vezes, sua necessidade de solidão por irritação ou chateação. Não Frederick. Ele não se ofendia. Não se chateava. Apenas lhe dava o espaço de que ela precisava (apesar de não gostar nem um pouco de ficar longe dela, ele sempre fazia questão de recordá-la).

Desde que começaram a namorar, entretanto, Liz parecia precisar cada vez menos de espaço. Era muito mais comum Liz precisar da companhia de seu Fred do que de sua ausência.

Toda vez que ele dizia que iria viajar, seu coração apertava; toda vez que avisava que poderiam passar a noite juntos, era como se lhe tivesse oferecido o livro mais raro do mundo. Era a única forma que Liz conseguia descrever o que sentia por ele.

"Está pensando na pergunta que te fiz há alguns dias, minha Lizzie? Aquela que você fez questão de não me responder? O seu silêncio está me atormentando. Acho que você quer me enlouquecer. Quando você vai me dizer algo?"

Somente a voz de Frederick já era suficiente para fazer o coração de Liz acelerar enlouquecidamente. Ela sempre achara os casais apaixonados ridículos, com todos aqueles sorrisos bobos e as conversas secretas ao pé da orelha. Ela tinha consciência de que os dois eram agora um desses casais.

E não se importava nem um pouco com isso. Muito pelo contrário: adorava sentir-se ridícula ao lado daquele homem.

Porém, o que responderia a ele?

Alguns dias antes

Frederick Darcy havia decidido se oferecer uma folga da campanha. Faltavam poucos dias para a tão aguardada eleição, e o principal assessor dele na campanha quase teve um ataque cardíaco quando Frederick avisou que queria cancelar todos os compromissos daquele dia.

Ele precisaria de pelo menos uma tarde inteira para preparar a surpresa que tinha em mente. E era algo que desejava fazer com suas próprias mãos. Não queria delegar aquela tarefa a seus assessores. Seria como delegar seu relacionamento.

O político americano já sabia exatamente como e onde faria aquilo que desejava fazer desde que havia tocado os lábios de sua Lizzie pela primeira vez. Logo que o primeiro beijo aconteceu, Frederick sabia que estava perdido: teria que beijar aquela boca pelo resto de sua vida.

Agora, iria passar o dia planejando como arrumar a cena perfeita para perguntar a Liz se ela desejava o mesmo.

A primeira tarefa seria supervisionar a montagem da *jacuzzi* que ele havia encomendado para o varandão do segundo andar do apartamento de Liz. Os técnicos chegaram na hora marcada, exatamente uma hora depois do horário de saída de Liz.

Frederick já conhecia os horários de sua amada de cor, e por isso sabia que ela sairia do apartamento às oito e meia, porque sua aula naquela quinta-feira começaria às nove. Depois, iria almoçar uma salada no restaurante natural ao lado da *Garden's Fic*, para onde iria em seguida. Na loja que gerenciava, ficaria até umas seis da tarde.

Ele teria tempo suficiente. A *jacuzzi* foi montada, testada e limpa em menos de quatro horas. Ou seja, na hora do almoço, Frederick já estava a caminho do supermercado, para completar sua segunda tarefa: comprar os mantimentos para o jantar que ele mesmo prepararia.

A ideia fora de Charles: Frederick cozinharia um dos pratos favoritos de Liz, e era um tipicamente baiano. Moqueca de camarão. Ele havia passado as últimas semanas aprendendo a fazê-lo. Chegou a encomendar diversos temperos diretamente do Brasil. De sobremesa, outro prato típico do país de sua querida Lizzie: pudim.

Quando retornou ao apartamento de Lizzie, que também sentia ser sua própria casa, já passava das duas da tarde, e a fome o obrigou a parar com os afazeres por quarenta minutos para comer.

Mal havia engolido a comida e já estava na loja onde havia deixado o presente secreto, para que fosse adaptado ao dedo de sua – assim desejava Fred – nova dona. Além de ter o número alterado, Fred pediu ainda que fosse polido. Queria que tudo fosse perfeito. Como sua Lizzie era.

Por último, o toque final da surpresa. E o mais importante para Fred, pois seria também o mais difícil. Ela lhe havia descrito o sonho semanas antes e Frederick queria reproduzi-lo com o máximo de detalhes que pudesse.

Foi até a floricultura favorita de Georgy para escolher pessoalmente as flores. Como queria que sua irmã estivesse ali! Georgy poderia acalmá-lo, além de auxiliar na escolha das flores. Mas ele estava seguro. Havia conversado com a irmã durante horas no dia anterior. Sabia agora quais eram as flores que Lizzie havia descrito.

A escolha foi difícil, pois Frederick não se contentava com nenhuma flor que não estivesse perfeita. Bastava a ponta da pétala estar escurecida para ele recusar sua dona. Foi árduo, mas, finalmente, após quase uma hora, ele e a experiente florista conseguiram selecionar o número que ele queria para realizar seu plano com maestria.

Ao chegar ao apartamento, Frederick verificou que tinha mais de duas horas para preparar a comida e o cenário. Era exatamente o que ele precisava. Daria certo. Ele deixaria tudo pronto. E ela o tornaria o homem mais feliz do mundo.

A aula de mestrado, as horas na loja e a saudade de Frederick haviam sugado todas as energias de Lizzie. Ao menos, ela o encontraria no dia seguinte. Ele passaria, enfim, o final de semana inteiro em Boston, já que as eleições eram domingo.

A expectativa de duas noites seguidas ao lado de Fred levantou o ânimo de Liz. Já haviam passado outras noites juntos, já haviam se entregado um ao outro em muitos sentidos. Exceto em um. E Liz gostaria de derrubar essa última barreira, que nenhum homem jamais havia atravessado.

Ao abrir a porta de seu apartamento, portanto, ela já se sentia renovada só de pensar como teria dias – e noites - agradáveis. Pensar em tudo o que faria com Fred, nas coisas que nunca havia feito antes, Liz sentiu uma forte brisa de calor atravessar ferozmente seu corpo, deixando para trás bochechas rosadas e uma deliciosa sensação em um local ainda intocado, abaixo de seu umbigo.

Liz ria para si mesma com a ansiedade da expectativa quando percebeu. Não estava a sós em seu apartamento. Uma fraca luz laranja combinada a cheiro de flores campestres emanava de sua casa. Os poucos segundos para Liz entender o que estava acontecendo foram suficientes para Frederick surpreendê-la com um beijo.

"Tenho um presente para você lá em cima, minha Lizzie", disse-lhe Frederick, quando os dois finalmente conseguiram afastar seus lábios.

"Além de tudo isso que você preparou aqui embaixo?"

Mal ela sabia que a surpresa do andar de baixo não era nada comparada àquela que a esperava na varanda do segundo andar. Lá, Liz ficou atônita ao verificar que, além de uma mesa repleta de sua comida brasileira predileta, havia uma *jacuzzi*!

Entretanto, não foi a banheira gigantesca que mais havia abismado a bela carioca. Foi a forma como Frederick a havia preparado.

Algumas semanas antes, ela havia tomado coragem para lhe contar sobre o sonho que se repetia diversas vezes durante a noite. O sonho que, na primeira vez, parecera um pesadelo. Porém, aos poucos, Lizzie notara que se tratava de seu inconsciente tentando lhe contar um segredo.

E o segredo, que ela guardara até mesmo dela própria, era que ela estava perdidamente apaixonada por Frederick Darcy.

Era o sonho em que ela estava no lago atrás da mansão Darcy. A casa que virou museu, que ela visitara com o tio Eduardo meses atrás. Era uma noite agradável, e a água fresca do lago estava convidativa. Lizzie entra no lago completamente nua, seguida por um silencioso Frederick. Ele a surpreende, a beija e... Lizzie sempre acordava neste ponto.

Não desta vez. Desta vez, Lizzie não acordaria do sonho, pois seu Frederick do mundo real o havia transformado em realidade. A superfície coberta por pétalas de flores campestres dava à *jacuzzi* o aspecto idêntico ao lago do sonho.

Apenas um ponto de luz cintilando no meio da banheira a diferenciava das belas águas de seu sonho. Lizzie imaginava se tratar somente de uma lâmpada da banheira, mas, ao se aproximar, percebeu que a origem do brilho era o centro de uma pequena bola de ar de plástico transparente.

Enquanto se perguntava o que poderia ser aquilo, Liz abeirou seu lago artificial, alcançando o objeto com a mão esquerda, a fim de analisá-lo. Foi quando percebeu o verdadeiro motivo de toda aquela surpresa.

Muitas semanas antes, quando lhe dera a pulseira de ouro – a qual ela não tirava do braço desde que a ganhou –, Fred dissera a Liz que havia outra joia favorita da mãe. Um dia, segundo ele, a segunda joia, o anel de noivado de sua mãe, também pertenceria a ela.

Não obstante suas promessas, Lizzie não imaginava que ganharia aquele anel tão rápido. Muito menos imaginava que fosse tão encantador. Minúsculos diamantes no aro formavam uma delicada flor quando se encontravam no meio. Jamais Liz conseguiria escolher para si própria uma joia mais bonita e elegante.

Enquanto admirava a perfeição do bem mais valioso da mãe de seu amado, Liz não notou Frederick aproximando-se por trás.

"E então, minha Lizzie? Você aceita meu presente?"

"Somente se você aceitar o meu também...", Liz lhe responde, já com os lábios – e algumas partes do corpo – ávidos pelo toque de seu amado, que, a partir daquela noite, poderia chamá-la verdadeiramente de sua. Frederick, que já se considerava um homem sortudo por ter Liz ao seu lado, descobriu naquela noite o verdadeiro significado da palavra que tanto ouvira durante a vida, mas nunca compreendera por completo: *encantamento.*

Liz adorava quando Frederick falava em seu ouvido, segurando sua cintura, como fazia agora, mas o olhar desaprovador da senadora Catherine Boyd a forçou a se afastar de seu americano.

Carinhosamente tirou as mãos de Fred de seu próprio corpo e suspirou no ouvido dele: "Agora, não". Não era a resposta que ele esperava, muito menos a reação que ele desejava, mas entendeu a atitude de Liz ao notar sua tia a algumas mesas de distância.

Em uma conversa muda, o casal inseparável combinou que o assunto continuaria após o pronunciamento do resultado. Deveria acontecer dentro das próximas duas horas. Por enquanto, a chapa de Frederick vencia com certa folga, deixando todos eufóricos. Porém, a diferença diminuía à medida que a contagem de votos avançava.

Enquanto o candidato a governador pelos democratas estava cada vez mais ansioso, seu vice não parecia muito nervoso. Toda a sua atenção estava voltada para uma bela morena, de quem simplesmente não conseguia tirar os olhos.

Para o desespero da senadora Catherine Boyd, tal demonstração pública de afeto chamava a atenção dos jornalistas presentes. Um ou outro já haviam questionado seu sobrinho, ela própria e Jim sobre a moça misteriosa. Queriam saber mais, quem era a mulher que havia acompanhado Frederick Darcy durante toda a campanha, demonstrando intimidade com ele e sua irmã, Georgiana.

A cada nova pergunta, a senadora se aborrecia mais, sem perceber que sua fúria apenas confirmava as suspeitas dos jornalistas. Os profissionais da fofoca passaram a fotografar mais a morena de olhos místicos e beleza exótica que os próprios candidatos. Toda risada, todo olhar, todo gesto merecia ser imortalizado em uma foto.

Quando Frederick se aproximava, o frenesi dos cliques superava as vozes do salão. Em poucas horas, o assunto da noite girava em torno do suposto romance de Frederick Darcy, o solteiro mais desejado de Boston.

As mulheres analisavam Liz Benevides à procura de defeitos, enquanto os homens admiravam suas curvas brasileiras, seus cabelos negros e sedosos, a tonalidade única de seus olhos, o som angelical de sua voz.

Tudo passava despercebido somente ao casal, distraído um com o outro. Mal comemoraram ao saber que a chapa de Frederick fora anunciada vencedora. Ao receber as congratulações, Frederick calculava como fugiria com sua Lizzie até a suíte que havia reservado.

Novamente, bastaram trocas de olhares para combinarem quando e como sairiam pela porta dos fundos do salão. Outros olhares trocados no elevador, quando vários hóspedes do hotel parabenizaram o novo vice-governador, enquanto sua mão ardia pelo toque de sua Lizzie.

Quando alcançaram o quarto, já não era possível distinguir Liz Benevides de Frederick Darcy. Braços entrelaçados, lábios grudados e corpos unidos mal permitiam a Frederick encontrar o cartão magnético e passá-lo na porta.

Uma bandeja de prata coberta por um tampa-prato impedia que Frederick jogasse sua musa sobre a cama. Irritado com quem quer que o tivesse forçado a se afastar, mesmo por um momento, de sua Lizzie, o americano arrancou os utensílios de seu caminho.

Foi quando notou. Embaixo da tampa, espalhadas sobre a bandeja, havia diversas jujubas, um dos doces favoritos de Frederick. Não estavam jogadas aleatoriamente. Formavam uma palavra. A única palavra que ele desejava ouvir. As jujubas formavam um enorme “sim”.

De: Antonio Augusto Benevides [aabenevides@benlocobuzios.com.br]
Enviada em: ter12/11/2018 às 04:18
Para: Liz Barbosa Benevides [liz_bb@benlocobuzios.com.br]
Para: Jane Barbosa Benevides [jane_bb@benlocobuzios.com.br]
Assunto: Lídia

Meninas,

Infelizmente, tenho péssimas notícias. Peço a vocês que liguem para Malu a fim de entenderem melhor a situação, pois a mãe de vocês está histérica e eu estou na maior correria no Rio. Malu está com ela em Búzios, a par de tudo.

Não sei como explicar, então serei curto e grosso: Lídia está sumida. E o pior: aparentemente, fugiu com um rapaz. Ainda não sabemos ao certo quem, mas temos forte suspeita de ter sido Wickham.

A amiga com quem Lídia morava, Vanessa, acabou admitindo aos pais que a irmã caçula de vocês andava se encontrando em segredo com ele.

Obviamente, vim pessoalmente ao Rio de Janeiro para ajudar a polícia a encontrá-la. Porém, creio que não será o suficiente. Penso que será necessário contratar um detetive profissional também, só para garantir.

Tenho certeza de que não demoraremos a encontrá-la: a polícia rodoviária federal já foi informada sobre seu sumiço, além da polícia federal, e eles não conseguirão embarcar em nenhum avião.

Entretanto, preciso de vocês com Janaína. Vocês sabem como ela é, especialmente em se tratando de Lídia. Está desesperada. Malu é uma ótima menina, mas muito jovem para dar conta dela sozinha.

Podem me ajudar, meninas?

Amo vocês,

Papito.

De: Jane Barbosa Benevides [jane_bb@benlocobuzios.com.br]

Enviada em: ter 12/11/2018 às 10:48

Para: Antonio Augusto Benevides [aabenevides@benlocobuzios.com.br]

Cc: Liz Barbosa Benevides [liz_bb@benlocobuzios.com.br]

Assunto: Res: Lídia

Pai,

Acabo de falar com meu chefe e ele me liberou por uma semana, para que eu possa ficar com minha mãe e Malu em Búzios.

Lizzie está neste momento falando com tio Eduardo sobre a loja. Tenho certeza de que ele a apoiará também.

Erik está ao meu lado comprando nossos bilhetes. Ele tirou uma semana de férias e me acompanhará.

Vai dar tudo certo, tenho certeza. Vamos dar um jeito e você encontrará Lídia, ok?

Se precisar de algo, é só avisar por aqui.

Te amo,

Jane

De: Liz Barbosa Benevides [liz_bb@benlocobuzios.com.br]
Enviada em: ter 12/11/2018 às 10:48
Para: Antonio Augusto Benevides [aabenevides@benlocobuzios.com.br]
Cc: Jane Barbosa Benevides [jane_bb@benlocobuzios.com.br]
Assunto: Res: Res: Lídia

Papito,

Acabo de falar com tio Eduardo e com o diretor do Departamento de Literatura da Universidade. Ambos me liberaram pelo tempo necessário. Tio Eduardo virá a Boston para cuidar da loja enquanto eu estiver fora, e o diretor Johnson abonará minhas faltas.

Somente preciso ver com Fred se ele poderá me acompanhar, mas já pedi a Jane que comprasse meu voo. Vou até Nova Iorque encontrar-me com ela, para irmos juntas.

Lizzie

As lágrimas pareciam não ter fim. Liz precisava voltar ao quarto de sua mãe, onde a deixara histérica com Malu e Jane. Devia se acalmar antes. Não conseguia. Quando parecia que os soluços estavam sob controle, o choro voltava com ainda mais força.

Ninguém sabia o que causou sua tristeza, por isso devia fazer de tudo para escondê-la. Não era hora de contar que ela e Frederick tinham terminado. Mesmo que quisesse, ela não conseguiria dizer as palavras. Mesmo em sua mente, elas lhe causavam uma dor insuportável.

Tudo estava perfeito demais. Liz devia ter desconfiado. Devia ter confiado em suas primeiras impressões. Como aquilo poderia ser possível? Como aquele homem, de uma família rica e tradicional, iria se casar com uma brasileira sem qualquer importância política?

Dois dias haviam se passado desde que chegara a Búzios, e Liz havia revisado a discussão que tivera com Frederick milhões de vezes, mas não conseguia entender. Como pudera ser tão cega? Acreditar que os dois tinham um futuro juntos...

Por outro lado, Frederick oferecera todos os sinais de um homem verdadeiramente apaixonado à procura de um relacionamento sério, não de uma mera aventura. Ele lhe havia oferecido o anel de noivado de sua mãe! Havia lhe pedido em casamento! E ficara tão feliz ao ouvir o "sim" de Liz! Ou, no caso, de vê-lo escrito com seus doces favoritos.

Frederick parecia ser dois homens diferentes. Ora era romântico, apaixonado e colocava Liz em primeiro lugar. Ora estava preocupado com nada mais do que sua reputação e queria fazer de tudo para evitar um escândalo, para impedir que qualquer fofoca maculasse, de alguma forma, sua reputação inquestionável.

Ele tivera a escolha de apoiar Liz, ir com ela até Búzios, ficar ao seu lado. Em vez disso, escolhera abandoná-la, ofender sua família, culpar a má educação que sua mãe dera a Lídia por seus atos.

Ao contrário do que ela imaginara, sua reação havia sido acusatória, quase como se Lídia houvesse sido responsável por ter sido seduzida pelo farsante David Wickham. Era uma garota de dezesseis anos contra um canalha experiente de trinta e dois!

Quando Liz havia comparado a fuga de Lídia à situação que Georgiana passara com o mesmo homem, Frederick explodiu de vez: enfureceu-se por Liz ter comparado sua irmã, uma menina inocente, cuja ingenuidade a havia levado a acreditar nas mentiras de Wickham, a Lídia, uma jovem reconhecidamente oferecida e irresponsável.

O comentário ofensivo de Frederick Darcy havia sido a última gota. Liz não precisara ouvir mais nada. Aquelas palavras puseram um fim à relação. Naquele momento, Liz quisera apenas retirar-se da casa do político arrogante sem demonstrar fraqueza, mas suas lágrimas escaparam de seus olhos antes que pudesse segurá-las.

Correra até a porta sem se virar quando Georgy lhe chamara, perguntando, confusa, o que havia acontecido. Liz queria explicar. Queria abraçá-la. Aquela moça adorável que havia se tornado uma amiga tão próxima.

Não podia. Aquela era a irmã do homem que havia partido o seu coração. Ao perceber que havia perdido uma grande amiga, não apenas seu noivo, as lágrimas engrossaram e os soluços pioraram.

Saíra correndo pelas ruas de Boston, sem se importar com os olhares curiosos, sem ouvir os gritos de Georgiana e de Frederick vindo da casa. Somente parou sob uma árvore, emocionalmente exausta. Jogara o celular no Rio Charles. Estava tentada a atender às ligações de Frederick e não queria fazê-lo. Não podia fazê-lo. Não depois de tudo que ele havia dito.

Frederick Darcy virara passado.

"Liz? Está tudo bem?"

Liz havia contado a Jane que terminara com Frederick, mas não oferecera detalhes. E sua irmã mais velha, percebendo o seu sofrimento, engoliu a curiosidade e o choque. Não obstante, sempre lhe perguntava se estava tudo bem e se sentia mal por tê-lo feito em seguida, ao ver o rosto da irmã.

Claro que Liz não estava bem! Jane sempre acabava fazendo a pergunta e sempre se sentia uma idiota depois. Ela nunca havia se apaixonado antes, portanto, não sabia como lidar com a angústia dilacerante em seu peito que não parecia melhorar.

Experiente com desilusões, Jane sabia que a irmã melhoraria. Bastaria lhe dar tempo, o melhor remédio para a doença do coração partido. Porém, também tinha consciência de que a irmã nunca mais seria a mesma.

Sua desconfiança por homens viraria paranoia. Sua descrença em relacionamentos se tornaria uma certeza absoluta. Suas vulnerabilidades sumiriam atrás de muros e muros de autopreservação. Seu coração tornar-se-ia duro como pedra. Como havia acontecido, de certa forma, com ela própria.

Apesar do estado lamentável de Liz, piorado pelo fato de não terem achado ainda a caçula da família, Jane decidiu lhe contar uma novidade, na tentativa desesperada de animá-la.

"Vamos nos casar, Lizzie".

Ela disse na quinta noite delas em Búzios, quando a mãe tinha apagado com o remédio prescrito pelo único psiquiatra da cidade.

Caso acreditasse que Jane estava verdadeiramente apaixonada por

Erik, Liz teria ficado verdadeiramente feliz por sua irmã mais querida. Entretanto, sabedora de que o coração de Jane ainda pertencia a Charles, seus parabéns lhe deram um aperto no peito.

Animou-se o restante da noite pelo bem de Jane. Enquanto conversavam com um vigor forçado, Liz pensava em como as duas irmãs tinham se decepcionado pelos dois amigos. E, analisando a cena na qual estava, calculava que talvez nunca fossem as mesmas pessoas. O buraco que aqueles homens deixaram em suas almas era eterno.

Onze *e-mails* de Frederick e outros três de Georgiana. Exatamente o que Liz temia. A tentação de atender seu celular havia sido levada pelas águas bravas do rio, correnteza que carregou também seu aparelho em Boston. Acreditando ter se libertado eletronicamente dos irmãos, sentira-se mais segura. Não era o caso.

Antes de perder a coragem, bloqueou o *e-mail* de Frederick e excluiu aqueles não lidos. Tentou fazer o mesmo com as correspondências de Georgiana, mas não conseguiu. Afinal de contas, ela não era responsável pela briga! Talvez até mesmo tivesse ficado contra o irmão!

O primeiro era um *e-mail* desesperado de desculpas. Liz ficou imediatamente com raiva. De si mesma. De Frederick. Com aquela briga horrorosa, eles haviam atingido mais que um ao outro: claramente Georgiana havia sofrido!

Imediatamente, Liz lhe respondeu. Tentou, ao máximo, usar argumentos que a convencessem de sua inocência. Não havia com que se preocupar, afirmava Liz, estava chateada com o irmão, jamais com a adorável Georgiana.

Se alguém devia desculpas era ela própria, por ter saído da casa sem falar com Georgy, deixando-a preocupada e com sentimento de culpa. Garantiu-lhe um encontro assim que retornasse a Boston.

O *e-mail* a seguir havia sido enviado somente alguns minutos após o primeiro. Entre eles, os irmãos devem ter conversado e Frederick provavelmente relatara o que ocorrera com Lídia.

A reação de Georgiana fora a esperada de Frederick. Ela expressava seus sentimentos pelo ocorrido. Oferecia seu apoio incondicional, inclusive, disponibilizando-se a ir até Búzios. Afirmava a Liz que Lídia seria achada em pouco tempo. Porém, foi a frase final de Georgy que desabou a quase inabalável Liz.

"Não deixe de me avisar se precisar de algo, Lizzie. Saiba que, apesar de não ser a minha irmã de sangue, é a de meu coração. Estou morrendo de saudades e de preocupação".

Liz tentou responder ao *e-mail* com o mesmo carinho com o qual Georgy o havia escrito. Certificou-a de que estava tudo bem e lhe pediu perdão por não ter dado notícias antes.

Foi no terceiro *e-mail* de Georgiana que Liz foi forçada a ligar para a mansão Darcy, em Boston. Nele, uma preocupada Georgiana perguntava a Liz se ela sabia do paradeiro de seu irmão.

Ao atender, a voz de Georgy estava trêmula e nervosa. Antes que Liz pudesse perguntar, Georgy lhe disse que acabara de ver os *e-mails* de Liz e já ia lhe responder. Não queria deixá-la preocupada: o irmão havia retornado. Fora apenas um mal-entendido.

Segundo Georgiana, o irmão tivera de viajar em cima da hora, sem conseguir preveni-la. Para piorar, perdera seu celular, algo que notou apenas na manhã seguinte, deixando a irmã sem notícias suas durante uma noite inteira.

Sem mais perguntas ou comentários, as amigas desligaram. Uma, aliviada por ter conseguido mentir, a outra desconfiada das explicações da amiga.

Aquela história não fazia qualquer sentido. Nada se encaixava. Frederick sabia todos os telefones de Georgiana de cor, por que ligara para a irmã somente no dia seguinte, quando era costume dos dois se falarem todas as noites quando ele estava fora da cidade?

E Georgiana era uma péssima mentirosa. Sua voz e a sua insegurança eram perceptíveis, como se nada que saísse de sua boca fosse verdade. Ela era honesta demais para conseguir enganar Liz.

Por que, por outro lado, Georgy lhe contaria uma mentira?

Será que Frederick havia sumido alguns dias com alguma garota e por isso Georgy não quis lhe dizer nada?

Sequer houve tempo para Liz sofrer com suas suspeitas (ou criar novas), porque Jane chegou ao quarto correndo, excitada demais para falar. Apenas apontou para seu próprio celular, para que Liz visse algo no visor.

Era uma mensagem do pai. Lídia havia sido achada! Nos Estados Unidos? Pelo tio Eduardo?! Aparentemente, Wickham havia vendido as joias que roubara para falsificar passaportes para ele mesmo e para Lídia!

Quando foi descoberta, estava sem dinheiro. Wickham não estava com ela. Segundo Lídia, ele havia saído para comprar comida algumas horas antes e não havia retornado.

Que bom que o canalha sumiu, porque eu seria capaz de matá-lo se ele fosse encontrado, Liz concluiu.

Ainda de acordo com Antonio Augusto, tio Eduardo e Lídia já estavam a caminho do Rio e deveriam chegar no dia seguinte. Ele os esperaria para que retornassem juntos a Búzios.

Ao saber das novidades, Janaína saiu de seu coma melancólico. Começou a cozinhar os pratos favoritos de Lídia e comprou vários presentes para ela, como se a irmã estivesse retornando de uma viagem com os Médicos Sem Fronteiras. Como se sua fuga devesse ser celebrada.

Talvez houvesse alguma razão nas palavras de Frederick Darcy sobre a criação de Lídia.

Mesmo assim, ele não tinha o direito de dizê-las, especialmente naquele momento de desespero da minha parte, respondia Liz à Senhora Tentação, que tentava convencê-la a ligar para Frederick a cada cinco minutos.

Lídia foi recebida com uma festa pela mãe. Dos demais, recebeu sermões e olhares reprovadores, aos quais respondia com sarcasmo e desdém.

Erik já havia retornado a Nova Iorque para a alegria de Liz. Não queria que aquele homem equilibrado visse o desequilíbrio mental de sua mãe e irmã.

Lídia era uma adolescente, com hormônios explodindo em seu corpo com a força de um vulcão. Mas qual era a desculpa da mãe para aquele comportamento absurdo? *Mãe só há uma,* Liz lembrava a si própria, toda vez que estava prestes a explodir com Janaína. Naqueles dias, isso acontecia a cada trinta segundos.

Jane e Liz iriam embora no dia seguinte, graças aos céus, porque nenhuma das duas (nem a paciente Jane) aguentavam mais aquele circo de horrores. Além disso, estavam em Búzios há dez dias e precisavam voltar aos seus trabalhos. Liz também não podia mais faltar às aulas do mestrado. Foi a resposta que ofereceram a Janaína quando ela acusou as filhas de não fazerem companhia a Lídia. *Pobrezinha, ela passou o maior sufoco!*

Sufoco passamos nós, mamãe, Liz queria dizer, mas Jane sempre a segurava.

A aventura de sua fuga era contada e recontada por Lídia como se ela fosse protagonista de um grande romance do século XIX. Toda vez que recebiam uma visita, lá começava a jovem. A saída da casa dos pais de Vanessa, os passaportes falsos, as joias roubadas – as que sobraram – que David lhe oferecera e como fora achada.

As três irmãs e o pai ignoravam as palavras de Lídia e se enfureciam com a animação de Janaína, até que Liz a ouviu mencionar um nome conhecido quando contava a história a uma vizinha.

"Se não fosse pelo amigo de Charles, nada disso teria acontecido".

"Que Charles, Lídia? Está falando de Charles Bing?"

A fúria instantânea de Liz não permitiu à caçula que se recusasse a continuar falando. Portanto, ela simplesmente contou à irmã seu segredo.

Não havia sido o tio Eduardo a descobri-la. Fora Frederick Darcy. Ele apareceu uma tarde, quando David saíra para fazer compras de supermercado, e invadiu o pequeno apartamento que os dois alugaram.

Sem dizer uma palavra sequer, pegou Lídia pelo braço, levou-a até Nova Iorque, onde seu tio Eduardo a esperava, e garantiu aos Jardim que acharia Wickham e o mandaria para a cadeia.

Como Lídia fizera um escândalo ao ouvir que seu amado seria preso, Frederick fizera um acordo com ela: ele não o entregaria à polícia, contanto que ela não contasse a ninguém sobre o papel dele em sua recuperação. E, claro, que ela nunca mais entrasse em contato com David.

"Por favor, Liz! Você não pode contar a ninguém o que eu disse! Por favor!"

Por isso Frederick havia sumido! Para achar sua irmã! Voltou ao seu quarto para ver o *e-mail* de Georgiana. Era isso mesmo. Ela enviara os dois primeiros *e-mails* no dia da viagem de Liz ao Brasil, e o terceiro, sobre o sumiço do irmão, na manhã seguinte.

Frederick havia saído de Boston para procurar sua caçula no mesmo dia que Liz deixou o país para estar ao lado da família!

Poucos segundos depois, uma histérica Lídia entra em seu quarto, implorando – de novo – que não conte nada a Frederick. Apenas depois de ouvir Liz jurar mil vezes (pela saúde de Jane, Malu, Janaína e até mesmo de Lotte) que guardaria seu segredo melhor que ela mesmo o fez, Lídia a deixou com seus pensamentos.

E Liz não diria nada, tinha certeza. Não sabia o que dizer, como agradecer. Como se desculpar por ter sido tão estúpida, por tê-lo julgado tão rápido, por ter desistido do relacionamento sem pensar duas vezes.

Ele não a perdoaria. Certamente, o havia perdido de vez.

Capítulo 12

Nenhum *e-mail* novo de Frederick desde o episódio com Lídia. Pelo menos, havia reatado sem maiores embaraços a amizade com Georgiana, tão logo chegou a Boston.

Fora Georgiana quem a procurara. Ela e o irmão ficaram sabendo de seu retorno por Eduardo Jardim. Quando Liz chegou ao aeroporto, uma amável Georgy a aguardava com um buquê de flores silvestres.

Nenhuma das duas comentou sobre Frederick. Apesar de ele estar presente de uma forma silenciosa e ensurdecedora ao mesmo tempo; ele claramente havia ajudado a irmã a escolher aquelas flores para Lizzie. Georgy queria perguntar, Lizzie queria responder, mas não tiveram coragem de conversar sobre o homem que ambas amavam.

Assim continuou nos encontros seguintes. Naquele sábado, Georgiana e Sophia foram até o apartamento de Liz para fazerem o dia das meninas. Riram, assistiram a diversos filmes, conversaram, fofocaram e, a todo tempo, um breve silêncio desconfortável as fazia se lembrar do elefante branco no meio da sala.

Era impressionante a força da presença daquele homem ausente. Ele estava na mente e entalado na garganta de todas, mesmo que estivesse na voz de nenhuma.

Sophia queria contar a Liz a participação de Frederick no resgate de Lídia; Georgiana queria dizer à sua nova amiga como o irmão sentia sua falta; e Liz queria admitir a ambas que sabia o que ele fizera por Lídia e não dormia há dias de saudades de Fred.

Aquilo que nenhuma delas queria comentar era a notícia da quinta-feira anterior. Saíra, no jornal mais famoso da cidade, sobre um suposto namoro de Frederick e a irmã de seu melhor amigo, Caroline Bing.

Aparentemente, nas últimas duas semanas, os dois estavam inseparáveis. E ninguém tinha notícia da bela morena que circulou com ele durante a campanha. Somente a ruiva aparecia em sua companhia recentemente, junto com seu irmão e Georgiana Darcy.

O jornal fora para o lixo com a mesma rapidez que Liz o tirara da banca. Era oficial. Não havia mais chance entre os dois. O pior era saber que havia sido trocada pela insuportável Caroline Bing. E em tão pouco tempo!

De fato, Frederick não poderia tê-la amado de verdade. Nem se passara um mês do término do noivado e ele já estava saindo com outra! Ela ainda nem tivera tempo de lhe devolver o anel! E não queria fazê-lo: não deseja vê-lo nas mãos ossudas de Caroline. E não queria encará-lo quando o entregasse. Decidira, portanto, que o devolveria quando Frederick pedisse.

Felizmente, nem aquela notícia embaraçosa de dias antes foi capaz de estragar o dia das meninas do primeiro sábado de dezembro.

Em vez de comédias românticas ou dramas, gêneros geralmente escolhidos para a ocasião, elas selecionaram alguns documentários sobre personagens históricos. Foi um alívio para as três poderem conversar sobre temas sem qualquer relação com amor, relacionamentos ou casamentos.

No final do dia, Georgiana ligou para o motorista pedindo que as buscasse. Ela havia combinado de jantar com Sophia e estendeu o convite a Liz, que aceitou sem pestanejar.

No entanto, não foi Jack, o motorista de Georgy, quem foi buscálas. Era Frederick Darcy quem estava no carro. E não estava sozinho: Charles e Caroline Bing o acompanhavam.

"Liz, quanto tempo! Que saudades de você!"

O jeito naturalmente simpático e cativante de Charles tranquilizou um pouco a brasileira, tensa ao ser surpreendida pela presença de Frederick. Charles havia praticamente saltado do carro para falar com ela, e Caroline seguiu seu exemplo, porém sem um traço de verdadeiro carinho.

"Que surpresa, Liz! E como anda sua irmã, Jane?"

Liz fingiu não perceber que Frederick permaneceu no volante, encarando-a. Seu amor por ela não apenas havia terminado, mas também havia se tornado asco. Era a única explicação para tamanha rudeza.

"Está ocupada com os preparativos do casamento, como você deve imaginar, Caroline".

As palavras saíram de sua boca sem que ela tivesse refletido sobre o efeito das mesmas. Se o tivesse feito, teria imaginado que Caroline não havia contado sobre o convite que certamente já havia recebido de Jane.

"Que casamento, Liz?", perguntou um chocado Charles. Até mesmo Frederick havia saído do carro para ouvir o que Liz dizia, apesar de não ter dado a volta para cumprimentá-la. Ela seguiu fingindo que não notava seus movimentos.

"De Jane. Caroline não lhe contou?", agora Liz o fizera de propósito. Os ciúmes de Caroline e Frederick lhe permitiram fazer uma maldade com a primeira, entregando-a ao irmão. "Jane vai se casar em fevereiro, em Búzios, no Dia dos Namorados. Digo, no dia em que vocês comemoram o dia dos namorados. Enfim... espero que você possa ir, Caroline! Minha irmã gosta muito de você e ficaria feliz com sua presença".

"Tentarei, com certeza", uma falsa e furiosa Caroline Bing respondeu.

Liz conseguira provocar o efeito que desejava na irmã, mas acabou, sem querer, magoando o outro. Se, por um lado, ela tinha o dever de detestar o homem que abandonou Jane de forma tão grosseira, por outro ela não conseguia deixar de sentir remorso ao ver o rosto decepcionado de Charles.

"Vamos Liz? Onde quer jantar?", Georgiana, como sempre doce e esperta, mudou de assunto para quebrar o silêncio embaraçoso.

"Mil desculpas, Georgy. Acabei de me lembrar de que tenho um compromisso cedo amanhã. Não vou poder acompanhá-los. Obrigada de qualquer maneira".

Nenhum deles insistiu que Liz fosse. Ela não lhes deu tempo para reagirem à sua desculpa esfarrapada de ter trabalho em pleno domingo. Ela também não deu chance a Frederick que a cumprimentasse. Temia que ele passasse o jantar inteiro sem falar com ela. Preferia fugir, como fizera, do que ser rejeitada pelo homem que amava.

O jantar beneficente seria em algumas horas e Liz ainda não havia escolhido o vestido. Nem sabia por que havia aceitado. Talvez fosse por causa dela, culpada por não ter permitido a Liz esquecer Frederick: a esperança.

Principalmente quando Georgiana lhe contou, com fingida casualidade, que Caroline Bing e o irmão não estariam na festa. Ambos haviam voltado a Nova Iorque na segunda-feira, após o encontro com Liz.

A Esperança também havia enfiado suas garras em Georgy. Apesar de não falar de Frederick, Liz podia sentir, podia cheirar sua vontade de rever os dois juntos. E, inconscientemente, adorava. Tanto que até aceitou a proposta de ir até a mansão Darcy e experimentar os vestidos de Georgiana para ter o que usar no jantar daquela noite.

Claro, foi sob a promessa de sua amiga de que a casa estaria vazia.

Depois de horas escolhendo, finalmente decidiu usar um vestido até os joelhos de sua cor favorita, azul-bebê, rendado na barra da saia.

O baile seria no jardim de outra mansão Darcy, desta vez do tio Jim. Como era quase vizinha à casa de Georgy, as moças poderiam ir andando.

Sophia usava um belo vestido preto de cetim de uma manga cruzada, também nos joelhos. O vestido de Georgiana era longo; porém, de tecido mais simples. Era de linho branco, com detalhes bordados à mão em diversos pontos. Um de seus favoritos.

O belo trio foi recebido no salão com sorrisos carinhosos e olhares de admiração. Exceto pela senadora Catherine Boyd. Liz, animada com a ausência de Caroline, havia se esquecido de perguntar acerca da presença da temível madrinha de seu... ex? *Da Bruxa Malvada do Oeste*,

Liz achou melhor chamar carinhosamente a senadora em sua mente. Era menos... doloroso.

Liz nem viu quando Frederick Darcy se aproximou, tamanha sua vexação com as expressões incômodas de sua tia. Desta vez, ele foi direto cumprimentá-la, com um formal beijo na mão.

O toque macio e morno da mão de Darcy esquentou todo o corpo de Liz, deixando os pelos de sua nuca arrepiados e sua testa suada. Aquela proximidade física depois de tanto tempo deve ter tido efeito nele também, pois seus olhos azuis escureceram imediatamente.

O momento foi quebrado por outros convidados, que chamavam Darcy de todos os cantos do salão. Antes de deixar seu grupo favorito de meninas, ele lançou a Liz um olhar cujo significado ela conhecia bem: ele voltaria até ela.

Passaram-se horas e Frederick não conseguia se livrar dos convidados nem um momento sequer. Ele quase foi até Liz, quando um grupo de três rapazes chamou as três moças mais bonitas da festa para dançar. Notando o desconforto explícito de seu ex-noivo, Liz sabiamente recusou seu pretendente.

Não antes sem lançar um sorriso sarcástico ao – ainda – amado.

Parecia até que não haviam se separado. Apesar de não terem conseguido se aproximar naquela noite, conversavam através de olhares. A Esperança, que cutucava Liz no início da noite, agora a possuía por completo, ajudada pelo álcool do vinho que a brasileira tomava.

Percebendo outro rapaz vindo em sua direção, Liz foi discretamente a um cômodo lateral, a fim de evitar novos olhares raivosos de Frederick, que encarava os pretendentes de Liz como um tubarão encara suas presas.

Um tubarão muito irritado, diga-se de passagem.

Depois de verificar que o novo pretendente não a seguira, ela olhou à sua volta. Estava em um elegante escritório, cujas paredes de madeira maciça estavam cobertas por longas prateleiras entupidas de livros.

Admirava a vasta coleção de Jim quando ouviu o clique da porta se abrindo, e se fechando a seguir.

"Gostaria de conversar a sós com você, senhorita Benevides".

Liz nem precisava ter se virado para saber quem se dirigia a ela. A voz gélida e impetuosa a entregavam: Catherine Boyd.

"Não sei o que poderia ter para me dizer, senadora. Se me der licença".

Ao se dirigir à porta, Liz foi parada pela mão que segurava seu braço com força.

"Não lhe dou licença. Ao menos, não antes de você responder às minhas perguntas".

Apesar de ofendida pelo tom grosseiro da mulher, Liz permaneceu onde estava. Não por submissão, e sim por mera curiosidade. Queria saber o que aquela mulher desejava lhe perguntar. Por que se interessaria por ela?

"Chegou ao meu conhecimento uma notícia alarmante. Soube, através de fontes confiáveis, que meu afilhado pediu *você* em casamento". Ao se referir a Liz, o rosto da senadora contorceu-se em uma expressão de nojo.

Ela nem faz questão de disfarçar seu desgosto por mim, Liz considerava. *O que diabos eu fiz para esta mulher me detestar tanto?*

Sem resposta de Liz, a senadora continuou.

"Apesar de saber que meu sobrinho jamais cometeria tal loucura, quis perguntar-lhe diretamente, a fim de garantir que tal absurdo é, de fato, mentira".

"Se acha ser tão impossível assim seu sobrinho me propor em casamento, por que a pergunta?"

"Garota arrogante! Acha realmente que ele teria um relacionamento com você? Filha de ninguém, sem berço, sem modos, sem nome de família, sem sangue nobre!"

"Sangue nobre? Sem berço? Senadora, acredito que a senhora esteja imaginando que vive no século XIX. Apenas para constar: este já é o século XXI".

"Não, minha querida. É você quem está vivendo no mundo das maravilhas. Muitas coisas podem ter mudado, mas isso não: as classes não se misturam. E nem guerras mundiais ou revoluções feministas, ou invenções tecnológicas mudaram isso. Aceite: estamos em outro patamar. Um patamar em que berço, sangue e família estão acima de paixonites de verão".

"Isso dito por uma democrata. Você está soando bastante com o presidente conservador de vocês. Você não o estava criticando um dia desses?"

"Não tem nada a ver com posição partidária. Isso tem a ver com *status* social. É como o mundo funciona minha querida. Aceite. Meu afilhado nunca vai se casar com você porque você não tem os requisitos para ser primeira-dama. Nunca ouviu falar da história dos Kennedy? Pois bem. Frederick é como JFK. Minha filha é como Jackie. Você, nesse caso, seria a Marilyn." Notando a expressão confusa de Liz, a senadora lhe oferece um sorriso cínico e explica: "O que quero dizer é o seguinte; Fred pode até se divertir algumas noites com uma Marilyn, mas, no final das contas, é com uma Jackie que ele vai se casar."

"Você já me ofendeu o suficiente! Saia da minha frente! AGORA!"

"Não sem antes você me prometer que não pretende se casar com meu afilhado".

"NUNCA! Você pode controlar sua filha, seus assessores e até mesmo seus pobres e enganados eleitores, mas não a mim. Saia da minha frente agora!"

"Quem você pensa que é para gritar assim comigo? Uma garotinha qualquer cuja irmã teve que ser recuperada às custas do tio! Se não fosse por ele, é bem provável que ela estivesse vendendo o próprio corpo por aí e–"

O tapa inesperado impediu que a senadora continuasse. Liz saiu do escritório correndo, com a mão ardendo e verificando que a bochecha direita da senadora já ficara vermelha.

"Agora já era, de vez", Liz pensava enquanto percorria o salão sob os olhares curiosos de Georgiana, Sophia e Frederick. Os três caminhavam em sua direção quando foram bruscamente interrompidos por uma escandalosa Catherine Boyd.

Frederick jamais a perdoaria. Não importava o que a senadora lhe tivesse dito, como ela lhe ofendera, do que ela havia chamado a sua irmã.

Liz a havia estapeado. Seria o único fato importante para Frederick.

Iria chamá-la de insolente, mal-educada. Nunca mais a veria. Talvez até Georgiana se afastasse dela. Novamente, as lágrimas quentes escorreram sobre seu rosto, borrando sua maquiagem.

Por outro lado, a senadora merecera o tapa! Na realidade, merecia algo ainda pior por suas palavras cruéis e acusações ofensivas! Se Frederick não conseguisse enxergar isso, ele não a merecia.

Ele nunca escolheria Liz. Não no lugar de sua própria família. Certamente, mesmo vendo a razão da brasileira e a grosseria descabida da madrinha, não poderia dar as costas à mulher que praticamente o criou.

Sem rumo e com frio, pois deixara o casaco de inverno na mansão, Liz buscou abrigo em um pequeno café.

Tirou o cordão que usava no pescoço desde o dia da briga. O cordão onde deixara preso o anel de noivado que Frederick lhe dera. O anel que ficava sobre seu coração desde que Frederick o havia partido.

Passou ali a noite, encarando aquele símbolo de um futuro perfeito. Um futuro esquecido.

O cachorro aparentava mais frio que a própria Jane sentia. Também, que ideia mais estúpida a dela, sair para passear à noite no Central Park, em pleno mês de dezembro, quando os ventos gélidos atravessavam os arranha-céus da cidade e os ossos de seus moradores!

Segurando o cão em seus braços, protegendo-o do frio com seu próprio casaco, Jane faz a volta para retornar ao apartamento dos tios. Ela também estava desconfortável, mas precisava ficar sozinha, nem que por um momento. Não aguentava mais os olhares de preocupação do tio e as perguntas da tia.

Não era óbvio para eles o que acontecera? Ela havia terminado o noivado com Erik porque não o amava. Ponto. Não iria se casar, especialmente com alguém tão maravilhoso e dedicado como Erik quando sua mente ocupava-se com outro.

Seria o pior tipo de traição: a traição do coração, infinitamente mais profunda que a física, pois aquela estava na alma. Ela sonhava todas as noites com Charles, apesar de ser Erik quem a abraçava na cama. Imaginava os beijos de Charles sempre que os lábios de Erik tocavam os seus. Lembrava-se da voz doce de Charles quando atendia às ligações de Erik.

Não aguentava mais aquela relação mentirosa! Preferiria a solidão à mentira! Não havia mentido somente para Erik. Jane mentira a si própria quando se forçou a namorá-lo, a morar com ele, a lhe dizer sim!

Quando, na noite anterior, acordara depois de um pesadelo com Charles, não resistiu: contou toda a verdade a Erik. Ficou arrasada ao ver que partira seu coração, assim como Charles fizera com ela, mas era melhor deixá-lo livre para amar outra mulher. E, assim Jane esperava, uma mulher que o amasse de volta, como ele merecia.

Jane estava perdida em seus pensamentos quando alcançou a frente do prédio onde os tios moravam. Sua distração era tanta que nem notou o homem encapuzado sentado na calçada.

Apenas quando o ouviu chamar seu nome o notou. E conhecia muito bem aquela voz. Charles Bing.

O ruivo estava magro e pálido e o roxo embaixo de seus olhos indicava que não dormia há dias.

“Sei que não tenho sequer o direito de lhe dirigir a palavra, mas será que podemos conversar? Serei rápido, juro”.

Sem tempo de reação, Jane aceitou o convite de irem até um restaurante italiano próximo ao prédio. Deixou Luke, o cachorro dos tios, no apartamento sem ser vista e seguiu com a sombra do rapaz que um dia havia sido Charles Bing até o local combinado.

“Sei que não tenho desculpas para o que fiz. Fui embora de Búzios sem me despedir. Não te dei satisfação. Você não tem noção do quanto me arrependo de tê-la deixado”, ele disse assim que se sentaram à mesa.

Jane esperou o garçom se dirigir a eles, olhou o cardápio por alguns momentos e escolheu um vinho chileno de que gostava. Precisava de um pouco da bebida para aquela conversa. Ademais, não iria facilitar as coisas para Charles.

“Sim, Charles. Você me deixou. E não foi só isso: fez questão de não responder aos meus *e-mails*, não atender aos meus telefonemas. Ignorou-me por completo".

"Eu sei, eu sei. Eu sinto muito, de verdade", e ele parecia sentir muito mesmo. Jane sacudiu a cabeça, como se o movimento também expulsasse os sentimentos que ainda tinha por Charles de seu corpo. Não ajudou muito. O garçom retornou com o vinho de Jane e a água de Charles, e ela deu um gole grande antes de voltar a falar.

"E por que as desculpas, tanto tempo depois?"

"Porque, mesmo depois de tanto tempo, eu não superei minha culpa, Jane. Nem superei você. Nós dois. Sei que já perdi a minha chance. Você vai se casar com uma pessoa que deve te merecer muito mais que eu".

"Sim, você tem razão: Erik é maravilhoso, ele me merece de verdade. Ele ficou ao meu lado quando mais precisei. Jamais me abandonaria. Jamais me ignoraria". Jane tinha muito a dizer a Charles, mas, ao ver seu rosto ir se contorcendo de sofrimento, seu coração apertou no peito e ela se calou. Por mais que soubesse que ele merecia ouvir aquelas verdades, não conseguia assisti-lo daquele jeito.

"Queria apenas que soubesse que o que eu senti, o que aconteceu entre nós, foi verdadeiro. Do fundo do meu coração, Jane. Todos os dias, quando eu acordo, meu primeiro pensamento é você. E todas as noites, antes de dormir, você é a última pessoa em quem penso também. Não queria ter deixado você".

O vinho já começava a deixar sua mente um pouco embaçada, então Jane decidiu pedir uma entrada. Não sabia se conseguiria engolir algo naquele momento, mas tinha que tentar. Depois de fazer o pedido, perguntou ao homem que a encarava: "Se não queria ter me deixado, por que o fez então?"

"Por motivos que hoje me parecem os mais supérfluos e estúpidos. Por ter-me deixado ser convencido de que você não sentia por mim o que eu sentia por você. Apesar de eu saber, do fundo do meu coração, que você também me amava".

Era muito fácil ele falar de amor agora. Por que não havia dito aquilo quando ela lhe enviou inúmeros *e-mails* desesperados? Ela havia deixado claro que estava apaixonada por ele naquelas mensagens.

Deveria deixá-lo sozinho no restaurante e retornar à segurança da casa dos tios, mas algo a prendia à cadeira de madeira. Ela precisava saber. Precisava compreender o que acontecera. Ela merecia uma explicação, por pior que fosse!

"Então, o que houve, Charles?"

"Fui estúpido! Medroso! Egoísta! Frívolo! Inconsequente! Com a única mulher na minha vida que fez com que eu me sentisse vivo! Talvez o meu amor por você tenha sido o culpado! Ele me tornou inseguro, submisso, cego, coisas que eu nunca havia sentido antes! E minha reação foi patética e imatura!"

Uau. Aquela resposta havia sido boa. Digna de seus romances favoritos. Porém, Jane precisava ser forte. Estava resoluta que não poderia perdoá-lo. Mas sua resolução dependia de mais um gole de vinho. Outro gole, apenas para ficar mais corajosa. *Ai, espero que essa entrada chegue logo*, ela pensava. *Preciso de uma desculpa para ficar um tempo calada, digerindo tudo o que ele está me dizendo.*

"E por que levou tanto tempo para perceber isso?", a pergunta deixou sua garganta com uma ferocidade que Jane desconhecia. Sim, o amargo sabor da decepção a deixara mais ousada que qualquer vinho.

"Levei menos de um dia para perceber meu erro, Jane. Depois do que fiz, não tive mais coragem de encará-la. Quando soube que estava namorando, achei que você tinha partido para outra e achei melhor deixar você viver sua vida. Porém, desde que Liz me contou de seu casamento, não consigo dormir. Sabia que esta seria minha última chance de me desculpar. E queria fazê-lo, mesmo sem esperar ser perdoado".

Algo no peito de Jane a machucou. Então ele não estava ali para pedir mais uma chance? Apenas desculpas? Seu coração se despedaçou mais ainda, pois ela notou, naquele momento, que a esperança havia, mais uma vez, enganado-a. "Sendo assim, por que se dar ao trabalho de vir?"

"Precisava te pedir perdão de qualquer maneira. Na realidade, foi Frederick quem me encorajou a vir falar com você. Quando Liz me contou sobre seu casamento, fiquei arrasado. Frederick me garantiu que Liz jamais faria algo consciente de que me machucaria por nada no mundo.

Ele me convenceu que, se ela me magoou com aquela notícia, era porque sabia que eu ainda tinha alguma chance, mesmo que ínfima. E como estou ainda mais apaixonado por você desde que nos conhecemos (se é que isso é possível), resolvi arriscar. E apenas o fato de ter conseguido pedir desculpas já trouxe algum alívio ao meu coração".

"Está perdoado, Charles. É impossível não aceitar suas desculpas, você deveria saber. Pode ir, já que o perdão é suficiente, como você mesmo disse". Não era nem perto de suficiente para ela, só que Jane recusava-se a admitir aquilo.

"Apenas *você* será suficiente para me curar da minha tristeza, Jane", ele disse, fazendo o coração dela quase saltar para fora do peito. "Porém, seu perdão é sagrado para mim. Mais valioso do que pode imaginar. Eu desejo a maior felicidade a você e ao seu noivo, Jane. Adeus".

"E quem seria esse noivo sortudo?", ela perguntou quando Charles levantou para sair, deixando algumas notas sobre a mesa. O garçom escolheu aquele momento para chegar com a entrada, e Jane quase o assassinou com o olhar. O pobre homem saiu correndo. Mas a pergunta teve o efeito desejado em Charles. Ele levou alguns segundos para entender e, quando a compreensão finalmente o alcançou, ele jogou-se de volta na cadeira.

"Então, você não vai se casar com ele?"

"Com ele, não", ela respondeu. Levantou-se. Saiu, deixando-o no restaurante com seus pensamentos.

Minutos mais tarde, Charles estava tocando freneticamente a campainha da casa dos Jardim, implorando para falar com Jane. Aquela era, de longe, a situação ideal para pedi-la em casamento, mas Charles decidira, naquele restaurante italiano, que jamais acordaria outro dia longe dela. Se ela permitisse.

Jane poderia ter dito não. Poderia ter deixado o orgulho tomar conta dela e dar as costas ao homem que, um dia, fizera o mesmo com ela. No entanto, quando foi responder, tudo o que conseguiu fazer foi sorrir, sem conter as lágrimas.

A felicidade do adorável casal logo foi dividida com os tios da moça, em seguida com os pais e as irmãs. Lizzie foi a última a receber a ligação com as novidades do novo casamento. Não por ser a menos importante. Muito pelo contrário: sabiam que aquela seria a ligação mais emocionante para os envolvidos. Nem se importaram com o horário. Já passava da meia-noite.

Mal sabiam eles que nada mais poderia animar Liz além de uma notícia como aquela. Sua voz, inicialmente triste e desapontada, logo desabrochou como uma flor e sua alegria autêntica contaminou o casal do outro lado da linha. Apesar de não ter seu próprio final feliz, pensava Liz enquanto encarava o anel de noivado, ao menos sua irmã querida o teria.

E, enquanto em Nova Iorque o clima era de romance e comemoração, em um pequeno café de Boston, uma moça sozinha e desiludida sorria com o final inesperadamente feliz de duas pessoas que não mereciam nada além de felicidade.

Eram quatro horas da manhã e Liz tinha que retornar para casa. Tinha um voo ao Brasil em poucas horas e ainda não havia arrumado sua mala. No hemisfério oposto, o clima estaria quente, mas nem o verão escaldante do Rio de Janeiro seria suficiente para aquecer seu coração.

A simpática dona do café lhe ofereceu um casaco e chamou um táxi para ela. *Ela deve estar com pena de uma moça maluca que entrou correndo, apenas com um vestido fino, e passou a noite encarando um anel que não é dela*, pensou Liz.

Ao sair do café para esperar pelo táxi, Liz foi surpreendida por mãos em seus ombros:

“Senhorita Liz! Estivemos à sua procura durante toda a noite!”

Jack, o motorista de Georgy, parecia aliviado e derrotado ao mesmo tempo. Sem tirar uma das mãos do ombro de Liz, como se temesse sua fuga, ele usou a outra para fazer uma ligação, avisando onde ambos estavam.

Não demorou para que seu chefe chegasse correndo ao encontro dos dois. Ele também não deu chance a Liz de falar. Apenas a abraçou até tirá-la do chão.

"Você tem noção de como nos deixou preocupados?", ele disse, sem deixar que Liz se afastasse dele. O rosto de Darcy estava no pescoço dela. "Saiu sem sua bolsa, sem casaco, neste frio! Georgy não sabia o número do seu celular novo, então não conseguíamos falar contigo".

A cada palavra pronunciada, Liz podia sentir o corpo de Frederick relaxando. Ela se sentiu culpada por deixá-lo naquele estado. Ele estava tão nervoso que tremia sem parar. E ela sabia que não era consequência do frio.

"Quer que a leve ao apartamento, senhor?", Jack perguntou baixinho, sem querer incomodar Frederick, mas querendo lembrá-lo de que estavam no meio da rua.

"Não", ele respondeu ao homem encarando Liz com pupilas já dilatadas. "*Eu* a levarei para casa. Pode ir, Jack. E avise Georgy e Sophia, por favor".

Georgiana e Sophia também a procuravam? Há horas? E neste frio? Liz agora se sentia ainda pior do que quando deixara a festa.

"Eu sinto muito, Frederick. Não queria ter deixado todos preocupados".

"Eu não estava preocupado. Estava desesperado. Já a havia perdido uma vez, quando a deixei sair da minha casa naquele dia. Não deixaria isso acontecer de novo".

Ele falava sem largá-la, como se ainda temesse que ela pudesse escapar. Como se tivesse medo de que Liz pudesse virar pó. Como se não acreditasse que ela estava em seus braços.

"Desculpe-me, Frederick. De verdade."

"Sou eu quem devo me desculpar. Por tudo. Por ter dito aquelas coisas horrorosas sobre a sua família. Saiba que foi da boca para fora. Por ter influenciado meu melhor amigo a deixar sua irmã. E, especialmente, peço desculpas pelo comportamento imperdoável de minha madrinha nesta noite".

O corpo de Frederick voltou a ficar tenso quando a senadora foi mencionada. Liz o abraçou com mais força na tentativa de acalmá-lo. O resultado foi instantâneo.

Liz não conseguia acreditar no que estava acontecendo. Frederick estava se desculpando pela senadora Catherine? Ele apoiava as ações de Liz?

O cheiro do americano não permitia que ela raciocinasse direito. Talvez estivesse sonhando. Ou não tivesse entendido bem o que ele lhe dissera. Era mais provável um engano do que a cena que acontecia naquele momento.

"Sou eu quem deve se desculpar", ele continuou, depois de alguns momentos em silêncio: "Sou eu quem está em dívida contigo, minha..."

A frase foi incompleta, mas Liz sabia como terminaria. Faria de tudo para ouvi-lo chamando-a de "minha Lizzie" novamente! Não sabia se seria possível. Agora acreditava que aquele abraço havia sido somente um ato desesperado de um homem preocupado com seu bem-estar, não de um homem apaixonado.

"Frederick", ela finalmente conseguiu falar, "depois do que você fez por Lídia e por Jane, sou eu a devedora".

"Foi tudo por você, minha Lizzie. Espero que saiba. Mesmo que não queira mais ser a *minha* Lizzie..."

Ela ainda queria ser sua Lizzie. Queria ser sua Lizzie sempre. Por algum motivo, sua garganta secou e não conseguiu lhe dizer isso. Também não se mexia. Não conseguia largá-lo. Ficaram parados muito tempo, até que ele finalmente, e com muito esforço, saiu de seus braços.

"Temos que ir. Venha, vou te deixar em casa".

Continuou calada quando ele a levou até o carro que Jack deixara estacionado na esquina. Permaneceu quieta durante o trajeto até seu apartamento. Tinha muito a dizer, mas lhe faltavam palavras.

Teria que pensar em outra forma de dizer o que sentia. E precisava ser logo.

Quando encostaram-se à porta de seu edifício, Frederick desligou o motor do carro. Sem trocarem palavras, ele lhe deu um beijo na testa. Era a chance de Liz.

Cuidadosamente, ela segurou seu rosto com ambas as mãos. Abaixou sua cabeça, de modo que os lábios dele agora tocassem os seus próprios.

Frederick não precisou de palavras para entender. Imediatamente, sua postura mudou. Puxou Liz de seu banco e a posicionou sobre seu colo. Agora os dois eram um, como Liz queria. Quem os visse não conseguiria distingui-los.

Ao som apenas de suas respirações apressadas, foram emaranhados até o apartamento de Liz.

"Como senti saudade daqui, minha Lizzie. De você, de nossa casa... nunca mais me deixe, por favor!"

"Eu nunca te deixei, meu Fred".

Liz mostrou a Fred o anel que ficava consigo, em cima de seu coração, desde a briga. Ele o arrancou de seu cordão e o colocou em seu anular esquerdo.

"É aqui que ele deve ficar, minha Lizzie. Para sempre".

"Para sempre", foi tudo que sua Liz conseguiu responder antes que Frederick cobrisse sua boca com beijos.

Capítulo 13

Um ano depois

"Estamos atrasados, minha Lizzie!"
"Só um momento, Fred!"
"Nós vamos perder! Viemos a Nova Iorque apenas para isso, minha Lizzie!"

O exame deixara Fred nervoso. Quem o visse pensaria que sua bela noiva faria o exame, não a esposa de seu melhor amigo. A própria Liz também estava ansiosa por sua irmã. Porém, se queriam se casar em Búzios naquele verão, ele teria que esperar o término de sua ligação.

O casamento de Jane e Charles Bing havia sido celebrado no Dia dos Namorados daquele ano, no Central Park, rodeados pela neve e por seus amigos e parentes mais próximos. Jane e Charles prometeram amar-se, respeitar-se e apoiar-se mutuamente até que a morte os separasse.

De cima da ponte, de onde viam o lago congelado do parque, batizado com o nome da primeira-dama mais famosa da história daquele país, o casal apaixonado selou seu matrimônio. Nem o vento gelado ou os olhares curiosos dos nova-iorquinos que por ali passeavam conseguiram tirar os olhos dos noivos um do outro.

A celebração de Liz e Frederick seria diferente, apesar de haver algumas semelhanças. Aconteceria no Dia dos Namorados do ano seguinte, mas seria no Hemisfério oposto. Em vez de inverno, os convidados poderiam se deliciar com o calor do verão brasileiro. No lugar de um parque, teriam um cenário espetacular de praia da ilha pertencente a Charles. E, enquanto Jane usou um vestido de seda de uma marca conhecida, Liz preferiu um simples vestido de renda, costurado por sua avó paterna.

Marcado para final de setembro, o casório foi postergado às pressas pela recusa da noiva em realizar a celebração sem a madrinha de seu noivo. Após longas conversas, a senadora Catherine finalmente conseguira fazer as pazes com seu sobrinho de consideração, maior desejo de Liz. Apenas para brigarem novamente, quando a senadora descobriu que Liz não adotaria o sobrenome do noivo.

"Como assim ela não será uma Darcy?", a mulher acusara. "Isso é uma afronta!"

Depois de Frederick entregar o cargo de vice-presidente para abrir uma editora com sua noiva, Liz temia piorar as brigas dentro da família. Desta vez, sem hipótese de conciliação. Surpreendentemente, ocorreu o contrário. Apesar de uma desconfiança inicial, Fred e Liz receberam total apoio dos Darcy. Receberam até mesmo seu apoio financeiro.

Em sociedade com um dos professores de Liz e um amigo de Frederick Darcy, a pequena editora engatinhava, mas já oferecia claros indícios de seu potencial. Em apenas seis meses de existência, conseguiram fechar contrato com uma dúzia de autores respeitados em Boston, tornando-se uma referência na cidade.

A fim de terem espaço necessário para comportar a nova empresa sem custos adicionais, Fred cedera sua mansão em Back Bay e foi morar no apartamento de Liz. "Desnecessário ter tantos cômodos para você, especialmente agora que Georgy está na França", comentara Liz ao concordar com a decisão do noivo.

"Minha Lizzie, vamos!", implorava Frederick Darcy. "Todos já estão lá! Serão chamados a qualquer momento! Vamos perder o exame!"

Liz nada respondeu, apenas sorriu com o desespero de seu Fred.

O casal saiu correndo do hotel. Por sorte, o hospital ficava apenas a dois quarteirões de distância. Ideia de Georgy, que conhecia bem sua nova irmã. Felizmente, eles chegaram a tempo: Jane e Charles haviam acabado de ser chamados pelo médico.

"Sorte sua que o médico está atrasado Lizzie", disse Jane, fingindo um olhar de reprovação.

Charles estava tão ansioso que nem conseguia falar. Apenas deu um beijo na testa da cunhada e um abraço forte no melhor amigo.

A sala fria aqueceu-se com a animação do grupo. Os tios Jardim também estavam presentes, mas tiveram que sair do hospital para comprar um sorvete de baunilha de casquinha. Desejo da futura mãe.

Eles também retornaram de sua importante missão a tempo: a enfermeira estava preparando Jane para o exame, esfregando gel em sua barriga.

O médico entra assim que a enfermeira completa sua atividade, como se tivessem cronometrado perfeitamente.

"Estamos prontos?"

"Eu, não!", diz um nervoso Charles, levando os demais à gargalhada.

O homem de jaleco branco coloca cuidadosamente o aparelho sobre a barriga de Jane, procurando por algo que somente ele consegue enxergar.

"Estão vendo? Está bem aqui."

Porém, nenhum dos presentes vê nada. Somente traços sem forma sobre a tela preta. Até que o escutam. As batidas de seu coração. E são fortes.

"Tenho novidade, papais. Desta vez, posso confirmar. É uma menina!"

A gritaria de alegria superou o som do bebê de Jane e Charles. Frederick e Liz seriam os padrinhos, é claro. E qual seria o nome?

"Quero Luiza!", dizia o tio.

"Prefiro Clara!", comentava o pai.

"Pois eu voto por Elizabeth", opinou o padrinho.

E este seria o nome da criança mais amada do mundo. Elizabeth Benevides.

Epílogo

3 anos mais tarde

Rico estava tendo uma semana daquelas. No dia anterior, havia terminado com a namorada (de novo), não conseguira cancelar a viagem para Búzios que faria com ela e, por ser muito em cima da hora, ninguém pôde vir com ele. Mas isso nem sequer era o pior: quando chegou à pousada que havia reservado (e pago), descobriu que sua ex havia oferecido a hospedagem a um casal de amigos. Sem avisar a Rico, óbvio.

Ou seja, estava sozinho, sem ter onde ficar (todas as pousadas do local estavam lotadas), em um dos lugares mais balados do Brasil, onde todos estavam se divertindo, paquerando, rindo, parecendo que queriam esfregar na cara dele o quão miserável ele se sentia.

Para melhorar aquela adorável e alegre manhã de sábado, uma substância marrom e cremosa caíra sobre a cabeça de Rico enquanto ele caminhava cabisbaixo pela Rua das Pedras. Pelo menos, o que quer que o tenha atingido estava gelado, refrescando um pouco sua cabeça.

Simplesmente perfeito, ele pensa, enquanto tenta, com água apenas, tirar o cremoso sorvete de chocolate dos cabelos.

"O que aconteceu com o seu sorvete, Betty?" Do segundo andar da sorveteria, na frente da qual Rico se encontrava, alguém perguntou em inglês. Um gritinho e risadinha de criança foram as respostas.

Ah, a sua filha jogou tudo na minha cabeça, cara, Rico queria responder.

Ele começou a se afastar do estabelecimento quando uma mão alva o segurou pelo ombro. "Perrrdon", o americano arranha em Português, "*mêa fêila jougou sôrrvêtê* ên *voucê*".

"Sim, eu percebi", Rico respondeu em inglês, sorrindo. E era impossível não rir daquela cena. A menininha que o americano segurava no colo não devia ter mais de três anos. Tinha os mesmos cabelos ruivos do pai, suas sardinhas no nariz e bochechas rosadas. Mas seus olhos eram verdes e sua boca, ao contrário da do pai, estava completamente coberta de sorvete de chocolate. "Não se preocupe. Ela me fez um favor. Eu estava morrendo de calor".

O americano deu uma gargalhada com o comentário e se apresentou com um sorriso ainda mais largo que o de Rico. "Meu nome é Charles Bing. Por favor, deixe-me pelo menos pagar um sorvete para você".

"Nem precisa! Já tomei bastante por hoje", Rico brincou, fazendo Charles gargalhar mais uma vez.

Eles começam uma longa conversa e Rico logo se abre para aquele desconhecido como raramente fazia com seus próprios amigos. Logo descobre que Charles tem um passado parecido com o seu; fizera a faculdade que sua família desejava, para seguir a carreira que a família já tinha escolhido para ele. No entanto, Charles, ao contrário de Rico, abandonara tudo para seguir seu sonho.

Rico admirava pessoas com aquele tipo de coragem e desejava poder fazer o mesmo. Talvez ele pudesse; afinal de contas, de que adiantava fazer o que seu pai exigia se aquilo o deixava tão infeliz? Sim, ele também seguiria seu próprio rumo. Não seria fácil, mas valeria a pena.

Charles conseguiu para ele um quarto de frente para o mar na pousada de seus sogros e ainda o convidou para uma festa que faria em sua ilha. Isso mesmo, o gringo não estava satisfeito em apenas ter uma mansão de veraneio no Brasil, então havia comprado uma ilha inteira.

Quando carregou o celular, depois de passar o dia na praia, Rico viu que a ex já havia lhe telefonado três vezes. Ele respirou fundo e decidiu não ligar de volta. Ele sabia que iria acabar reatando o relacionamento, como sempre fazia, mas queria aquela semana de férias só para ele.

Naquela noite, enquanto admirava o céu estrelado da varanda de seu quarto, Rico se perguntou se algum dia encontraria o amor da sua vida, aquela mulher que ele sabia que havia sido feita para ele e para quem ele havia sido feito. Ele sabia que ela estava em algum lugar, sentia o vazio no peito que ela deveria preencher, mas, por mais que viajasse, por mais que a procurasse, ainda não a havia encontrado.

Mal sabia ele que o objeto de seus desejos fazia o mesmo naquele instante, mas o céu que ela encarava era californiano. Ela tinha os mesmos cabelos ruivos da filhinha de Charles e olhos ainda mais verdes.

Sim, eles se encontrariam um dia. *Do outro lado do oceano.*

Fim

Em breve!

Do Outro Lado do Oceano

Catherine Murray é uma garota sonhadora que deseja se tornar uma grande heroína. No entanto, ao contrário de seus livros favoritos, sua realidade não tem nada de especial: ela vive em uma pequena cidade litorânea no interior da Califórnia, cujos habitantes a consideram... peculiar. Primeiramente porque Cathy prefere passar o dia em seu quarto lendo do que se bronzeando. Ela também não tem muita coordenação para a prática de esportes, a não ser quando os joga no *videogame*.

Para piorar, Cathy tem um terrível trauma no campo romântico, o que a afastou de rapazes e a tornou cética em relação ao sexo oposto. Ela jurou para si mesma que jamais confiaria novamente em um homem. Exceto, é claro, por seu pai e seu irmão mais velho, James. Ah! E Harry Potter!

O que muitos não sabem é que a garota de cabelos ruivos e manias diferentes tem um grande talento para escrever. E sua habilidade somente é conhecida – e reconhecida – na cidade de três mil, setecentos e quarenta e oito moradores quando ela se torna a vencedora de um concurso literário nacional.

Sua premiação também gera interesse de Krista Allen, uma famosa editora londrina, que lhe faz uma proposta irrecusável: convida Cathy para passar um tempo com ela na Inglaterra, com todas as despesas pagas, para que a moça possa, sob sua orientação, escrever um romance.

Desesperadamente precisando de dinheiro para conseguir pagar a faculdade, Cathy imediatamente aceita, sem saber que aquela viagem mudará o rumo de sua vida.

Henrique Teixeira não ia ao Reino Unido desde a morte de sua mãe, muitos anos antes. No entanto, precisava ficar longe do Brasil por um período: depois de terminar, definitivamente, um relacionamento que somente começou por pressão do pai, ele decidiu afastar-se de São Paulo.

O Senador Tilney sempre controlara os passos dos três filhos: criara o primogênito, Fábio, para ser seu sucessor político; arranjara, anos antes, o casamento de Henrique com uma moça de família tradicional (e abastada); soubera, desde que Elena aprendera a andar, que a caçula seria uma grande cirurgiã, mesmo a moça detestando sangue.

Quando Henrique decidiu, enfim, controlar a própria vida e fazer aquilo que o deixava feliz (a despeito do que o pai achava que o faria feliz), ele despertou a ira do senador.

E é assim, com o rabo entre as pernas, que o rapaz que deseja se tornar professor de História se refugia na casa de uma prima próxima, Sara, em Londres.

Henrique sabia que aquela viagem para *o outro lado do oceano* mudaria sua vida. Porém, mal sabia ele que a grande razão de toda aquela mudança seria uma jovem americana de cabelos ruivos e grandes olhos castanho-claros.

Laís Rodrigues

PEDRAZUL
REVELAÇÕES

PEDRAZUL
EDITORA

www.pedrazuleditora.com.br